Après le jour

DU MÊME AUTEUR

Les Loups blessés,
Éditions de La Martinière, 2015
Points, 2016

Quelque part entre le bien et le mal,
Éditions de La Martinière, 2018
Points, 2019

CHRISTOPHE
MOLMY

Après le jour

Éditions
de La Martinière

978-2-7324-8998-8

À ces choses du cœur, qui éclairent nos âmes
et nous retiennent dans la lumière.

1

Impossible de savoir quelle heure il était. Pas moyen de se rendormir. Juste une impression de vide, terrifiante, qui l'avait saisi. Sales et nus, les murs de la cellule s'étaient mis à danser autour de lui comme dans un manège. Ses tempes menaçaient d'exploser à chaque battement de cœur. François tenta malgré tout de se redresser, de s'asseoir dans son lit pour échapper à l'angoisse que le silence venait de convoquer. L'air, chaud et épais, peinait à remplir ses poumons, lui collait à la peau comme un chiffon moite. Une douleur aiguë lui ouvrit le crâne, l'obligea à se rallonger en s'écrasant les paupières de ses paumes. Après des années d'enfermement, l'isolement n'aurait pas dû autant l'affecter, mais ces temps-ci, il s'éveillait sans même se souvenir de l'endroit où il se trouvait. Les neuf derniers mois au quartier d'isolement l'avaient laminé. Un séjour de trop au purgatoire. Il faisait jour, c'était la seule chose dont il était certain. Il se concentra pour se rappeler ce qu'il faisait avant de tomber de fatigue ; un détail, un ruissellement, un cafard, un bruit infime qui l'aurait aidé à se repérer. Au lieu de cela, il sentit une bouffée de haine le déborder, réprima un cri qui n'aurait servi à rien d'autre qu'agacer les matons. Il pensa à Diane, au dernier parloir qu'on leur avait autorisé, l'imagina tout contre lui. Une image après l'autre, il se laissa envelopper par son souvenir, jusqu'à occulter le reste. Il pouvait presque sentir la tiédeur de sa peau, plus fraîche sur ses fesses. Passer ses doigts dans ses cheveux, les balayer pour dénuder son cou et, enfin, l'embrasser. Duper son esprit plutôt que de le perdre.

Le pire était que, pour une fois, il ne méritait pas son sort. Depuis qu'il était gamin, lorsqu'il subissait un nouvel interrogatoire, il s'entêtait à répéter qu'il n'avait rien fait et, la plupart du temps, mentir lui avait plutôt réussi. Mais pas cette fois-ci. Les explosifs retrouvés dans sa cellule ne lui appartenaient pas. Mais ses antécédents ne plaidaient pas pour lui et, plus par posture que par principe, il avait refusé de balancer. Ils auraient dû comprendre. Après bientôt dix ans de détention, avec moins de dix-huit mois à tirer, se faire la belle n'avait aucun sens. C'était même crétin. Il l'avait d'abord expliqué calmement, puis hurlé, en vain. Alors, chose nouvelle pour lui, il avait été puni pour un crime qu'il n'avait pas commis. Une situation presque risible, s'il n'en avait pas repris pour cinq ans.

François resta étendu un moment, les yeux fermés. Un ennui puissant avait éclipsé sa colère et Diane lui manquait. Trop épuisé pour se laisser gagner par le désir, fatigué de devoir y satisfaire seul, il choisit plutôt de l'imaginer en train de poser ses mains sur son visage et la rejoignit. Si loin.

Un cri le ramena. Animal, suivi d'une plainte qui montait de l'une des cellules voisines. Il aurait préféré que l'un des matons se mette à aboyer, mais cela ne semblait pas les gêner. Ici, les détenus n'intéressaient plus personne. Ils étaient tous frappés d'une double peine qui ne se soignait qu'à coups d'anxiolytiques. Un désespoir devenu ordinaire, qui rongeait tout, en silence.

Il mourrait dans cet endroit s'il ne réagissait pas. Mourrait sous les coups, ou de résignation. En choisissant de répandre son propre sang sur le sol en béton, ou en tressant sa détresse aux barreaux de la minuscule lucarne qui l'éclairait à peine.

Pour survivre, il devait commencer par se lever, faire quelques pas pour ne pas laisser ses muscles s'atrophier. Les premiers temps, il s'était astreint à faire des pompes et des abdominaux pour s'entretenir, mais s'était vite découragé, se limitant, les meilleurs jours, à déambuler entre son lit et la petite table scellée au mur. À l'isolement, on n'avait pas le droit de cantiner pour se payer une télévision, ni même de conserver des livres. Ici, la punition, c'était la solitude. Un poison qui s'instillait partout, capable de priver de raison les plus résistants. L'attente, vingt-trois heures par jour, l'esprit à l'abandon, sans aucune distraction. Au fond de ce trou, le moindre bruissement résonnait, s'amplifiait jusqu'à devenir vacarme. Chaque ombre se muait en menace. On n'avait le droit qu'à une heure de promenade quotidienne, dans une cour à peine plus grande que la cellule, mais de laquelle on pouvait, tête penchée, s'absorber dans le spectacle du ciel hachuré par le grillage qui la recouvrait. Un treillage d'acier qui paraissait servir d'appui aux nuages. En se tenant sur la pointe des pieds, François parvenait aussi à les entrevoir de sa petite fenêtre, passait parfois des heures à les détailler, comme un gosse, pour y deviner des objets ou le plus souvent des animaux.

La veille, un cheval, cabré, prêt à ruer. Il n'y avait que les gamins ou des paumés comme lui pour sculpter des cumulus.

À l'isolement, tout comptait. Le manque plus que le reste. Et Diane, surtout. Bientôt, sorti de ce cloaque, il pourrait la serrer contre lui, lui dire que c'était elle qui l'avait tenu en vie. Que c'était son souffle qu'il respirait quand il manquait d'air, sa peau qui le brûlait lorsque prostré, frappé d'incomplétude, il luttait contre le froid. Que le souvenir de ses attaches, si fines, de ses hanches, de sa taille avait suffi, chaque soir, à fracasser sa mélancolie. Et qu'en dépit de tout, elle était demeurée là, auprès de lui.

La visite médicale, tout de même, restait une distraction. Quelques minutes après le déjeuner, un surveillant était venu le chercher pour le conduire à l'infirmerie. Le toubib, un homme renfrogné, peu disert, avait conclu après un examen rapide à « un état compatible à la détention ». Le contraire aurait probablement supposé de ne plus être capable de se lever ni de s'alimenter. François était devenu si maigre et son teint tellement gris… Mais même les bleus sur son corps n'avaient suscité aucune question. Il ne s'agissait que d'un examen superficiel. Seul médecin pour plus de trois cents détenus, l'homme n'avait pas le temps de faire du zèle. Il n'était pas responsable des conditions d'enfermement et, à moins d'une pathologie grave, il ne pouvait qu'entretenir l'indifférence. Mais même ça, c'était déjà quelque chose. Un vrai spectacle lorsque l'on ne voyait presque personne depuis des mois.

François rajusta sa chemise. Il flottait dedans. Il n'était plus qu'un être desséché, affaibli. Pour le prochain parloir, il faudrait qu'il pense à enfiler un tee-shirt pour ne pas trop effrayer Diane. Lorsqu'il l'avait rencontrée, une quinzaine d'années auparavant, il pesait quatre-vingt-cinq kilos pour un mètre quatre-vingt-dix. Sportif, il courait ou boxait presque chaque jour et la soulevait à bout de bras en la saisissant par la taille.

Il se demanda comment elle serait habillée la prochaine fois qu'il la verrait, si elle attacherait ses cheveux ou les laisserait libres, en mèches rebelles qu'elle ramènerait, d'un geste sensuel, derrière l'oreille. Sans résistance, il se laissa gagner par une chaleur coutumière, délicieuse, qui le parcourait à chaque fois qu'il l'imaginait au-dessus de lui, faisant mine de l'empêcher de bouger. Il la laissa l'embrasser, juste quelques secondes, avant que le maton ne la fasse fuir.

– Alors Legal, t'es bon pour le service ?

François l'ignora.

– J'te parle, t'es sourd ou quoi ?

Au QI, un rapport d'incident pouvait valoir une nouvelle période d'enfermement de trois mois. Il préféra se taire, sortit dans le couloir sans voir le coup arriver. La douleur le surprit, enflamma l'arrière de son crâne avant qu'il ne comprenne.

– Me tourne pas le dos, connard.

En entendant le rire du gardien, François sentit glisser ses dernières hésitations. Il fallait qu'il réagisse et il savait quoi faire.

2

– De Philippe, à tous, ça fait maintenant près de dix minutes qu'ils sont dedans, alors faites gaffe, parce que ça va sûrement sortir. C'est reçu ?

– Reçu, de Yannick.

Ils planquaient depuis des heures. Après les avoir promenés autour du parc Monceau, l'équipe qu'ils pistaient les avait ramenés dans le XVIe, sur l'une des adresses qu'ils avaient repérées quelques jours auparavant. Postée face à l'immeuble, Coline Lafleur attendait qu'ils ressortent, les yeux rivés sur la porte d'entrée.

Le boulevard Exelmans était très fréquenté à l'heure du déjeuner. De son banc, Coline aperçut Philippe et Christelle, attablés à une terrasse de café à vingt mètres à peine de la Mercedes de Stan Mayer, leur principal objectif.

– Philippe, de Coline. Je suis à vue de la porte d'entrée, à droite en sortant de l'immeuble.

– Oui, je t'ai vue passer. Reste là, t'es bien. Quand ils sortiront, je veux que tu montes voir le vieux pour vérifier qu'ils ont bien tapé. C'est reçu ?

– C'est bien reçu.

Le quartier parut soudain plus animé. À peine libéré de l'école, un groupe d'enfants affamés se mit à piailler, à courir entre les voitures malgré les mères et les nounous qui tentaient de les contenir. À l'approche de l'été, la couvée semblait surexcitée, prête à s'égailler dans toute la rue.

Un gamin de cinq ou six ans se planta devant Coline. Parfaitement coiffés, ses cheveux courts encadraient un visage angélique. Dans son uniforme d'école, bermuda gris, cravate et blaser bleu marine, il lui fit un instant penser aux élèves de Poudlard. Il la fixait sans un mot, d'un air intrigué.

– Maman, pourquoi elle est grosse, la dame ?

L'air désemparé, la mère se confondit en excuses et disparut en traînant le petit par le bras avant que Coline n'ait le temps de réagir. En les regardant s'éloigner, elle se laissa rattraper par des souvenirs qu'elle pensait avoir enfouis : ses premières peines, l'apprentissage de la douleur, les conseils de sa grand-mère et cette honte, vissée au cœur, qui ne l'avait jamais vraiment quittée. En dépit des années, rien n'avait changé ; enterrée au plus profond d'elle, une blessure qui la minait, cette impression d'être sans cesse jugée. Au moins, elle n'avait pas l'air d'un flic. Et, d'après Philippe, c'était un véritable atout.

– De Christelle, à tous. Ça sort : Stan suivi des deux frères Falck. Ils discutent un peu sur le trottoir. Ils ont l'air de s'engueuler en fait.

– De Yannick, on les pète ?

– Négatif, de Philippe. Attente.

– De Christelle, ils partent vers la caisse. Je pense qu'ils vont décoller.

– Coline, de Philippe. Tu fais comme on a dit ; monte voir ce qu'ils ont foutu.

– C'est parti, j'y vais.

Depuis quelque temps, les VFQ[1] étaient en recrudescence dans les beaux quartiers de la capitale. Plusieurs équipes, dont celle de Stan Mayer, écumaient le triangle Paris-Auteuil-Neuilly, profitant de la faiblesse des personnes âgées. Le mode opératoire était toujours le même : se faire passer pour un policier, un pompier, une figure rassurante qui permettait de tromper son monde. Une fois à l'intérieur, les scénarios pouvaient varier, mais l'idée était la même ; abuser de la confiance de la victime pour lui dérober ce qu'elle avait de plus précieux. Le plus souvent, il s'agissait de faux flics qui prétendaient s'être déplacés pour constater un cambriolage, quelquefois accompagnés d'un complice menotté, pour rendre leur version plus crédible. Convaincue d'avoir été volée, la victime allait vérifier l'emplacement de ses bijoux et se faisait finalement dépouiller. Simple, cynique, efficace. Il existait quelques variantes ; un faux plombier dépêché par le syndic à cause d'une fuite d'eau, un postier zélé prêt à rendre service. À de rares exceptions près, les vols se passaient sans violence, l'âge avancé facilitant souvent la crédulité.

Ce genre de bassesse écœurait Coline. En grimpant dans l'ascenseur de l'immeuble, elle ne put s'empêcher de penser à sa grand-mère, à la maison qui l'avait vue grandir et qui avait conservé pour toujours les traces de sa présence. Parvenue sur le palier, elle crut reconnaître l'odeur qui émanait de sa cuisine, mais le crépitement de sa radio dissipa l'illusion.

– Coline, de Philippe. Ça donne quoi ? Ils ont tapé, oui ou non ?

– J'y arrive.

1. Vols à la fausse qualité.

– Magne-toi.

Christelle avait précisé que l'appartement des victimes était à droite en sortant de l'ascenseur. Coline se planta devant la porte, sonna et, après une longue minute, un vieil homme lui ouvrit. Presque chauve, ratatiné, il devait aligner au moins quatre-vingt-dix printemps. Ses yeux avaient pris une teinte délavée, presque grise. Bien qu'il se soit tassé, il avoisinait encore un bon mètre quatre-vingts. Dans sa jeunesse, cette frêle carcasse avait dû être un grand garçon séduisant. Derrière lui, sur le mur de l'entrée, on apercevait des photographies sur lesquelles il posait avec son épouse.

Coline se ressaisit. Mais avant qu'elle ne trouve ses mots, une silhouette fonça vers elle depuis le fond du couloir.

– Qu'est-ce que vous voulez encore ? Je vous ai dit que j'appelais la police. Dégagez !

La femme qui lui hurlait dessus devait à peine avoir la trentaine. Très certainement l'auxiliaire de vie. Coline fouilla dans son sac à main pour attraper son porte-cartes. Elle lui fit signe de se calmer, en lui présentant sa brème[1].

– Je suis de la police, madame. Tout va bien.

– C'est aussi ce que les autres ont dit et vous non plus, vous n'avez pas l'air d'un flic.

Il fallait de nouveau prendre la remarque pour un compliment, avec moins d'amertume cette fois.

– Tout va bien, je vous dis, je suis de la PJ. Vous pouvez me raconter ce qui s'est passé, s'il vous plaît ?

– Quand je suis arrivée tout à l'heure, il y avait trois types bizarres dans l'appartement. Ils m'ont dit qu'ils étaient policiers, mais moi, je connais ce genre de gars.

1. Carte de police.

J'ai grandi en banlieue, vous voyez, et j'ai tout de suite vu que c'étaient des raboins[1]. D'ailleurs, ils sont partis dès que j'ai parlé d'appeler les flics.

– Vous avez bien fait. Est-ce qu'ils ont eu le temps de voler quelque chose ?

La jeune femme secoua fièrement la tête.

– Non, rien du tout. Ils avaient juste commencé à embrouiller M. Lassagne quand je suis arrivée.

– Je vous remercie. Je dois y aller, mais je repasserai avec un collègue pour prendre votre déclaration ainsi que celle de monsieur.

L'aide-soignante se rapprocha du vieil homme qui n'avait pas encore prononcé un seul mot. Ses yeux, interdits, passaient de Coline à l'auxiliaire, qui posa une main réconfortante sur son épaule.

– On m'attend, je suis désolée, reprit-elle. Mais je reviendrai rapidement, c'est promis.

Coline se précipita sur le palier pour prévenir Philippe, mais il était sur messagerie. En dévalant les cinq étages, elle repensa à ce qu'il lui avait dit : que parfois, les personnes âgées victimes de ce genre d'incidents décédaient quelque temps après le vol, traumatisées par ce qui était venu anéantir un équilibre déjà fragile.

Dès qu'elle se trouva dans la rue, Coline tenta de joindre ses collègues par radio. Elle percevait à peine leurs échanges, mais ils semblaient toujours en filature derrière Mayer. Elle essaya de rappeler Philippe. Même s'ils avaient recensé une quinzaine de faits imputables à cette équipe, il était indispensable de les prendre en flag pour consolider la procédure. La plupart du temps, les victimes

1. Manouches.

oubliaient rapidement les détails importants, peinaient à dresser un portrait-robot ou à donner des éléments utiles à l'enquête. À un certain âge, la mémoire était plus ténue, emmêlait souvenirs et fantasmes, fil de soie prêt à céder à la moindre distraction. Ces dernières semaines, le groupe de Philippe avait abattu un travail considérable en rapprochant les faits, recueillant des témoignages, secouant tous leurs indics pour parvenir à identifier les truands. Leurs surveillances avaient permis de mettre à jour leurs repérages, de confirmer les premiers renseignements, mais cela restait insuffisant pour interpeller Mayer et ses complices. N'importe quel avocat pouvait facilement discréditer les récits de nonagénaires. Sans compter qu'il fallait être plus qu'optimiste pour espérer retrouver des bijoux en perquisitionnant dans un camp de manouches. Le butin changeait rapidement de mains ou était fondu pour être revendu au prix de l'or. S'ils les prenaient en flagrant délit, en revanche, la messe serait dite.

Coline chercha le numéro de Grégoire. Elle aimait bien travailler avec lui. C'était un bon flic, mignon de surcroît. Son appel tomba également sur la messagerie. Décidément. Elle avait trop traîné, et à cause d'elle l'enquête pouvait capoter. Depuis qu'elle avait rejoint le groupe, un an plus tôt, elle travaillait d'arrache-pied pour se faire accepter de tous. Tout ça pour tout gâcher bêtement ? Elle aimait ce boulot. L'ambiance de la PJ, ces enquêtes obsédantes qui la poursuivaient jusque dans ses nuits d'insomnie. Tous ses choix, ses grandes décisions, tous ses rêves l'avaient menée jusque-là. Elle se reprit et appela de nouveau.

3

Tout s'était passé de travers. Sur le sol, l'un des trois hommes interpellés finissait de se vider de son sang. Les pompiers n'arriveraient pas à temps. En quelques secondes, la situation avait dégénéré, dérapé au point de transformer les rues de la capitale en stand de tir. Sur les ondes, les autorités s'agitaient pour obtenir des informations. Les médias ne tarderaient pas à s'en mêler et il faudrait bien répondre quelque chose, de préférence en rapport avec les faits. Derrière la rubalise déroulée par les premiers collègues intervenus, des coups de klaxon commençaient à se faire entendre, signe de l'impatience coutumière des Parisiens. Le boulevard Brune était bloqué sur une centaine de mètres, juste avant la porte d'Orléans. Il faudrait des heures de constatations pour venir à bout de ce Mikado géant. Et pour compliquer encore les choses, la nuit n'allait pas tarder à tomber. Philippe leva le nez vers le ciel en se disant qu'il ne manquait plus que la pluie à leur bonheur. Il contourna avec précaution les étuis de balles qui jonchaient le sol et s'approcha du corps étendu sur la chaussée. Il s'accroupit pour mieux voir le visage du braqueur qui gisait à ses pieds. Ses yeux éteints ne renvoyaient plus rien. Sa bouche était entrouverte, mais il ne respirait plus. Sa vie l'avait quitté. Il devait avoir vingt-cinq ans, tout au plus. L'âge où tous les rêves étaient encore permis. Durant une poignée de secondes, cramponné à l'argent qu'il venait de voler, il avait dû croire qu'il y arriverait. Juste avant de se faire faucher par une rafale. Philippe sentit une présence derrière lui.

– Tu crois qu'on va garder l'affaire ?

Grégoire se tenait en retrait, le visage pâle.

– J'en sais rien, Greg. À vue de nez, non, mais il faut bien que quelqu'un gère ce bordel le temps que le Parquet et la direction se décident.

– Tu sais ce qui s'est passé ?

– Dans les grandes lignes, oui. D'après les bleus[1], ces abrutis ont tapé une supérette à la fermeture, mais au lieu de se contenter des caisses de surface, ils ont demandé au directeur de leur ouvrir le coffre-fort. Du coup, ça a laissé le temps à un témoin d'appeler les collègues. À peine arrivés, ils se sont fait calibrer. Ensuite, c'est pas très clair, mais j'ai compris que nos clients avaient réussi à s'arracher et qu'ils s'étaient fait prendre en chasse sur les maréchaux avant de s'encastrer dans un bus. Ses copains sont restés coincés dans leur caisse, mais celui-là est parvenu à s'extraire, dit Philippe en désignant le cadavre. Au lieu de courir, il a braqué les motards qui étaient à leur cul, et voilà le résultat.

– Mauvais choix, murmura Grégoire en s'accroupissant pour observer l'arme abandonnée près du corps.

La sonnerie de son portable évita à Philippe un commentaire inutile.

Grégoire attendait, près du corps, de connaître la suite et Philippe à peine raccroché, lui fit signe de le rejoindre.

1. Policiers en uniforme.

– Je viens d'avoir le taulier, le Parquet préfère saisir la Crim'. Satisfait ?

– Ravi, on a lâché la surveillance sur Mayer pour rien et maintenant, on n'arrivera jamais à les ramarrer. Mais au moins, on n'aura pas à gérer ce merdier.

– En fait, t'es jamais content, quoi.

En retournant vers leurs voitures, Philippe asséna une claque amicale dans le dos de Grégoire. Il comprenait sa fatigue, les difficultés auxquelles il devait se heurter à peine sorti de l'ENSOP[1]. Depuis des semaines, ils s'usaient sur Mayer. Ils avaient eu la chance de les surprendre à effectuer de beaux repérages et même assisté à une tentative quelques jours auparavant boulevard Exelmans, mais rien de suffisamment concret. Sans flag, pas possible de boucler le dossier. Les témoignages de victimes presque séniles, des balades dans les beaux quartiers parisiens ne suffiraient pas à convaincre le magistrat. Les manouches n'hésitaient pas à tailler la route pour « travailler » et Philippe espérait que les demandes de rapprochements qu'ils avaient émises, jusque dans les pays limitrophes, finiraient par payer. Mais pour le moment, ils piétinaient et les plus jeunes se décourageaient.

– Allez gamin, on se retrouve au bureau. On ne fera plus rien de bon dehors, aujourd'hui.

– Tu veux pas faire un détour pour boire un coup ? C'est la mienne.

Look soigné, une barbe de trois jours proprement taillée et des tatouages qui pointaient sous la chemise, Grégoire ressemblait aux trentenaires de sa génération. Le charme en plus. Arrivé dans le groupe juste avant Coline, il s'était intégré en quelques jours, toujours prêt

1. École nationale supérieure des officiers de police.

à rendre service. Et depuis, il ne faisait qu'apprendre. Le jeune flic insista.

– Allez, viens. Ça te fera du bien, je dois retrouver des copines.

– J'ai passé l'âge. Mais vas-y, je t'appelle s'il y a du neuf.

Philippe se sentit un peu envieux, mais surtout trop vieux pour partir en virée. Et de toute façon, sa journée n'était pas terminée.

Sur le chemin du bureau, il se laissa prendre par les embouteillages sans même songer à sortir son gyrophare. L'été pointait le nez. Sur les quais, les promeneurs commençaient à être plus nombreux, Parisiens et touristes, mêlés dans un flot vivant qui le rassurait. Lorsqu'il le pouvait, il aimait s'arrêter pour observer la foule qui s'écoulait le long de la Seine, spectateur silencieux, tentait de deviner les joies et les tristesses sur les visages. Et parfois, ses pensées étaient réchauffées d'un sourire ou d'un éclat de beauté volé.

Vitres baissées, il profita des premiers rayons de soleil. Après l'hiver, ils dégelaient les cœurs et attendrissaient un peu la noirceur qui troublait ses nuits – même s'il n'avait jamais regretté d'être devenu flic. Ça avait été comme une évidence, comme lorsque l'on tombe amoureux, malgré soi, au-delà de toute raison. Un matin, sans prévenir, l'envie de jouer au policier s'était silencieusement muée en vocation. L'idée avait viré à l'obsession et, tout naturellement, vingt ans plus tôt, il avait fini par intégrer la PJ. Vingt années qu'il n'avait pas vues passer, trop occupé à planquer, dérouler des écoutes ou rédiger des PV. Il s'était fait happer, sans s'en rendre compte, chaque affaire chassant la précédente. Et même si au bout du compte la tâche paraissait sans fin, il ne regrettait rien.

Arrivé au service, il fonça directement dans son bureau pour écluser ses mails et la paperasse entassée pendant qu'il était sur le terrain. Louise lui avait promis une soirée sans les enfants. Un luxe qu'ils ne s'étaient pas offert depuis des mois.

Moins d'une heure plus tard, il éteignit son ordinateur et attrapa ses affaires, pile au moment où son téléphone fixe se mit à carillonner. À l'ère des portables, ça n'arrivait presque plus. Il jeta un coup d'œil curieux à l'écran de l'appareil : un appel inconnu, provenant de l'extérieur.

– Allô, c'est Lelouedec ? demanda une voix usée, qui ne lui disait rien.

– C'est de la part ?

– Dites-lui que je l'appelle de la part de François Legal. Il le connaît, il l'a serré il y a quelques années. Il est au QI à Bois-d'Arcy et il veut lui parler.

4

Passé l'étonnement, Coline avait accepté sans réfléchir d'accompagner Lelouedec. Ils avaient quitté Paris juste après déjeuner et filaient sur l'A13. Il faisait beau. À mesure qu'ils s'éloignaient de la capitale, le paysage verdissait, l'air paraissait plus léger. L'esprit bercé par la route, Coline aurait presque pu croire que Philippe l'emmenait en week-end en Normandie. L'idée n'avait fait que la traverser, mais elle lui jeta un regard prudent, comme s'il était possible qu'il ait pu deviner quoi que ce soit de ses rêveries. Il regardait droit devant lui, pensif, depuis qu'ils étaient partis.

Elle ne savait pas grand-chose de François Legal, sinon ce que son dossier lui avait appris. Né au début des années 1980 à Vitry-sur-Seine, il avait commencé sa carrière criminelle à l'âge de treize ans par des vols à la roulotte[1], mais n'avait été condamné pour la première fois qu'à sa majorité, pour des faits de violences volontaires sur AFP[2]. Un petit délinquant de la banlieue sud, jusqu'à ce qu'il dérape véritablement en montant

1. Vols dans l'habitacle de véhicules. Dit aussi : roulottage.
2. Agent de la force publique.

au braquage à vingt ans à peine. Depuis, il ne s'était jamais arrêté, enchaînant les vols à main armée au préjudice de banques, puis de fourgons blindés. Une sorte de fuite en avant qui lui avait valu de nombreux séjours en prison. Meneur lors de plusieurs mutineries et tentatives d'évasion, il était fiché au grand banditisme et avait la réputation d'être aussi méticuleux que violent. Un pro sans états d'âme.

Legal n'avait pas d'enfant, seulement une compagne, Diane Rousseau. Rencontrée une quinzaine d'années auparavant, elle ne l'avait jamais laissé tomber si l'on se fiait à ses demandes régulières de parloirs depuis cette époque.

Lelouedec ralentit pour sortir de l'autoroute, un panneau indiquait Bois-d'Arcy. À l'approche d'une maison d'arrêt, Coline se sentait toujours un peu anxieuse. Paradoxe de se laisser volontairement enfermer sous des tonnes d'acier et de béton après autant d'efforts pour y claquemurer ceux à qui ils venaient rendre visite. Dès le premier contrôle, Coline remarqua que Lelouedec était parfaitement à l'aise avec le protocole à suivre. Elle l'imita, déposa son arme et son téléphone portable dans une consigne à l'entrée de l'établissement, céda une pièce d'identité en échange d'un badge temporaire. Lelouedec la sermonna sèchement lorsqu'il la vit abandonner sa carte de réquisition au surveillant.

– Ne laisse jamais ta brème. La prochaine fois, pense à amener une carte d'identité ou ton permis.

Les premiers temps, elle avait accueilli ses remarques sans broncher, avec la ferme intention d'apprendre. Lelouedec possédait une autorité naturelle, un vrai charisme. Après plus de cinq ans de service, dont près d'une année dans son groupe, elle estimait ne plus être une novice mais cette fois-ci encore, elle le suivit pourtant sagement, emboîtant le pas au maton chargé de les guider jusqu'aux parloirs.

Legal les attendait dans le local réservé aux avocats. Dès qu'elle le vit, Coline fut déçue. Sa fiche signalétique précisait qu'il était athlétique, mesurait près d'un mètre quatre-vingt-dix, mais l'homme qu'elle découvrit lui parut maigre et plus petit. Habillé d'un survêtement sombre, les cheveux ras, il faisait plus que son âge et ressemblait davantage à un malade en convalescence qu'à l'image qu'elle se faisait d'un détenu fiché au grand banditisme. Il avait l'air brisé.

Lelouedec passa le premier, s'assit face à lui, laissant à Coline une chaise placée près de la porte. À l'évidence, la pièce semblait prévue pour n'accueillir que deux personnes. Legal commença.

– J'étais pas sûr que tu viendrais. C'est qui, elle ? lâcha-t-il en désignant Coline d'un signe de tête.

Dans le regard de Legal, Coline perçut quelque chose qui la saisit : une rage, témoin de la bestialité d'un homme qui, privé d'espoir, était prêt à des actes désespérés.

– Une collègue de mon groupe, répondit Lelouedec laconiquement. Alors, comment ça va ?

– Je tiens la forme ! Ça se voit, non ?

Lelouedec ne releva pas.

– Bon, raconte-moi pourquoi je suis là. Tu veux quoi ?

Les choses allaient un peu vite, pensa Coline.

– Écoute, tu as été correct avec moi quand tu m'as serré, et j'ai pas oublié. Alors je me suis dit que c'était toi qu'il fallait que j'appelle. C'est pas mon genre de demander de l'aide, surtout à un condé, mais il faut que tu me rendes un service.

– Quel genre de service ?

L'air désinvolte, Lelouedec semblait commencer une partie sans être convaincu de vouloir la terminer, comme s'il attendait avant de miser, qu'il évaluait encore l'intérêt du jeu, mais Coline n'avait pas besoin d'être une experte pour comprendre que Legal était acculé.

– Il faut que tu me sortes du QI. Je sais bien que tu t'en fous, mais cette fois-ci, j'avais rien fait. Je te le jure. Si ça continue, ils vont finir par avoir ma peau. Il y a un maton, un vrai connard, qui ne me lâche pas. Si je reste à l'isolement, je sens que ça va dégénérer. Sors-moi de là et je te promets que tu n'auras pas à le regretter.

– François, tu sais bien comment ça marche ; je n'ai aucun pouvoir ici. Je suis désolé, mais je ne peux rien pour toi.

– Raconte pas de conneries. Il suffit que tu passes un coup de fil pour que je ne sois plus DPS[1]. Tant que ça me collera à la peau, je n'ai aucune chance de sortir d'isolement. Je te l'ai dit, j'y étais pour rien. Tu crois vraiment que j'aurais essayé de m'arracher après presque dix piges, alors qu'il ne me reste que quelques mois à faire ?

– Je n'en sais rien. Tu avais peut-être quelque chose à faire dehors ? Et de toute façon, qu'est-ce que ça peut faire, ce que j'en pense ? Tu as été condamné, non ?

– Oui, j'ai repris cinq ans. Mais pour espérer une conditionnelle, je dois d'abord sortir du QI, tu le sais. On vous demande votre avis, les flics, sur le maintien en DPS. Alors me dis pas que c'est impossible.

– Admettons, mais pourquoi je ferais ça ? Je ne te dois rien, moi. Sauf bien sûr, si tu as quelque chose à me proposer.

1. Détenu particulièrement signalé.

Adroit, cette façon de mettre Legal dos au mur, pensa Coline. Avant de venir, Lelouedec lui avait rappelé que la première règle avec un indic, c'était de ne jamais rien lui devoir. Même, et surtout lorsqu'on l'appréciait. La seconde, c'était de ne pas le renvoyer à ce qu'il était ; un informateur. Lorsqu'elle raconterait cette entrevue à Grégoire, il serait fou de jalousie.

– J'te préviens, j'suis pas une balance, réagit Legal.

Certains mots étaient tabous.

– J'ai dit ça, moi ? Je t'ai traité de balance ? En fait, je ne t'ai même rien demandé, et si je me souviens bien, c'est toi qui m'as appelé, non ?

Legal mit quelques secondes à répondre.

– Non, mais je sais bien comment vous fonctionnez, les condés.

– François, poursuivit calmement Lelouedec, je ne comprends pas bien ce que tu attends de moi. Je n'ai aucune nouvelle de toi depuis que je t'ai fait tomber. La garde à vue s'était bien passée, OK. Tu t'es bien tenu. Mais je ne me souviens pas que l'on ait prévu de se revoir, si ? Et maintenant, après toutes ces années, tu insistes pour que je vienne et la première chose que tu me dis, c'est que tu ne veux pas collaborer avec moi. Personne n'a dit que tu étais une balance et ça ne me serait même pas venu à l'idée, j'ai trop de respect pour toi, crois-le ou non. Mais franchement, explique-moi pourquoi j'interviendrais pour toi si on ne travaille pas ensemble ?

Le choix des mots. Legal n'était pas un indic, il collaborait à une enquête, travaillait avec eux. Personne n'était dupe, mais les apparences étaient sauves.

– Je ne te force pas, François. Mais moi, je ne paye pas pour voir. Aide-moi dans une affaire et je me débrouillerai pour te tirer de ton trou. C'est du gagnant-gagnant, tu comprends ?

Faute de réponse, Coline s'attendait à ce que Lelouedec se lève pour quitter la pièce. Son rôle le lui imposait. Mais Legal capitula, après un long silence, l'air résigné.

– OK, qu'est-ce qui t'intéresse ?

– Tu le sais bien ; tout ce qui peut me permettre de sortir une affaire.

– Ça fait des mois que je suis au QI et je ne vois plus personne. Sors-moi de là et je te jure que je te trouverai quelque chose d'intéressant. Mais pour le moment, je suis hors jeu. Je n'ai rien à te raconter à part les magouilles des matons.

– Ne te fous pas de moi. Même à l'isolement, je suis sûr que tu sais tout ce qui se passe dans cette taule et certainement aussi dehors.

– T'es sérieux ? C'est un vrai trou, ici. Ils me font vraiment la misère, tu sais. Je n'ai même pas le droit à un bouquin, j'ai seulement une heure de promenade, tout seul. Alors comment tu veux que je sache quoi que ce soit ? Lève le DPS et renvoie-moi en détention. Une fois avec les autres, je te trouverai quelque chose de sympa.

– Et une fois que tu auras ce que tu veux, tu respecteras ta parole ?

– Je te le jure, dit Legal en tendant sa main à Lelouedec. Je n'ai qu'une parole, tu ne seras pas déçu.

– Tu me prends vraiment pour un con.

Legal blêmit, la main dans le vide.

– Je te l'ai dit, François. Je ne paye pas pour voir. Mais t'inquiète, je comprends que tu ne veuilles pas bosser avec moi. Je ferais probablement comme toi. Mais dis-moi, puisque tu as un peu de temps, tu devrais t'amuser à dresser la liste de tous ceux qui t'ont aidé depuis que tu es à l'isolement. Tiens, ceux qui t'ont proposé d'envoyer un peu de pognon à Diane. Ou même ceux qui ont seulement pris de tes nouvelles. Qu'est-ce que tu en penses ? Tu es tout seul, et tu le sais. Mais bon, pas de souci. Ça nous aura permis de sortir du bureau, ma collègue et moi. Et toi, ça t'aura fait une visite.

Amusée par le coup de bluff, Coline imita Lelouedec qui venait de se lever, provoquant Legal. Il leur demanda de se rasseoir, les mains levées en signe de reddition.

– C'est bon, arrêtez votre numéro. J'ai peut-être un truc ; une équipe de braqueurs de bijouteries, ça vous intéresse, non ?

Lelouedec se rassit lentement sur sa chaise.

– Ils sont quatre, des jeunes. Avant qu'ils me collent au QI, j'étais souvent en promenade avec l'un d'entre eux, leur chauffeur. Leur truc, c'est de taper des bijouteries dans des centres commerciaux. Ils ramassent un max de pièces et les revendent au prix de l'or.

– Ils braquent dans des centres commerciaux ? J'ai pas entendu parler de ça. Tu es sûr de ton coup ?

– C'est parce qu'ils ne tapent pas sur la région parisienne. Ils font exprès de s'écarter, pour éviter les synthèses judiciaires. Et ils ne braquent pas, en fait. Ils ne bougent que quand c'est fermé, le dimanche ou les jours fériés. Le type m'a expliqué qu'ils ne prenaient pas de calibres pour ne pas tomber pour vol à main armée. Comme ça, ils ne risquent pas d'aller aux Assises pour des vols en réunion.

– C'est dommage. Mais, vas-y... vas-y continue.

– Apparemment, ils procèdent toujours de la même façon : ils défoncent une baie vitrée ou une porte pour rentrer dans la galerie commerciale et après, ils découpent le rideau métallique de la bijouterie avec une disqueuse thermique. Il leur faut juste quelques minutes. Ensuite, ils pètent toutes les vitrines, ramassent le plus de bijoux possible et ils se cassent avant que les flics se pointent. Le chauffeur, lui, il reste dehors avec une corne de brume pour prévenir les autres s'il y a un problème. Mais jusque-là, ça n'a jamais été nécessaire.

– Qu'est-ce qu'il foutait au trou, ton pote, s'ils se sont jamais fait serrer ?

– Ça n'a rien à voir. Il est tombé pour une connerie, une vieille histoire pour laquelle il était recherché. Mais il n'a pris que quelques mois.

Lelouedec fit la moue.

– C'est une belle histoire, mais je n'ai jamais entendu parler de ça. Je serais au courant si des bijouteries se faisaient casser un peu partout.

– Je t'ai dit, c'est parce qu'ils évitent de taper toujours dans les mêmes coins. Ils savent que vous ne vous parlez pas d'une région à une autre, et c'est pire avec les pandores[1]. Mon pote, c'est un vrai pilote et pour éviter les rapprochements, ils s'en foutent de faire deux ou trois cents kilomètres.

– Il s'appelle comment, ton copain ?

1. Gendarmes. Terme donné par Gustave Nadaud, un chansonnier populaire du XIXe siècle.

5

Cela faisait des jours que le groupe poursuivait ses surveillances sur Stan Mayer. Philippe avait par ailleurs vérifié les informations que Legal leur avait données sur cette série de casses, mais avec un surnom, ils n'avaient pas assez pour lancer des investigations. Quelques recherches avaient pourtant suffi pour confirmer ce qu'il leur avait lâché : une équipe cassait en effet des bijouteries dans des centres commerciaux de province depuis près de deux ans et, mis à part des rapprochements de mode opératoire, les services enquêteurs, pour l'essentiel des gendarmes, n'avaient rien trouvé d'intéressant. Aucune empreinte, ni trace ADN. Les vidéos ne montraient que des ombres et, comme les bijoux étaient refondus, il n'y avait aucun élément exploitable. Personne ne savait rien. Philippe peinait à le reconnaître, mais Legal avait repris la main. Il l'avait appâté et, pour en savoir plus, il faudrait retourner le voir.

La seule chose qu'ils savaient, c'était que les casses avaient cessé pendant les mois où le chauffeur avait été incarcéré. Une information qui supposait d'éplucher les dossiers de toutes les courtes peines sur la période concernée. Sans compter, comme Coline l'avait fait remarquer, le risque de transferts entre maisons d'arrêt. Le plus simple était de retourner à Bois-d'Arcy, mais pour le moment, Philippe n'était pas prêt à quémander.

– De Nabil, à tous. La Mercedes vient de bouger, ça prend vers toi, Alex.

Après des jours passés à s'épuiser sur le terrain, leurs efforts allaient peut-être payer. Ce matin, ils avaient vu Mayer retrouver deux de ses complices habituels, les frères Falck, en « tenue de travail » pour un VFQ : costume-cravate et coupe de premier communiant. Après avoir discuté un moment, ils avaient pris la direction du XVIe arrondissement où ils tournaient depuis plus d'une heure.

– Ils viennent de me passer devant, ça roule tranquille. Je les prends gentiment.

– Alex, de Philippe. Laisse-les respirer, pas la peine de les chauffer.

– Reçu. T'inquiète, j'ai deux écrans[1] et ils ont vraiment l'air peinards.

Philippe démarra, s'inséra sans forcer dans le flot de circulation pour se rapprocher de l'objectif. Une centaine de mètres plus loin, un VTC s'arrêta en pleine voie pour charger un client, juste devant lui. Sans même un geste pour s'excuser. Philippe hésita à abaisser son pare-soleil « Police », se ravisa. Le reste du groupe était déjà sur la Mercedes, rien ne pressait, et il décida de patienter.

– Nabil, d'Alex. Je suis sur Paul-Doumer et ça vient de prendre à droite vers Faustin-Hélie. Tu peux enquiller ?

– Ouais, c'est bon. Je suis un écran derrière toi.

1. Avoir deux véhicules placés devant le sien pour se dissimuler dans la circulation.

La berline démarra enfin devant lui, Philippe se dégagea, accéléra pour ramarrer le dispositif.

– De Nabil, ne vous enquillez pas tous. Ils viennent de se poser à l'angle de la rue de la Pompe. C'est reçu ?

– Bien pris de Philippe. Coline, tu peux te rapprocher avec la cuve[1] ?

– Oui, je suis rue de Passy. Tu veux que je me pose sur place ?

– Affirmatif. Tu as quelqu'un avec toi ?

– Non, je suis seule.

– Greg, tu es dans le coin ?

– Oui, tu veux que j'aille en plongée ?

– Tu as tout compris.

– Reçu, de Greg. Coline, je vais lâcher ma caisse à l'angle de Doumer et Passy. Tu me récupères là-bas ?

Philippe jeta un nouveau coup d'œil à l'horloge de sa voiture. Cela faisait bientôt une demi-heure que Mayer et les Falck s'étaient engouffrés dans l'immeuble. Ils devaient avoir trouvé un nouveau vieillard à embrouiller. Même s'ils n'étaient le plus souvent pas violents, l'attente était insupportable. Philippe haïssait ce genre de types. Leur absence de scrupules et d'humanité finissait par le rendre amer. La voix de Grégoire résonna.

– De Greg, ça sort. C'est reçu ?

– Fort et clair, Greg.

– Ils sont là, tous les trois, et ils se dirigent vers la Mercedes. Mayer a un petit sac à la main et il se marre.

– Reçu, de Philippe. On les prend gentiment quand ils décollent, mais on attend confirmation pour les taper. Coline, tu peux aller voir avant de lever la cuve ?

1. Véhicule de surveillance discrète.

– Je m'en occupe.

– De Greg, à tous. Ça monte dans la caisse et ça va pas tarder à démarrer. Mayer se met au volant. Il déboîte et c'est parti. C'est reçu ?

– En direct, de Philippe. Quelqu'un est au cul ?

– J'ai pris, de Christelle. Mais je n'ai pas d'écran et je ne pourrai pas tenir longtemps.

– J'enquille la rue et j'arrive derrière toi, d'Alex.

Philippe compta que, sans Coline et Grégoire restés sur place pour lever le doute[1], ils n'étaient que cinq pour interpeller. C'était peu, mais les auteurs de VFQ n'étaient généralement pas armés.

Après quelques minutes de filature, la Mercedes s'arrêta porte de Saint-Cloud, près du jardin de l'église Sainte-Jeanne-de-Chantal.

– À tous, de Christelle, nos amis vont pénétrer dans un café, face au rond-point.

– *Les Trois Obus*, je connais, dit Alex. Je les vois rentrer ; ils n'ont pas l'air chauds.

– De Philippe au dispo, Coline aura sûrement confirmation du VFQ avant qu'ils ressortent du rade. On se met en place pour les taper quand ils remonteront dans la bagnole, juste avant qu'ils décollent.

Laisser un volant dans les mains d'un manouche présentait un risque majeur ; s'il réussissait à démarrer, il poussait toujours pour s'enfuir. Compte tenu de la cylindrée de la Mercedes, il n'y aurait pas moyen de l'en empêcher. Leur sauter dessus dans le bar, sans savoir qui s'y trouvait, était exclu. Il valait mieux attendre qu'ils sortent.

Philippe était en train de se garer lorsque Coline l'appela pour lui dire ce qu'il espérait : Stan Mayer et les

1. Vérifier qu'une infraction a été commise.

frères Falck s'étaient fait passer pour des policiers chez un homme de quatre-vingt-treize ans, expliquant comme à chaque fois qu'ils venaient pour des constatations à la suite d'un vol par effraction. Elle s'était perdue en détails, mais en attrapant ses affaires pour rejoindre ses collègues, il avait retenu l'essentiel ; qu'ils venaient de mettre la main sur plusieurs lingots d'or et une collection de pièces anciennes.

Christelle et Alex étaient assis sur un banc dans le petit parc qui s'étalait au pied de l'église. Leur rôle était de braquer en piétons, tandis que Nabil et Yannick attendaient sur le boulevard Murat pour venir bloquer la Mercedes par l'arrière avec leur voiture. La manœuvre consistait à arrêter les manouches après qu'ils y sont montés, pour éviter qu'ils s'enfuient en courant. Comme toujours, le plus délicat restait la coordination.

Le quart d'heure qui suivit parut interminable. Et puis, juste au moment où Coline et Grégoire venaient d'arriver, Christelle annonça :

– À tous, ça sort du bar. Mayer en tête, suivi des Falck. Ça mate un peu, mais ils sont sereins.

– Reçu, de Philippe. On attend comme prévu qu'ils montent dans la caisse.

– Ça traverse gentiment. Mayer a l'air de chercher ses clés.

Le ton de Christelle était posé, rassurant.

– C'est bon, il vient de déverrouiller la fermeture centralisée. On se lève avec Alex.

En commençant à descendre la rue du Lieutenant-Colonel-Deport, Philippe croisa le regard de Coline qui marchait de l'autre côté du trottoir.

– Mayer vient d'ouvrir sa portière, il va monter.

– Nabil, de Philippe. Tu te rapproches ?

– J'arrive.

Philippe tourna la tête vers la Mercedes, garée à une quinzaine de mètres de lui, et aperçut Grégoire qui avançait, seul. Il remontait le trottoir, faussement détendu, puis se mit soudain à accélérer sans raison. Les traits crispés, il paraissait focalisé sur Mayer. Philippe s'attendait à ce qu'il ralentisse, mais en le voyant foncer, au contraire, il comprit ; Grégoire ne savait rien de ce qui était prévu. Il s'était lancé trop tôt, sans attendre que le reste du dispositif soit en place. Lorsqu'il le vit sortir son Sig Sauer, Philippe se souvint de ce qu'il avait appris de ses aînés ; attendre le bon moment, jouer la sécurité et toujours, toujours profiter de l'effet de surprise. Par manque d'expérience, faute de consignes, Grégoire avait ignoré toutes ces règles. Avant que Philippe ne puisse réagir, Greg braquait Mayer et lui hurlait de ne pas bouger. Un premier coup de feu claqua. Puis tout le monde se mit à courir vers la Mercedes.

Les choses allèrent si vite. Philippe ne paniqua qu'en voyant Grégoire s'écrouler, littéralement, comme si on venait de le débrancher. Les fils invisibles qui le soutenaient simplement arrachés, son corps désarticulé s'était affalé sans même qu'il pousse un cri.

Tout paraissait si irréel, trop inattendu. Le temps s'étirait. Pendant qu'il se précipitait vers lui, Philippe se répétait que Grégoire avait dû glisser, qu'il leur faisait encore l'une de ses blagues douteuses. Une seconde détonation balaya ses pensées, déclencha des mécanismes réflexes. La tête rentrée dans les épaules, les bras tendus pour pointer son arme devant lui, Philippe continuait de s'approcher, prêt à répliquer. La rue avait disparu, réduite à des images floues et mobiles. À quelques mètres, il reconnut la silhouette de Mayer, légèrement tournée vers lui. Deux tirs rapprochés lui déchirèrent les tympans. Le manouche s'effondra sur le volant, lâcha son pistolet. Il ne réalisa qu'après coup que c'était lui qui venait de l'abattre. En état de choc, il se laissa bousculer par Yannick qui braillait aux frères Falck de ne pas bouger. C'était comme si le monde entier venait de s'engouffrer dans la rue, hurlait autour de lui. Puis il sentit une main sur son bras, celle de Christelle.

– C'est bon, Philippe. Tu peux ranger ton calibre.

Refoulant le sentiment étrange d'avoir ôté une vie, il sentit une certitude plus sombre encore s'insinuer en lui ; celle d'être responsable de la perte d'un être cher. Un vertige effroyable.

– Il n'a plus de pouls. Il faut appeler les pompiers, dépêche-toi.

Alex était penché sur le corps de Grégoire, les mains ensanglantées.

– La balle est passée juste au-dessus du gilet. Je crois que c'est la carotide. Magne-toi, putain. Il faut qu'ils viennent tout de suite.

Philippe regardait Nabil et Yannick traîner les frères Falck au sol pour les menotter, Coline téléphoner aux pompiers. Sans résister, il laissa Christelle le tirer à l'écart.

– Il faut que tu t'asseyes un moment, on va s'occuper de lui.

Planté là, au milieu du trottoir, il ne servait à rien. Christelle avait raison, même s'il avait conscience qu'elle lui mentait sur l'essentiel. Grégoire était mort, et plus rien ne pourrait changer ça. Il aurait beau ressasser, décortiquer chaque geste, blâmer le sort ou se sentir responsable, rien n'y ferait. C'était inéluctable. Il le savait parfaitement. Parce que même s'il réussissait à donner le change, depuis des mois, chacune de ses journées commençait et s'achevait de la même manière. Il tendait les bras pour rattraper son ami Sacha dans sa chute. Puis le voyait, inexorablement, s'écraser trente mètres plus bas[1].

1. Lire *Quelque part entre le bien et le mal*, éditions de La Martinière, et en poche chez Points.

6

François ne dormait plus depuis des heures. Peu avant l'aube, son désir l'avait réveillé, s'était glissé dans ses rêves pour tout balayer, bousculer tout ce qui pouvait le contrarier. Diane serait bientôt là, comme un baume sur ses blessures. Il se sentait poussé vers elle, capable de franchir ces murs qui avaient perdu leur caractère inviolable. Rien d'autre n'avait vraiment d'importance. Il flottait, porté par un vent chaud et puissant. Il était déjà auprès d'elle, son âme offerte, échappée de son corps pour devancer l'instant où il la retrouverait.

À l'heure des parloirs, le maton vint le chercher et il le suivit, indifférent aux couloirs qu'ils traversaient, à tous ceux qu'ils croisaient, ses pensées tendues vers elle. Il se demandait ce qu'elle portait, espérait qu'elle avait laissé son cou dégagé. Le surveillant déverrouilla la serrure, s'écarta et enfin, il la vit.

Elle était si belle. Ses yeux immenses se posèrent sur lui, effarouchés, comme à chaque fois qu'elle venait lui rendre visite. Par pudeur, ils attendirent que la porte se referme, puis elle se leva et il la prit délicatement dans ses bras. Sans dire un mot, il enfouit son visage dans ses cheveux pour se perdre dans cette vague dorée, se laisser submerger par ses remous, griser par son parfum. Leurs deux corps pressés l'un contre l'autre, il pouvait sentir ses seins s'écraser sur son torse tandis que leurs respirations s'accordaient. Lorsqu'il rouvrit les yeux, elle le regardait, paisible. Par beau temps, ses iris émeraude devenaient plus clairs, ourlés d'un fin anneau sombre qui soulignait leur éclat et, quand elle les posait sur lui, il avait parfois l'impression que son cœur était épinglé. Fixé au mur comme un papillon, il était nu. Il n'existait que pour ces moments et malgré ses chaînes, le poids de l'absence, elle se tenait là, forte et fragile devant lui. Parce qu'en dépit de tout ce qu'il lui avait fait supporter, elle avait choisi de rester.

Ils se détachèrent de leur étreinte pour s'asseoir face à face, leurs jambes entremêlées sous la petite table en formica sur laquelle ils se tenaient les mains. François approcha son visage du sien pour murmurer :

– C'est si bon de te voir, mon ange.

– Tu as l'air plus reposé que la dernière fois, dit-elle en lui caressant la joue.

– J'ai trouvé le moyen de sortir du QI, et même une fois pour toutes de ce trou. J'ai fait ce qu'il fallait, il n'y a plus qu'à attendre… Mais ça va aller, maintenant.

Elle retira légèrement sa main.

– Qu'est-ce que tu as fait ?

– Rien. Enfin, rien qu'on puisse me reprocher. Ça devrait encore prendre quelques semaines, mais je serai bientôt dehors.

Quand François entendit les pas du surveillant qui s'arrêtait de l'autre côté de la porte il se tut, attendit qu'il reprenne sa ronde pour poursuivre.

– L'isolement me rend dingue, Diane. J'ai beau gueuler de toutes mes forces que je n'ai rien fait, personne ne m'écoute. Alors, j'ai appelé quelqu'un qui peut m'aider.

– Tu as changé d'avocat ?

– Non, ils servent à rien, les baveux. Ils prennent juste ton pognon. Regarde où j'en suis.

François jeta un regard mauvais autour de lui, désigna avec mépris ces murs qui semblaient lui renvoyer sa haine. Il détestait ces lieux, du plus profond de son être. Plus encore parce qu'elle devait y pénétrer pour le voir.

– Tu ne devrais pas être ici, ma chérie.

Elle prit un air peiné.

– Tu ne veux plus que je vienne ?

– Non, c'est pas ça. C'est juste que je m'en veux de t'imposer ça. Tu ne devrais pas avoir à te retrouver enfermée, même une minute.

Elle s'approcha, posa ses deux mains sur son visage et, comme à chaque fois, il eut l'impression d'être étourdi par sa caresse, sentit sa tristesse instantanément s'envoler. D'une voix basse, elle lui dit :

– Ne te soucie pas de ça, je suis exactement là où je le souhaite. Nous sommes presque au bout de ta peine et ensuite, la vie recommencera, pour de bon.

Partout autour d'eux, une souffrance sourde montait, se heurtait aux murs avant de se briser chaque soir en sanglots. La détresse se nourrissait de chacun d'entre eux, les forts comme les faibles, grandissait sur des lambeaux de souvenirs. Implacable et féroce. Diane fit mine de reculer un peu, mais François plaça ses mains sur les siennes pour éviter qu'elle ne les retire, pour repousser cette solitude qui le mordait, le rongeait jusqu'aux os. Ne serait-ce que pour une seconde, il voulait la garder près de lui. Oublier cette enceinte, l'ombre qui les menaçait et profiter du jour, si prometteur.

Après un instant, une éternité, il relâcha sa prise. Diane laissa ses doigts glisser le long de ses joues, avec douceur, comme pour étirer le temps. Il la connaissait suffisamment pour savoir qu'elle lisait en lui, décida de faire semblant, parce qu'ils méritaient un répit. Il se redressa, entreprit de maîtriser son expression, chacun de ses gestes et lui demanda de raconter ses dernières semaines. Il avait eu raison d'appeler Lelouedec. Par amour, il pouvait bien piétiner ce qui lui restait d'honneur, se libérer de ce milieu auquel il avait cru, à tort, appartenir. Et quand tout se serait délité, il serait auprès d'elle.

7

L'église était pleine de monde. Des policiers pour l'essentiel. Grégoire n'était titulaire que depuis à peine deux ans, mais beaucoup des collègues qui le connaissaient, et parfois même seulement de vue, étaient venus lui rendre hommage.

Coline était assise tout au fond de la nef. Elle n'avait pas osé s'installer dans les premiers rangs avec le reste du groupe, convaincue d'être en partie responsable. Des centaines de fois, elle avait ressassé ce qui s'était passé : le temps qu'elle avait mis à grimper les cinq étages, à tambouriner à la porte, puis à se faire comprendre du vieil homme. Celui qu'elle avait perdu sur la route avec Grégoire. Alors qu'il conduisait, c'était elle qui aurait dû appeler Philippe pour se faire briefer avant leur arrivée porte de Saint-Cloud. Depuis des jours, elle se repassait en boucle la même scène, sans rien pouvoir faire d'autre que de pleurer.

À quelques mètres d'elle, une jeune femme sanglotait, elle aussi. Coline enviait son chagrin qui semblait si pur, libre de tout reproche. Elle aurait aimé échanger leurs places, être cette blonde éplorée, inconsolable, et pour une fois, jouer la beauté éthérée que tout le monde réconforte.

Elle s'accrocha au dossier de la chaise devant elle, avec le sentiment d'être déplacée au moment où tout le monde se mettait debout. Le prêtre s'apprêtait à prendre la parole et alors qu'elle ne priait jamais, Coline décida de se recueillir pour chercher refuge dans l'oraison.

L'instant d'après, l'assistance asphyxiait. Dans une communion tragique, les personnes présentes semblaient en proie au même désespoir. Leur peine saturait l'air, s'accrochait à chacun d'eux, leur transperçait le cœur à tour de rôle. Coline réalisa qu'elle n'avait pas emporté de mouchoirs. La souffrance ruisselait sur tous les visages, mais pas une boîte de kleenex n'avait été prévue, se dit-elle. L'attente, plus acérée qu'un cri, lui parut insondable, mais lorsque le prêtre commença finalement à parler, elle fut prise de panique. Malgré la prudence avec laquelle il s'exprimait, le soin avec lequel il choisissait ses mots, il ne faisait qu'accentuer son chagrin, et Coline dut encore prendre sur elle pour attendre le moment où elle pourrait s'échapper. Le poème que la sœur cadette de Grégoire lut ensuite l'étrilla. Mais lorsqu'elle vit Philippe s'avancer vers l'autel, ses jambes se mirent à trembler et elle dut se retenir à sa chaise. Tétanisée, elle le regarda déplier sa feuille et la poser devant lui. Philippe s'avança légèrement vers le micro et quand sa voix commença à faire écho sous les immenses voûtes de pierre, elle sut que les choses ne pourraient être pires.

Elle avait tort. Après Philippe, le père de Grégoire. Quelques jours auparavant, il serrait son fils contre lui, fier de l'homme qu'il était devenu. Anéanti, il avait à cœur de remercier tous ses collègues, ceux qui s'étaient tenus auprès de son enfant jusqu'au bout, de s'être réunis. La délicatesse de son ton, la pudeur du moindre de ses gestes, sa dignité. Il luttait pour ne pas s'effondrer.

Son image se troubla. Coline tentait d'essuyer ses yeux du revers de sa manche. Elle aurait tellement voulu remonter le temps, gagner seulement quelques secondes, retenir Grégoire auprès d'elle, lui dire à quel point il la faisait rire. Combien elle l'aimait.

Quelque chose venait de se briser au plus profond d'elle. Une fêlure la parcourait jusqu'à l'âme, laissant s'écouler le peu qui lui restait d'innocence. Quoi qu'elle fasse, les gens qu'elle aimait mouraient autour d'elle. Depuis sa grand-mère jusqu'à Grégoire, fauché devant ses yeux. C'était aussi simple que ça, et elle n'y pouvait rien.

De l'autre côté de la nef, Christelle l'observait. Une envie de la serrer dans ses bras la prit à la gorge. Le rythme cardiaque de Coline s'emballa, la température de son corps monta brusquement et, alors qu'elle essayait de retirer sa veste, sa poitrine s'enflamma. Des lumières se mirent à danser autour d'elle, le sol s'ouvrit et l'emporta.

Un vent léger lui caressait le visage. Libérée de l'étau qui l'oppressait depuis le matin, elle n'ouvrit pas les yeux tout de suite, préférant gagner quelques instants de paix.

– Comment elle va ?

– Bien, ne vous inquiétez pas. C'est un petit malaise, rien de plus. Ça arrive de temps en temps à des obsèques, mais ça va aller. On va quand même l'emmener aux urgences pour la forme.

Elle entendait Philippe parler à un pompier qui était somme toute assez mignon. Ce dernier parut se réjouir de constater qu'elle était revenue à elle.

– Ah, c'est bien, vous êtes avec nous. Comment vous vous sentez ?

Il avait une jolie voix. Elle garda la remarque pour elle, se souvenant brutalement de ce qui l'avait conduite dans cette ambulance : l'enterrement de Grégoire, son père, le prêtre et la blonde qui chialait dans l'église. En une seconde, les ténèbres qui l'avaient fauchée déferlèrent à nouveau. Elle tenta de les ignorer, déjà honteuse de s'être fait remarquer. Elle se redressa et s'appliqua pour répondre d'une voix affermie.

– Je me sens mieux, merci. Ça doit être la chaleur, on respire mal, là-dedans. Et puis je n'ai pas eu le temps de prendre un petit-déjeuner. Je ne vais pas à l'hôpital, c'est ridicule. Je suis tellement désolée de vous avoir dérangés. Il faut juste que je boive quelque chose, et ça va aller.

– Ne dis pas de conneries. Tu vas faire ces examens et te reposer. Point barre, asséna Philippe.

– Je vais bien, je te dis, dit-elle en s'asseyant sur le brancard. Où vous avez mis mon sac ?

Le pompier et son chef de groupe échangèrent un regard.

– Coline, tu m'écoutes ? Tu viens de t'évanouir en pleine cérémonie, alors non, tu ne vas pas bien. J'ai suffisamment de problèmes comme ça en ce moment pour ne pas, en plus, jouer à la nounou avec toi. Donc, tu te rallonges et tu les laisses t'emmener à l'hosto. Je passerai te voir plus tard.

Elle aurait voulu lui dire que, pour une fois, c'était à lui de l'écouter. Qu'il fallait qu'il arrête de la traiter comme une gamine. Que c'était insupportable. Que comme lui, comme tous les autres, elle se sentait responsable. Qu'à chaque fois qu'elle fermait les yeux, elle voyait Grégoire tomber et que la seconde d'après, elle s'attendait à ce qu'il lui propose d'aller boire un verre. Que plusieurs fois par jour, elle l'appelait, juste pour écouter sa voix sur sa messagerie. Comme s'il allait décrocher, que tout ça n'était qu'un cauchemar. Mais au lieu de ça, elle se contint poliment.

– Philippe, c'est gentil, mais il faut que j'aille au cimetière avec vous. J'en ai besoin, tu comprends ? Alors, laissez-moi me lever.

Elle avait eu raison d'insister. Elle s'en serait voulu de ne pas avoir suivi Grégoire jusqu'au bout. En sortant de l'ambulance des pompiers, Philippe avait ronchonné, mais elle s'en moquait.

La file avançait péniblement. Des pleurs s'élevaient. Les parents de Grégoire prenaient le soin de remercier chaque personne. Elle piétina quelques minutes et finalement, se retrouva plantée au bord du trou que les fossoyeurs venaient de creuser. Elle n'avait rien préparé, ne savait pas quoi faire. Elle aurait souhaité improviser un hommage exceptionnel, suffisamment poignant pour qu'on lui pardonne. Au lieu de ça, elle resta paralysée quelques instants, jusqu'à ce qu'elle prête attention au vase disposé devant elle. Elle saisit l'une des roses rouges qui s'y trouvaient, l'embrassa et la jeta sur le cercueil de Grégoire. La plus belle marque de respect qu'elle pouvait lui offrir était sûrement de se tenir debout.

8

Stéphane Costa ralentit à l'approche de Fleury-en-Bière, sortit de sa veste le badge de télépéage qu'il avait volé la veille au soir, comme d'habitude, dans une voiture en stationnement. Pour le désactiver, son propriétaire devrait déjà se rendre compte de sa disparition, puis il appellerait les flics avant de penser à téléphoner à la société d'autoroute. D'ici là, ils seraient rentrés depuis longtemps. Le moteur décéléra lentement, réduisant leur vitesse à 30 km/h. Mais la barrière à peine passée, Stéphane appuya sur l'accélérateur, libérant les cinq cent soixante chevaux de l'Audi RS 6 qu'il avait entre les mains. Moins de quatre secondes plus tard, il dépassait les 100 km/h et filait comme le vent, comptant bien vérifier, comme le promettait le constructeur, qu'il pouvait atteindre les 300.

Ils avaient quitté Montreuil une trentaine de minutes plus tôt. Auxerre était à moins de cent cinquante kilomètres. En forçant l'allure, ils devraient y être rapidement. Le centre commercial qu'ils avaient repéré se trouvait tout près de la sortie d'autoroute ; un emplacement parfait pour s'enfuir ensuite.

– On y sera dans moins d'une heure.

Djamel confirma son estimation d'un clin d'œil. Ils avaient appris à se comprendre d'un regard. Une intimité forgée en prison, dans la même cellule et puis dans la rue, à travailler ensemble. Stéphane était aussi opportuniste que les autres, mais il préférait le braquage à tout ce qui pouvait lui rapporter, les stups en particulier. Un braqueur n'avait pas de dettes, aucun client, aucun concurrent. Il était libre de ses mouvements, l'adrénaline en prime.

À l'arrière du break, Pascal et Farid somnolaient, bercés par le ronronnement du moteur, comme s'ils partaient en vacances. Cette nonchalance, c'était quelque chose que Stéphane n'arrivait pas à comprendre. Pour lui, ils risquaient leur vie à chaque fois. Au moins leur liberté et c'était déjà trop, même si cette nuit les conditions étaient idéales. Ils profitaient d'un temps sec et d'un clair de lune si intense qu'ils auraient pu se croire en plein jour, à la faveur d'une lumière morne mais apaisante. Il aimait cette ambiance, le calme apparent qui précédait le déchaînement de violence, l'impression de puissance qui le saturait à chaque fois qu'ils cassaient une bijouterie. Mais avant tout, il devait rester concentré. Des appels de phares le rappelèrent à l'ordre. À cette vitesse, il fallait rester focalisé sur la conduite. Le moindre écart pouvait être fatal.

En approchant d'Auxerre, Stéphane réalisa qu'il avait roulé encore plus vite que prévu. Mis à part quelques poids lourds, ils n'avaient doublé presque personne et la sortie n'était qu'à trois kilomètres. Il tapa sur la cuisse de son voisin.

– Secoue-toi, on est arrivés.

Djamel s'étira, entrouvrit sa fenêtre pour faire entrer de l'air frais dans l'habitacle et se baissa pour ramasser le sac posé à ses pieds. Pendant qu'il enfilait son gilet pare-balles, Stéphane ralentit pour quitter l'autoroute. D'après le GPS de l'Audi, ils étaient tout près d'une nationale qui devait les amener directement sur le parking de l'hypermarché.

– À cette heure-là, ça devrait être désert, mais mate quand même.

– Tu le sens pas ?

– Si, mais on sait jamais.

Stéphane était d'une nature inquiète, tout le contraire de Djamel. Ils pouvaient croiser une patrouille, un livreur. Tout pouvait déraper rapidement, pour un simple détail négligé. Et une fois que les choses partaient de travers, il savait d'expérience que c'était difficile de les rattraper.

Dès qu'ils pénétrèrent dans la zone commerciale, Stéphane ralentit encore. Avec prudence, il fit le tour du gigantesque bâtiment en tôle qui abritait la grande surface et les allées de commerces. Ils ne s'attaquaient qu'à des bijouteries modestes, mais toujours de la même chaîne, toutes construites sur le même modèle ; présentoirs, alarme et système de vidéosurveillance identiques.

Son tour de chauffe achevé, Stéphane se gara devant l'une des entrées, prêt à partir, le haillon face à l'imposante porte tournante. Il laissa le moteur tourner, descendit de l'Audi pour mettre à son tour son pare-balles. Pascal et Farid fouillaient déjà dans le coffre pour y récupérer des masses et, la seconde d'après, ils étaient devant l'une des grandes baies vitrées qui encadraient l'accès. Stéphane déclencha le chronomètre de sa montre.

– C'est parti. On a moins de dix minutes.

Le premier choc résonna comme un coup de tonnerre. Puis d'autres, aussi violents, jusqu'à ce que le verre

Securit cède. Deux minutes. De l'extérieur, Stéphane vit les autres s'engouffrer dans le hall, courir vers la bijouterie située cette fois-ci à une dizaine de mètres de l'entrée. Djamel leva sa disqueuse thermique, tira sur la poignée du lanceur, à trois reprises, puis se mit à jurer. Quatre minutes. Il fallait qu'ils se dépêchent.

Chacun avait une tâche précise. Celle de Stéphane était de surveiller le parking, une corne de brume à la main, mais aussi de penser au retour. Malgré le risque en cas d'accident, quatre jerricans, chacun de cinquante litres d'essence, occupaient une partie de la malle arrière. Pas question de s'arrêter à une station-service et compte tenu de leur consommation, ils n'avaient aucune chance de faire l'aller-retour avec un plein. Le geste sûr, Stéphane sortit un premier bidon, l'ouvrit pour y glisser un long tuyau en plastique, se mit à en aspirer l'air pour siphonner le contenu. La première fois qu'il avait tenté de le faire, il n'était qu'un gamin et avait failli avaler l'essence destinée à son scooter. C'était comme tout, il fallait apprendre.

À l'évidence, le réservoir de soixante-quinze litres était quasiment vide. Il finit presque d'y verser un second jerrican, mais au moment de le ranger, il sursauta en entendant un bruit de moteur. D'abord, il ne vit rien, seulement l'immense parking désert et puis tout d'un coup, une Renault Clio surgit au coin du bâtiment. Une Clio rouge. Cela lui suffit pour se rassurer. Les flics et les pandores préféraient des couleurs moins criardes. Il faillit rappeler les autres, avant de remarquer qu'il s'agissait d'un couple de jeunes. La passagère parut gênée et le conducteur le fixait d'un air perplexe, apparemment écœuré d'être surpris dans un endroit aussi improbable. Stéphane fit un pas dans leur direction, attendit qu'ils déguerpissent, amusé.

Lorsqu'il revint à son poste, le rideau métallique était éventré. Djamel et les autres étaient en train de défoncer les présentoirs, ramassaient sans discernement tous les bijoux qui y étaient exposés. Pour l'essentiel, il ne s'agissait pas de pièces coûteuses ; plutôt des bracelets, des chaînes et des bagues bon marché. Au prix de l'or, peu importait. Pascal connaissait un raboin qui leur achetait tout pour un quart de point ; soit 25 % de la valeur vénale de ce qu'ils lui rapportaient. À plus de 34 000 euros le kilo, ça devenait vite intéressant, d'autant qu'ils raflaient souvent entre trois et quatre kilos de bijoux chaque fois.

Stéphane releva sa manche pour regarder sa montre. Huit minutes. Il était temps de partir. Il s'approcha de l'entrée pour hurler.

– Il faut se casser. On remballe.

Encombré par le grand bac en plastique qu'il portait, Djamel ressortit le premier. Stéphane mit le contact, attendit que Pascal et Farid les rejoignent, rangent leur matériel à l'arrière. Un coup d'œil pour vérifier que tout le monde était dans l'Audi et il décolla, traversa le parking en trombe. Une poignée de minutes plus tard, ils étaient de nouveau sur l'autoroute en direction de la capitale.

Le jour naissait à peine. La plupart des chauffeurs de camion avaient choisi de s'arrêter pour la nuit. Hormis quelques voitures, les voies étaient dégagées et Stéphane poussa le moteur jusqu'à ses limites. Le compteur de vitesse affichait 302 km/h quand Djamel réagit.

– Ho, Steph. Tu veux nous tuer ou quoi ?

– Ça t'intéresse pas de savoir jusqu'à combien on peut monter ?

– Non, je veux profiter de mon pognon. Ralentis, narvalo[1].

– T'es vraiment un schbeb[2].

Stéphane leva légèrement le pied, maintenant leur allure à 260.

Même en se bridant à l'approche de la région parisienne, ils n'avaient pas mis plus d'une demi-heure pour rentrer. Évry était toute proche et, en respectant les limitations de vitesse, ils seraient à Montreuil avant 7 heures. Le temps de remiser l'Audi dans son box et de déposer les autres, Stéphane calcula qu'il pouvait être de retour dans son quartier pour l'ouverture de son bar préféré. En veine, il pourrait faire un Loto, au cas où, et irait chercher des croissants pour sa copine qui dormirait sans doute encore.

Pourtant, à l'approche de l'échangeur de la Francilienne, il décida de changer ses plans, mit un coup de volant pour s'engager sur l'A104, certain de la réaction de Djamel.

– Putain, tu fais quoi, là ?

Dans son rétroviseur intérieur, Pascal le regardait, bouche bée.

– On est à moins de dix minutes du Carré Sénart. C'est tout près de la Francilienne. J'y suis allé quelques fois. J'y avais jamais pensé, mais il y a une bijouterie là-bas.

– On n'a même pas fait de repérages. En plus, on est vachement près de Paris. C'est n'importe quoi, lança Djamel.

– Allez, on est chauds, là. On se la fait. En Seine-et-Marne, il n'y a pas autant de condés qu'à Paname. Le

1. En romani, « fou ».

2. Mot arabe signifiant « homosexuel », « tapette ». Souvent employé pour désigner un détenu qui se place sous la protection d'un autre.

temps qu'ils comprennent quelque chose, on sera au pieu. En plus, le coin est gavé de raboins, alors ils chercheront d'abord vers les camps alentour.

Djamel s'enfonça dans son siège pour réfléchir. À l'arrière, Pascal attendait qu'ils se décident, comme à chaque fois.

– De toute façon, on est déjà lancés, tenta Stéphane.

Et, de nouveau, Djamel se renfrogna.

– Je te préviens, après ça, on rentre. *Inch Allah*.

– Et on lui demande rien, à lui ? dit Pascal en désignant Farid qui dormait.

– Non, on verra la tronche qu'il tirera, répondit Stéphane en rigolant.

9

Diane possédait une élégance spontanée, une simplicité dans sa manière d'être belle. C'était ce qui avait d'abord plu à François. Assise en terrasse, elle sirotait une coupe de champagne en l'attendant. D'une sensualité évidente, et même si elle avait pris le soin de casser son style classique avec un perfecto, son maintien impeccable dénotait une éducation stricte. Le café qu'elle avait choisi était en face des Invalides, tout près de l'endroit où il l'avait abordée la première fois, quinze ans auparavant. En s'approchant, il se dit que c'était naturel qu'elle choisisse de le revoir dans ce quartier pour sa première permission. Absorbée par l'écran de son portable, elle ne le vit pas arriver avant qu'il ne soit tout près. Ramenés en queue-de-cheval, ses cheveux paraissaient étrangement moins blonds, mais soulignaient encore sa beauté. Il se pencha pour l'embrasser et, malgré lui, jeta un coup d'œil autour d'eux avant de s'asseoir tout à côté d'elle. Aucun utilitaire suspect, ni piéton au regard fuyant. Visiblement, il n'y avait pas de flics en surveillance.

– Tu vas bien ? Tu as l'air soucieux !

– Non, ça va. C'est juste que j'ai du mal à m'habituer. Je suis sorti du QI que depuis quelques semaines. Il va me falloir un peu de temps, tu comprends ?

Il ne mentait pas tout à fait. En tout cas, s'il ne lui disait pas tout, ses difficultés à se reconnecter avec le monde qui l'entourait étaient réelles. En moins d'une décennie, tellement de choses avaient changé. Les voitures, la mode et même les codes qui régissaient la vie en société. Ce qui l'avait étonné avant tout, c'était la place qu'avaient prise les portables. Ils servaient à tout, même à aller sur Internet. Les maisons d'arrêt étaient évidemment truffées de cellulaires, mais pour l'essentiel, les cartes SIM qui entraient en prison étaient des prépayées limitées à téléphoner, qu'il fallait régulièrement recharger. En prison, tout coûtait cher.

Dans le métro, François avait observé des jeunes jouer, écouter de la musique, prendre des photos d'eux avec leurs portables. Ce qui lui paraissait le plus étrange, c'était qu'ils s'épanchent sans cesse sur les réseaux sociaux. Pour quelqu'un habitué à se cacher, mettre sa vie en ligne n'avait aucun sens.

Diane était ravissante. Ils prirent le temps de se retrouver, sans s'inquiéter d'être dérangés, loin des parloirs. Autour d'eux, d'autres couples partageaient le même bonheur monotone, bercés par la douceur du soir. François redécouvrait le plaisir qu'il y avait à s'ennuyer à deux, grisés par la légèreté des rires qui s'échappaient des tables voisines. Il était heureux, tellement qu'il lui fallut un moment pour remarquer que Diane le regardait parfois d'un air triste.

– Tu parais contrariée, quelque chose ne va pas ?

– Non, tout va très bien. C'est juste que j'ai beaucoup de boulot en ce moment, et je dors mal. Ne t'inquiète pas.

Des années de réclusion, à scruter le moindre détail pour survivre. Elle cherchait à le rassurer, mais ses yeux semblaient craintifs, renvoyaient autre chose.

– Ne me raconte pas de conneries, je vois bien qu'il y a un problème.

– Ne commence pas. Il n'y a rien de grave. C'est seulement qu'il me faut du temps, tu comprends ?

– Comment ça, il te faut du temps ? Pour quoi faire ? Tu te fous de moi, ou quoi ? Ça fait presque dix piges que je te vois qu'au parloir et maintenant que je suis dehors, tu me balances, l'air de ne pas y toucher, que tu as besoin de temps. Je ne comprends pas. Tu as quelqu'un, c'est ça ?

– Tu es vraiment trop con.

Sans comprendre à quel moment il avait pu trébucher, François sentit que la situation lui échappait. Ces retrouvailles, qui l'avaient si souvent fait tenir lorsqu'il était au fond du trou, étaient en train de virer au cauchemar. Il fit un effort pour se contenir et ne pas aggraver les choses.

– Je suis désolé. Excuse-moi, s'il te plaît. Mais franchement, je ne comprends pas ce qui nous arrive, là.

– C'est juste que ça va trop vite pour moi.

Il faillit perdre son calme.

– Ça va trop vite ? J'attends ça depuis des années et toi, tu trouves que je m'emballe. C'est ça ?

– Ne t'énerve pas, je t'en prie.

Au ton qu'elle prit, il se rendit compte qu'il devait se reprendre s'il ne voulait pas la voir se lever et l'abandonner, seul, devant sa bière.

– Alors, explique-moi. Je t'écoute, dit-il le plus doucement possible.

– Il n'y a personne d'autre que toi, François. C'est pas juste que tu puisses penser le contraire. Durant toutes ces années, il n'y a toujours eu que toi, malgré tout ce que tu nous as fait traverser. Je suis restée à t'attendre, à venir te voir aux parloirs pour t'entendre hurler ou pleurer.

Pendant que tu te plaignais d'être emmuré, moi, j'étais enfermée dehors, à vivre au rythme de tes transferts d'une prison à une autre. J'ai dû apprendre à vivre toute seule, à construire ma vie autour de la tienne.

– Je sais tout ça.

Le visage de Diane se ferma encore.

– Non, pour une fois, écoute-moi jusqu'au bout. Au cours des dix dernières années, notre seul décor a été les parloirs crasseux des maisons d'arrêt et, quelquefois, les UVF[1]. Je n'ai pas compté, mais on a dû faire l'amour une demi-douzaine de fois depuis que tu es tombé. Et encore, je passe sur les fois où les matons essayaient de se rincer l'œil. J'ai dû m'y habituer, à tout ça, comme aux visites derrière une fenêtre en plexiglas ou à la fouille après tes tentatives d'évasion. Alors même si tu as du mal à le comprendre, ça me fait bizarre de te voir là. Et puis, je ne m'explique pas comment tu as fait pour te tirer du QI d'un seul coup et obtenir cette permission. Je sens que tu me caches un truc et ça ne me plaît pas.

François durcit son regard, le planta dans celui de leur voisin, jugeant qu'il devenait trop curieux.

– Tu as raison, je suis injuste. On va prendre notre temps, d'accord ? Je te propose de commencer par passer une bonne soirée. On pourrait aller au ciné ? Après, si tu préfères, je te raccompagnerai chez toi et on improvisera. On n'est plus si pressés, après tout.

Lorsqu'elle le laissa lui prendre la main, il sut qu'il venait de gagner un peu de temps.

– Maintenant, c'est à moi de m'occuper de toi. Là, je n'ai que deux jours de liberté, mais si tout se passe

1. Unités de vie familiale ; appartement meublé au sein d'une prison, où un détenu peut recevoir sa famille dans l'intimité.

comme prévu, je serai définitivement dehors dans un mois ou deux et ensuite, je trouverai un petit boulot. Je vais changer de vie, je te le promets.

Dans un élan, elle se rapprocha de lui et, comme dans ses souvenirs, colla l'une de ses jambes contre la sienne.

Avant de la quitter, il l'écouta lui parler d'elle. Plus rien n'existait que ses lèvres, ses yeux lorsqu'elle les posait sur lui. Le soir comme une voûte qui les abritait et les heures suspendues, à ignorer leur course, pour les accompagner.

Désormais, la seule chose qui comptait, c'était qu'il s'en sorte. Le reste n'avait pas d'importance. Ni Lelouedec, ni Costa. Aucun des obstacles qui se mettraient en travers de sa route. Quand il les aurait dépassés, il ne resterait rien. Rien que lui. Et Diane comme un phare dans la nuit, jusqu'aux lueurs du jour.

10

Philippe se réveilla courbaturé derrière son volant. Il s'était endormi à force d'attendre que Costa sorte de chez lui. Leurs surveillances de la veille n'avaient rien apporté d'intéressant, comme d'ailleurs les précédentes depuis qu'ils s'étaient mis sur lui.

Lorsque Legal avait fini par lui lâcher un nom, après qu'il était parvenu à le faire sortir du QI, Philippe s'était réjoui. Visiblement trop vite. Non pas que l'objectif ne soit pas prometteur. À seulement trente-quatre ans, Stéphane Costa totalisait déjà trois condamnations pour des vols à main armée au préjudice de commerces ou d'établissements bancaires. D'après son dossier carcéral, c'était un teigneux et le peu d'informations que Philippe avait glané auprès d'autres indics confirmait le profil. Mais pour le moment, il n'avait encore rien observé de concret. Costa était lisse. Mis à part son permis de conduire, il n'avait aucun document d'identité, n'apparaissait dans aucun fichier. Il ne possédait pas de véhicule, n'avait pas de contrat locatif, aucun crédit. Inconnu aux ASSEDIC et bien sûr aux impôts, il semblait ne pas exister administrativement.

Il avait fallu plusieurs semaines au groupe pour le retrouver, grâce finalement à ses parents. Coline avait eu l'idée de planquer devant chez eux pour la fête des Mères et, aussi improbable que ça lui avait paru de prime abord, l'initiative avait payé. Costa était arrivé tout seul, un bouquet de fleurs à la main. Il était ressorti une heure plus tard, juste après qu'ils ont posé une balise sur sa voiture. Depuis, ils l'avaient suivi quotidiennement, mais leurs filatures ne leur avaient rien appris de passionnant. Leur client sortait presque tous les soirs, fréquentait beaucoup de monde et ses complices faisaient fatalement partie du lot. Probablement de ceux qu'ils avaient vus le plus souvent avec lui ; Djamel Meziane, Pascal Rodriguez et Farid Bouaziz. Le premier avait déjà été condamné avec Costa pour braquage, les deux autres avaient grandi dans le même quartier à Montreuil. Un début prometteur, qui ne suffisait pourtant pas pour monter un flag.

Pour tromper l'ennui, Philippe appela Coline qui s'occupait du direct[1] au bureau.

– Je vais te décevoir, lui lança-t-elle tout de suite. Il n'y a presque pas de com et à part quelques prises de tête avec sa gonzesse, c'est le calme plat. Il doit avoir une autre ligne.

– Bien sûr, qu'il a une autre ligne.

Philippe avait répondu sans réfléchir, d'un ton trop dur qui n'était pas destiné à sa collègue. Le numéro qu'ils écoutaient était apparu sur la facture détaillée des parents de Costa et il était clair pour tout le monde que ce n'était rien de plus qu'une ligne de vie[2].

– Désolé, je n'en ai pas après toi. C'est juste que j'en ai marre de piétiner.

1. Écoute en direct d'un téléphone portable.

2. Ligne téléphonique dédiée à des conversations liées à la vie courante.

– T'inquiète, ça va.

– Bon, donc tu n'as rien pour moi.

– Bah, non. Comme je t'ai dit ; rien que des engueulades avec sa copine. Elle lui reproche de ne pas s'occuper d'elle, de squatter son appart, ce genre de trucs. Apparemment, elle a pété un câble parce qu'il doit encore sortir sans elle, la laisser seule toute la nuit. Elle lui a balancé que, cette fois-ci, lui ramener des croissants ne suffirait pas.

Philippe se figea.

– Il a dit à quelle heure il doit partir ?

– C'est pas très clair. Il dit qu'il doit retrouver des potes, mais assez tard parce qu'il lui propose quand même de passer la soirée avec elle. En tout cas, il va découcher et c'est ça qui la rend hystérique.

– Merci, Coline. Rappelle-moi s'il y a du neuf.

Chaque fois qu'il avait ignoré son sixième sens, Philippe s'en était voulu. Il se décida en un instant, appuya sur le bouton de la radio.

– De Philippe, à tous. On lève et on s'y remet ce soir.

Hormis quelques gamins venus rôder autour de sa voiture, Philippe n'avait aperçu que des chats de gouttière. Le quartier était calme, surtout pour un samedi soir et depuis que Costa était rentré, vers 20 heures, les membres du groupe attendaient un mouvement, tapis aux alentours. Philippe commençait à somnoler quand la radio le fit sursauter.

– De Yannick, l'objectif vient de sortir. Il est devant son immeuble, le portable collé à l'oreille.

Philippe appela immédiatement Coline.

– Tu as quelque chose sur les zonz[1] ?

1. Écoutes judiciaires.

– Non, pas de com.

S'ils avaient encore un doute, c'était la preuve qu'ils n'écoutaient pas le bon cellulaire.

– De Philippe, à tous. On n'a pas de son, faites gaffe.

– Il y a une bagnole qui se rapproche, annonça Yannick, une Golf noire avec un mec à bord. Ça ralentit à hauteur de notre ami. Attention, il monte dans la Golf. C'est reçu ?

– Fort et clair. De Philippe, on la prend.

Ironique, Philippe se dit que la filature aurait été trop facile si, conciliant, Costa avait accepté de prendre la voiture qu'ils avaient balisée.

– De Christelle, je suis au cul. Pour le moment, ça roule tranquille, mais il n'y a que nous dans la rue et je vais rapidement avoir besoin d'une relève.

– Reçu, d'Alex. Tu es où ?

– On vient d'enquiller la rue de Paris, en direction du périph.

– C'est bon, je viens de vous voir passer. Lâche-les.

– Je dégage. Ils sont tout à toi, Alex.

Pour gagner du temps, Philippe fonçait par une autre voie vers la porte de Montreuil.

– Ça roule tranquille. On est à hauteur du Tribunal administratif, toujours en direction de Paris. C'est reçu ?

– De Nabil, je suis posé sur le parking de l'Ibis qui est en haut de la rue de Paris. Je pourrai les reprendre, si tu veux.

Philippe accéléra pour ne pas se faire distancer.

– OK, on sera sur toi dans deux minutes. On est arrêtés à un feu, au croisement de la rue Émile-Zola. Ça repart doucement. Pour le moment, ils ont l'air peinards. Je n'ai pas d'écran. Ils sont à toi, Nabil.

– Je les vois. Ils vont me passer devant, silence radio.

Par prudence, Philippe ralentit pour se garer une centaine de mètres avant l'entrée du périphérique.

– Pour tous, le chauffeur c'est Meziane. C'est reçu ?

Philippe exultait.

– Je suis derrière. Ils arrivent sur le grand rond-point et ça prend le périph nord, reprit Nabil.

– C'est reçu, de Philippe, on arrive.

À cette heure, la circulation était encore suffisamment dense pour leur permettre de suivre discrètement la Golf. Prudent, Djamel Meziane semblait ne pas vouloir attirer l'attention et roulait sur la file de droite, sans dépasser la vitesse réglementée de 70 km/h. Puis subitement, il se mit encore à ralentir.

– De Nabil, je crois qu'il va sortir à la porte de Clignancourt. Il met même son clignotant, ce con.

– De Philippe, je vais les reprendre.

À la sortie du périphérique et malgré ses précautions, Philippe se retrouva bloqué à un feu rouge, juste derrière la Golf. Il reconnut la nuque de Costa, ses cheveux presque ras. Il discutait avec Meziane qui, sans raison, se tourna pour le dévisager. À son regard, Philippe comprit qu'il ne l'avait pas repéré, mais qu'il cherchait simplement à se rassurer. Alors, lorsque la Golf démarra en trombe pour prendre la D14 en direction de Saint-Ouen, il bifurqua sans se presser.

– À tous, de Philippe. Je ne crois pas qu'ils m'aient détronché[1], mais ils sont super chauds. C'est parti vers Saint-Ouen et j'ai dû les lâcher. Yannick, tu peux ramarrer avec la bécane ?

– C'est parti. Ils sont sur l'avenue Michelet, c'est ça ?

1. Repéré lors d'une filature.

– Oui, je crois.

– Je les ai, ils sont posés un peu après, juste devant le SPIP[1].

– Tu es sérieux ?

– Je te jure. La Golf est pile devant, mais je n'ai pas pu rester. Si je me gare en face, ils vont me carboniser. Je vais vers la place Pleyel.

– De Philippe, quelqu'un peut faire un passage ?

– J'arrive, d'Alex.

Pendant que son collègue se rapprochait, Philippe se demanda ce que Costa et Meziane pouvaient bien attendre. Aucune chance qu'ils soient là pour organiser leur réinsertion, surtout en pleine nuit, alors que le service de probation était fermé.

– Il y a une deuxième caisse à leur contact, une Megane je crois. Mais j'ai pas pu taper la plaque. Ils avaient l'air de discuter à quatre.

– Christelle, tu es avec nous ? tenta Philippe.

– Je viens de sortir du périph. Tu veux que je refasse un passage, c'est ça ?

– T'es trop forte.

– Mouais, tu t'en souviendras quand tu feras les frais, hein ? Parce qu'on est quand même dimanche, là.

Ce n'est qu'en entendant Christelle qu'il percuta. Comment avait-il pu oublier ça ?

– À tous, de Philippe. Ça colle avec ce que Tonton[2] nous a dit ; la plupart du temps, ils tapent très tôt le dimanche. Vu l'heure, ils doivent se regrouper pour aller récupérer leur bagnole de guerre. Il ne faut pas les perdre, c'est reçu ?

1. Service pénitentiaire d'insertion et de probation.
2. Surnom donné habituellement aux indicateurs.

– De Christelle, ça repart, mais avec la Megane. Ils ont garé la Golf proprement et ça reprend Michelet dans le même sens. Je peux pas suivre.

– De Nabil, ils sont devant moi, presque à la fourche et ça clignote à droite.

Philippe accéléra pour revenir au contact.

– Ah merde, ils tapent à gauche. Ils m'ont baisé et je ne peux pas faire demi-tour.

– De Yannick, ils arrivent vers moi à fond. Je crois que c'est son pote, Rodriguez, qui conduit. Ne vous enquillez pas, ça fait le tour de la place.

– J'y suis, d'Alex, ils viennent de me doubler. Costa a les coudes posés sur la plage arrière pour mater, je vais devoir dégager. Je prends la N410. Faites gaffe, ils sont vraiment bouillants, là.

En remontant la N14, Philippe espéra qu'ils ne s'étaient pas fait semer.

– Philippe, de Yannick. Je viens de les doubler. Maintenant ils se traînent à trente à l'heure, file de droite. Ça va être compliqué de les tenir, tu crois pas ?

C'était l'une des leçons que Philippe avait tirées de ses années sur le terrain ; on ne suivait pas quelqu'un décidé à ne pas l'être. Sinon, c'était de la chasse. Alors, déçu, il décida d'abandonner.

– De Philippe, on lève.

11

Assis face à la porte, François patientait, l'air narquois. Il se retrouvait dans le même parloir que lors de sa dernière rencontre avec Lelouedec, mais cette fois-ci, les choses étaient sensiblement différentes. Ce n'était pas lui qui leur avait demandé de venir. Les flics avaient besoin de lui et cette certitude le réjouissait. Il ferma les yeux quelques secondes pour profiter de l'instant, sentit qu'on le fixait, mais ne réagit pas, jubilant intérieurement.

– Tu veux qu'on te laisse finir ta sieste ?

Lelouedec se tenait à l'entrée de la pièce. Sans le savoir, sa mine fatiguée offrit à François une satisfaction supplémentaire. Les journées semblaient longues.

– Non, je t'en prie, fais comme chez toi.

En désignant la chaise qui était devant lui, il nota que la fille qui accompagnait Lelouedec allait devoir rester debout. Malgré lui, il remarqua son parfum qui imprégnait l'air. Dans ce bas-fond, c'était un plaisir rare qui lui rappelait Diane, l'odeur qu'elle laissait quelquefois sur ses vêtements après l'une de ses visites. D'un geste, il leur fit signe d'entrer. Lelouedec s'assit, suivi par sa collègue qui paraissait troublée par la chape de béton qui pesait au-dessus d'eux. Se rappelant le regard mauvais qu'elle lui avait jeté lors de leur dernière entrevue, il lança :

– Elle n'a pas l'air bien, ta collègue ? Tu me la présentes, ce coup-là ?

Lelouedec l'ignora et s'approcha de la table.

– Alors, ça y est, tu es sorti du QI ?

À la seconde où ils avaient pénétré dans la pièce, François s'était attendu à ce qu'ils lui rappellent ce qu'ils avaient fait pour lui. De manière peut-être plus subtile. Il resta imperturbable, prit le temps de répondre, intrigué par cette femme qui les écoutait, adossée à l'embrasure de la porte. Elle ne ressemblait pas à une flic. Boudinée dans une jupe longue et un pull sans forme, elle ressemblait plus à une boulangère qu'à un limier de la PJ. Les cheveux courts, coiffés à la Betty Boop, son visage était harmonieux et il se dit que, sans surpoids, elle aurait pu être une femme attirante. La broche en forme de chat qu'elle portait dénotait avec le reste de sa tenue ; sobre et austère, mais elle lui plaisait.

– Oh, tu m'écoutes ?

– Bien sûr, que je t'écoute. Et t'inquiète, je sais bien que c'est grâce à toi que j'en suis sorti du QI !

– Je pensais que tu allais au moins me remercier.

– J'ai fait mieux que ça, non ?

– Tu parles de Costa ?

– Bah, oui. Alors, c'est bon, tu l'as serré ?

– Non, et il va falloir que tu m'en dises un peu plus pour y arriver.

Rien d'étonnant, se dit François avant de lâcher, goguenard :

– Tu l'as pas trouvé ?

– Si, et on a même identifié son équipe.

– C'est nickel, alors. Tu n'as plus besoin de moi.

Il savoura son effet, attendit que Lelouedec réagisse.

– Je te conseille d'arrêter de te foutre de ma gueule. Il me faudrait moins de temps pour te faire jeter au trou que pour t'en sortir.

– C'est bon, détends-toi. Qu'est-ce que tu veux que je fasse de plus ? Tu as Costa, son équipe et je t'ai déjà dit qu'ils tapaient des bijouteries. De là où je suis, je ne peux pas faire mieux que ça.

– Tu as un numéro pour le joindre ?

– Non, c'est un parano, Costa. Et même si j'arrivais à le toucher, il ne lâcherait rien d'intéressant sur un portable. Tu peux en être sûr. Il s'est déjà fait péter comme ça, et il apprend vite.

– Tu peux essayer ?

– T'es têtu... Oui, je vais essayer. Mais il y a mieux à faire.

Il craignit d'être allé trop vite. La veille, il avait minutieusement préparé cette discussion et ce qu'il avait prévu induisait un peu plus de finesse.

– Je t'écoute.

– Fais-moi sortir d'ici, et je te les amène sur un plateau.

Lelouedec s'esclaffa.

– Bien sûr, rien de plus simple. Juste le temps de passer voir le directeur de la taule, signer deux ou trois papiers et tu es dehors. Ça te va ?

– Au lieu de te foutre de moi, tu devrais me raconter vos filoches. Comme je vois les choses, vous n'avez pas dû réussir à les tenir. Ils vous ont mis dans le vent avant de récupérer leur bagnole de guerre et après, même en sachant que vous étiez sur eux, ils sont allés taper. Non ?

– Comment tu sais ça ?

À la tête que faisait Lelouedec, il sut qu'il avait visé juste.

– Costa, c'est un pro. Je sais qu'ils ont boxé[1] une RS 6 dans une cité, mais vous ne trouverez jamais où. Ils ont loué le garage grâce à un intermédiaire qu'ils ne voient presque jamais, juste une fois par an pour lui avancer les loyers et sa commission. Et comme ils ne sont pas cons, ils ne prennent pas deux fois la même bagnole pour y aller ; des fois que vous leur colleriez une balise. Quand ils partent au mastic, ils n'ont rien sur eux, même pas les fringues qu'ils mettent pour travailler. Et ils reviennent pareils ; clean. Sans le box, tu n'arriveras pas à les faire. Je te le garantis.

– Et tu sais où il est ?

– Bien sûr que non. Et j'ai surtout pas demandé. D'ailleurs, pour quelle raison je le ferais ? Je ne suis jamais monté avec eux, alors je ne vois pas bien pourquoi il me le dirait.

Lelouedec l'invita à poursuivre d'un signe de tête.

– Si tu me sors de là, ce sera facile : il suffira que je lui dise que j'ai besoin de pognon et que je veux braquer avec eux. Il m'aime bien, Costa, et une fois que je les aurai tous rencontrés, je n'aurai pas de mal à savoir où ils planquent leur caisse.

– Tu viens juste de sortir du QI. Comment tu veux que je te fasse libérer ?

– Parce que je suis conditionnable. Mon avocat a réussi à m'avoir une permission de sortie et comme j'ai

1. Remisé dans un box de garage.

assuré, il m'a dit qu'il y avait moyen d'obtenir une mise en liberté conditionnelle. Mais pour ça, il faut que tu m'aides.

– Tu veux que j'intervienne pour toi auprès du Parquet, c'est ça ?

– Tout juste. Fais ça, et je t'assure que cette affaire sera réglée en quinze jours.

– Et après, tu continueras à me rencarder, à jouer le jeu ? Tu en penses quoi, Coline ?

François l'avait presque oubliée.

– Je pense qu'il se fout de nous et qu'une fois dehors, il disparaîtra sans tenir parole.

Il s'en voulut de l'avoir prise pour une alliée.

– Vous n'aurez qu'à me coller un bracelet. Comme ça, vous saurez où je suis en permanence. Moi, je m'en fous, du moment que ça me permet de sortir.

Lelouedec se tourna vers sa collègue, puis le fixa de nouveau.

– Je vais y réfléchir. Mais essaye quand même de trouver un portable pour Costa.

– Tu peux compter sur moi.

En retournant en détention, il n'échangea pas un mot avec le maton qui l'escortait. Conscient d'avoir abattu toutes ses cartes, François savait qu'il ne lui restait plus qu'à attendre. Hors de question de trouver un moyen de joindre Costa. Si Lelouedec tenait tant que ça à l'attraper, il n'avait qu'à commencer par le tirer d'ici.

En arrivant devant sa cellule, le surveillant le poussa dans le dos, plus fort que d'habitude et François dut se retenir à son lit pour ne pas chuter. En se redressant, il se souvint du mal qu'il avait eu pour sortir du QI et prit sur lui. Il ne se laisserait pas provoquer au moment où les choses s'arrangeaient. Il connaissait les flics comme Lelouedec : obstinés, prêts à tout pour faire un flag. Et bientôt, il serait dehors.

12

Malgré tous les projets immobiliers portés par la mairie de Montreuil, le quartier de la Boissière restait ce qu'il avait toujours été ; une sorte de no man's land dans lequel même les bobos les plus aventureux ne s'étaient pas encore risqués. Des carcasses calcinées de voitures marquaient l'entrée, à côté d'un tas de pare-brise défoncés et de pièces de carrosseries abandonnées, autour desquels tournaient une nuée de gamins. Stéphane ralentit pour les saluer, éviter de les agiter inutilement. Juché sur son vélo, l'un des adolescents le reconnut et siffla à l'intention des autres.

Le raboin que Pascal leur avait présenté vivait sur un petit emplacement juste assez grand pour accueillir trois caravanes, mais sur lequel il avait installé un bungalow flambant neuf : quinze mètres carrés aménagés en cuisine et laverie, dont une partie servait également de salon lorsqu'il pleuvait. Le portail était grand ouvert et Stéphane s'engagea dans la cour, prudemment, même s'il y avait peu de risques de croiser une patrouille dans ce secteur. Le manouche les attendait, posté fièrement avec l'un de ses fils à côté d'un 4 × 4 Mercedes flambant neuf. Djamel descendit le premier pour les rejoindre.

Stéphane les détestait. Il fit un effort pour masquer le fait que, comme à chaque fois, il avait dû se faire violence pour se traîner jusque-là et quand ils vinrent vers lui, il mit enfin pied à terre, songeant, agacé, que le sol en graviers allait sûrement abîmer la paire de Weston qu'il venait de s'offrir.

– Oh, gadjo[1]. *Ap katé*[2], tu viens ou quoi ?

Il ne comprenait rien à ce qu'ils disaient et celui-ci était une caricature. Ses cheveux noirs, hirsutes, sortaient en mèches rebelles du chapeau qu'il avait continuellement vissé sur le crâne. Il semblait aussi sale que les autres et chaque fois que ses yeux méfiants se posaient sur lui, Stéphane avait l'impression d'être déshabillé. Mais au fond, et même s'il savait que c'était idiot, il leur en voulait avant tout pour ce vélo qu'il s'était fait voler lorsqu'il était môme. Malgré le temps passé, il se souvenait parfaitement du jour où ils lui étaient tombés dessus pour le lui arracher. Aucun de ses amis n'avait voulu le suivre jusqu'au camp pour le récupérer et encore aujourd'hui, il ne parvenait pas à croiser un raboin sans remuer cette colère.

– Bon, t'as combien, cette fois-ci ?

– Un peu plus de 3 kilos, répondit Djamel.

– On dit 3 kilos, alors ? !

– Non, 3 kilos 250 pour être précis.

– OK, je t'en donne 24 000. Ça te va ?

– Bien sûr, le cours est à 33 800 le kilo, non ?

– J'tiens pas un bureau de change, moi. J'vais calculer.

Djamel sonda le regard de Stéphane, comme s'il appréhendait sa réaction.

1. Personne qui n'appartient pas à la communauté manouche.

2. « Viens ici ».

– À un quart de point, ça fait 27 462 euros. On arrondit à 27 500, OK ? relança le manouche, son portable à la main, avant de faire un signe à son fils qui disparut dans l'une des caravanes.

Aucune haine ni ressentiment dans sa voix, seulement le business.

Prudemment, Stéphane recula d'un pas vers sa voiture, se reprochant d'avoir laissé son arme sous son siège, pendant que Djamel faisait un effort pour meubler la conversation. Des banalités entrecoupées de rires forcés. Après quelques minutes, la porte de la caravane se rouvrit. Le manouche baragouina quelque chose et son fils lui tendit une enveloppe de papier kraft.

– Y a 27 500, comme convenu. Il est où, l'or ?

Sans répondre, Stéphane fit le tour de sa voiture. Bien que le trajet soit très court depuis leur box, il avait pris la peine de cacher le butin sous la roue de secours, dans l'hypothèse d'un contrôle de routine. Il s'attendit, sans raison, à ce que les choses dérapent. Mais au moment où il sortit le sac du coffre, rien ne se passa. Il donna l'or au manouche, Djamel glissa l'enveloppe dans son blouson et ils s'éclipsèrent du camp. Simplement.

– T'es vraiment chiant. Tu veux que je t'en rachète un, de vélo ?

– C'est pas la question.

– C'est quoi, alors, la question ? Tu as vu la tête que tu tirais ? Un de ces jours, ça finira mal. C'est des fondus, ces types. Tu le sais bien.

– T'en as pas marre de faire la pute pour ce raboin, toi ?

Djamel parut excédé.

– Tu veux qu'on change de fourgue[1], c'est ça ?

– Non, c'est pas le problème. C'est vrai que je les aime pas, mais c'est pas ça. C'est juste qu'à un quart de point, c'est lui qui se gave alors que nous, on prend tous les risques. Ça t'emmerde pas, à force ?

L'expression de son visage avait changé, Djamel l'écoutait.

– Il faut qu'on trouve autre chose. À ce rythme-là, on n'est pas près de s'arrêter de taper. Tu te vois, à soixante piges, casser encore des bijouteries ? Sans compter qu'un de ces jours, les flics vont bien finir par nous tomber dessus.

L'image de papys braqueurs sembla amuser Djamel.

– OK, et tu penses à quoi ?

– J'en sais trop rien. Il faut déjà qu'on zappe tous les intermédiaires. Qu'est-ce qu'il en fout de l'or, ce con ?

– D'après Pascal, il connaît un mec qui rachète des brisures d'or dans des bijouteries pour les refondre en Belgique. Mais sans le contact, je nous vois mal débarquer à Bruxelles, le coffre plein de bijoux. Sans lui, on est coincés.

– Donc, on continue à le gaver ?

– J'ai pas dit ça, Stéphane. Mais pour le moment, je trouve qu'on s'en sort pas si mal. Le mois dernier, j'ai pris 20 000. Mis à part les stups, moi, je vois pas comment ramasser autant.

– Je t'ai déjà dit, les stups c'est un milieu d'enculés. La moitié des dealers sont des balances, et l'autre moitié passe son temps à essayer de te carotter. Laisse tomber.

– Bah, alors. Je comprends pas. C'est toi qui refuses de monter au braquo. Tu veux quoi, au juste ?

1. Receleur.

– Je t'ai déjà expliqué, avec les casses, on risque la correctionnelle, pas les Assises. Et puis de toute façon, il n'y a plus d'argent nulle part. Tu rêves de taper un fourgon ? Ça paye plus, ces trucs-là.

– Et donc ?

– Et donc, j'en sais rien. Mais il faut qu'on y réfléchisse avec les autres.

13

Christelle avait appelé Coline pour lui dire que Lelouedec réunissait tout le groupe au bureau. Pour la première fois depuis le décès de Greg. Après les obsèques, ils avaient passé le plus clair de leur temps sur le terrain, à surveiller Costa et son équipe, sans réelle conviction. Comme s'ils voulaient égarer leur peine sans vouloir se l'avouer.

En sortant du métro, elle se demanda s'ils oseraient reparler de lui. Même si sa famille avait récupéré ses affaires, son bureau était toujours là, curieusement vide. Coline avait le sien juste en face et à chaque fois qu'elle posait les yeux dessus, ils se brouillaient de chagrin.

Elle arriva la dernière et Lelouedec avait commencé son briefing. Christelle et Alex discutaient à voix basse dans un coin et, dès qu'elle la vit entrer, sa collègue lui fit signe de s'asseoir à côté d'elle. Comme elle s'y attendait, personne n'occupait la place de Greg.

– Bon, maintenant que tout le monde est là, on va pouvoir s'y mettre, poursuivit Lelouedec avec un ton de reproche. Je voulais que l'on se voie pour faire le point sur l'affaire Costa.

– Pourquoi, il y a du neuf depuis la dernière fois ? ironisa Nabil. Je ne crois pas qu'on ait avancé depuis l'autre nuit.

– Justement, il faut tout mettre à plat. Pour voir si on n'a rien raté.

– Au moins, on ne s'est pas fait détroncher l'autre soir. En fouinant, j'ai retrouvé la trace d'un casse de bijouterie dans un centre commercial près d'Orléans, dans la nuit, une paire d'heures après qu'on les ait lâchés. Ils vont loin, ces cons-là, intervint Alex. Si on se fie à la synthèse des Cruchot[1], ça fait plus d'un an qu'ils tapent, et toujours en province. Ils s'éloignent d'au moins deux cents kilomètres, parfois beaucoup plus et en général, ils se font une deuxième bijouterie en remontant sur Paname.

– Et ils n'ont peur de rien. Il y a quelques mois, les pandores ont quand même réussi à déclencher leur plan Épervier. L'un de leurs hélicos les a rebectés sur l'autoroute, mais ils se sont fait mettre dans le vent : le pilote de l'Audi a poussé à près de 300 km/h et ils ont disparu, ajouta Yannick. Même en bécane, je n'aurais pas pu les tenir.

– Ce qu'il faut, c'est trouver le box où ils planquent leur caisse, trancha Lelouedec. D'après ma source, ils le louent à quelqu'un qu'ils ne voient que rarement, juste pour lui avancer les loyers. Il doit bien y avoir un moyen de l'identifier.

– Moi, je veux bien, dit Christelle, mais j'ai passé tous leurs comptes au crible et il n'y a rien. Aucun débit important et encore moins de virement. Le seul truc que l'on peut faire, c'est les balancer aux impôts :

1. Gendarmes, en référence au film *Le Gendarme de Saint-Tropez*.

avec le train de vie qu'ils ont, ils vont avoir du mal à expliquer pourquoi ils ne déclarent rien. Mais on n'ira pas loin avec ça.

– Et leur fourgue ? tenta Alex.

– On n'a que dalle là-dessus, reconnut Lelouedec. Et de toute façon, je pense qu'ils gardent les bijoux au box avant d'aller le voir. Donc, c'est toujours le même problème : comme ils se font prêter des caisses et qu'ils ne prennent jamais la même, ça sert à rien de baliser. D'après Tonton, ils sont ultra paranos. Coline, on a quelque chose en téléphonie ?

Tous les regards convergèrent vers elle et Coline se dit que Lelouedec aurait pu la prévenir qu'il allait lui faire passer un oral. Épuisée par les dernières surveillances, elle avait dû finir d'étudier les fadettes en venant, dans un train bondé, en essayant de ne pas faire tomber les feuilles qu'elle avait imprimées à la hâte la veille au soir. L'endroit idéal pour terminer sa synthèse.

– Le portable toc[1] qu'on a récupéré pour Costa ne nous apprend rien d'intéressant, sauf qu'il le laisse chez lui quand il part *travailler*. Il n'a jamais associé sa puce avec un autre téléphone et quant aux autres, il les appelle souvent, mais juste pour leur donner rendez-vous. Rien d'autre. Franchement, ils ne commettent pas beaucoup d'erreurs et à mon avis, ce n'est pas grâce à ça qu'on les coincera.

Elle guetta une réaction de Lelouedec qui l'ignora.

– Nabil, tu as pu sonder les gendarmes ?

– Ouais, mais il ne faut rien attendre non plus. Comme ils ont monté une cellule d'enquête, on ne peut pas dire qu'ils soient ravis de nous voir leur tourner autour. L'officier que j'ai eu m'a demandé si on avait des suspects,

1. Portable acheté sous une fausse identité.

je lui ai donné l'heure[1] et il m'a rembarré. Normal. Il faudrait peut-être qu'on organise une réunion avec eux, pour se caler, tu crois pas ?

– On verra, mais pas tout de suite. Je n'ai pas envie d'avoir leur juge dans les pattes, rétorqua Lelouedec. Tu crois qu'ils ont quelque chose de solide ?

– Non, j'ai un pote à la SR[2] d'Orléans et il m'a confié qu'ils étaient secs. Ils n'ont relevé aucun ADN, aucune empreinte sur les lieux des casses. En dehors du fait que c'est la même Audi sur chacun des faits, la seule chose qu'ils ont d'autre, c'est un peu de vidéo. Mais comme les mecs sont toujours cagoulés, autant dire qu'ils n'ont rien.

– Tant mieux, qu'ils continuent.

– Il faut quand même faire attention. D'après mon contact, ils ont capté que nos amis ne sortaient que les dimanches ou les jours fériés, alors ils envisagent d'organiser des sortes d'équipes d'alerte pour tenter de leur tomber dessus.

Lelouedec le coupa, montrant la carte qu'il avait accrochée au mur. Des épingles de couleur symbolisaient les centres commerciaux auxquels Costa et son équipe s'étaient attaqués. Il y en avait une vingtaine dans un rayon de trois à quatre cents kilomètres autour de la capitale. Et dans toutes les directions.

– Tu as vu leur terrain de chasse ? Ça fait presque la moitié de la France. Ils ne vont même pas tenir quinze jours, tes pandores.

– Donc, on attend que nos clients fassent une connerie ou qu'ils se fassent ramasser bêtement, conclut Alex, dépité.

1. « J'ai noyé le poisson ».
2. Section de recherches de la Gendarmerie nationale.

Lelouedec jeta un coup d'œil discret à Coline, comme s'il cherchait son soutien.

– Non, on a encore une carte à jouer avec le Tonton.

– Tu vas enfin nous dire qui c'est, blagua Christelle.

– Oui, c'est un braqueur que j'ai fait tomber il y a une dizaine d'années pour une série d'attaques de DAB. Il m'a appelé de la taule il y a quelques semaines et, avec Coline, on est allés le voir.

– Elle a de la chance, la nouvelle, lança Alex en faisant un clin d'œil complice à sa collègue.

– En tout cas, tout ce qu'il m'a dit s'est vérifié : Costa, les casses de bijouteries. On y est retournés pour en savoir plus, il a fait le canard[1], mais il est prêt à collaborer. Alors je me suis arrangé pour le faire sortir.

– Tu as appelé le Parquet ?

Coline avait parlé sans réfléchir, en oubliant qu'elle s'adressait à son chef.

– Ça te pose un problème ?

– Non, je suis surprise. C'est tout.

C'était plus que ça. Après l'avoir accompagné à chaque fois pour voir Legal, elle s'était sentie vexée de ne pas avoir été au moins consultée. Même pour la forme.

– Bon, reprit-il agacé, j'ai négocié une conditionnelle et il sort à la fin de la semaine. Il m'a promis que, dès qu'il serait dehors, il reprendrait contact avec Costa. D'après lui, il le voit comme une sorte de grand frère. En s'y prenant bien, il devrait arriver à nous trouver rapidement leur box et une fois qu'on l'aura, il nous suffira d'attendre qu'ils bougent. Pas besoin de leur courir après. On se les fera au retour, tranquille.

– C'est du tout cuit, alors, plaisanta Yannick.

1. Faire comme si on ne savait rien.

– Presque. Mais je voudrais quand même qu'on le prenne à la sortie de la taule ; pour le loger et voir un peu ce qu'il fout.

Coline ne comprenait plus Lelouedec. S'il se méfiait de Legal, pourquoi le faisait-il sortir ? Un échange de regards avec le reste du groupe lui confirma qu'elle n'était pas la seule à douter, mais son chef poursuivit :

– Coline et moi, on est hors jeu puisqu'il nous connaît. Alex, tu le prendras avec les autres.

– C'est sympa, ça commence bien cette histoire.

– Bon, Alex, tu gardes tes remarques pour toi. À moins, bien sûr, que tu aies quelque chose de mieux à proposer.

Un silence, puis tout le monde se leva. La réunion était terminée. Un malaise diffus s'alourdit encore quand Lelouedec lança :

– Coline, il faut que je te parle.

14

La liberté lui paraissait moins délicieuse qu'il ne l'avait rêvé. Ce matin, en ramassant ses affaires avant que le maton vienne le chercher, il avait imaginé autre chose, comme si à l'extérieur des murs de la prison l'air était plus léger. Planté devant la maison d'arrêt, il se sentait stupide de n'avoir rien prévu pour rejoindre l'adresse que le JAP[1] lui avait donnée pour sa conditionnelle. Et Diane n'était pas venue.

Après une vingtaine de minutes, il s'était fait une raison. Il avait cessé de guetter chaque voiture qui rejoignait le parking tout proche, arrêté d'espérer la voir traverser la rue. À part un type qui, comme lui, attendait le prochain bus, il était seul. Libre, mais désespérément seul.

L'esprit en cavale, il relut une nouvelle fois les horaires de passage et le plan des lignes qui conduisaient à Paris depuis Bois-d'Arcy. L'arborescence de couleurs ressemblait à une sorte de phasme bizarrement figé, craintif, comme s'il attendait qu'il détourne le regard pour se déplacer. Les mois d'isolement avaient dû le rendre fou, pensa-t-il, égaré entre la réalité et ses chimères.

1. Juge de l'application des peines.

Dix minutes avant la prochaine navette. Sur son visage, un vent délicat, une sensation qu'il avait presque oubliée et qu'il prit le temps de savourer. Du temps, et les quelques centaines d'euros qu'on lui avait versés au greffe avant de sortir, c'était tout ce qui lui restait. Il ne possédait pas de maison, pas de voiture, ni même d'autres vêtements que ceux qu'il portait. Il avait laissé ses habits dans sa cellule, des fripes sans forme qu'il voulait oublier. Aucun livre, ni souvenirs amassés durant ses années de captivité. Il ne trimballait que ses espoirs.

Avec ces flics, il avait trouvé une planche de salut, s'amusant à l'idée qu'au final, c'était celui qui l'avait jeté dans ce trou qui l'en avait sorti. Drôle de pied de nez du sort.

Cette décision avait été la meilleure qu'il avait prise depuis longtemps, même si pour ça, il avait dû piétiner ce qui lui restait de règles. Restait la crainte d'être exclu de ce monde, ce milieu qui l'avait si longtemps fasciné. Un dernier interdit qu'il devrait transgresser.

Il répéta son trajet : la ligne 415 jusqu'à Saint-Quentin-en-Yvelines, puis le RER C. Une fois à Paris, il aviserait, comme pour le reste. Gagner suffisamment et partir, recommencer ailleurs. C'était tout ce qui comptait désormais.

Il se leva en voyant le bus arriver, pressé de s'éloigner de ces murs qui l'avaient avalé dix ans auparavant. En haut du mirador, il aperçut un maton qui regardait dans sa direction. Il se demanda s'il contemplait la forêt domaniale qui les entourait, tous ces arbres que durant toutes ces années, il n'avait pu qu'imaginer, le front collé aux barreaux. Il paya son ticket au chauffeur et une fois assis, s'accorda une seconde pour les admirer. Mis à part quelques chênes, il reconnut essentiellement des hêtres et des châtaigniers. Perdus dans le feuillage, des oiseaux piaillaient, peut-être des étourneaux revenus aux beaux jours.

Cette contemplation avait quelque chose d'hypnotique, un effet plus apaisant encore que dans son souvenir et lorsque le bus démarra, il sut que l'image de cette fôret lui resterait. La nature comme remède au vide – ce gouffre que l'enfermement avait creusé lentement au fond de lui.

Il lui fallut un moment pour comprendre. Le manège des voitures qui le suivaient lui avait d'abord échappé, comme l'attitude détachée du type qui était assis quelques sièges devant lui. Mais en avisant un motard qui traînait derrière leur car, à moitié caché par un poids lourd, il comprit que Lelouedec doutait de lui. Quel intérêt de piloter un deux-roues si c'était pour subir comme les autres les embouteillages ? Le monde avait changé, mais il savait encore repérer une filature. Ses yeux se mirent à balayer la circulation et, lentement, un véhicule après l'autre, confirmèrent ses doutes.

Il faillit se lever pour aller narguer le gamin qui l'escortait. Lui dire que les autres pouvaient décrocher, profiter de leur fin de journée plus utilement qu'en le collant. Et puis, sa bouffée de colère passée, il décida de les laisser s'épuiser. Après tout, il n'avait rien à cacher et le sentiment de les balader lui plaisait. C'était à son tour de décider. Autant en jouir pleinement.

À Saint-Quentin, il joua un peu à les faire courir, revenir sur leurs pas, sans toutefois les semer. Magnanime, il leur laissa même le temps de se relayer dans les couloirs du RER, de l'accompagner dans le métro jusqu'à la gare de l'Est.

Quand il se retrouva rue de Magenta, devant l'entrée de l'hôtel deux étoiles dans lequel il devait loger pour le moment, il avait tout de même fini par se lasser. Au fond, il se sentait capable de mieux que de promener des flics dans Paris. Il songea à Diane, hésita à l'appeler, puis se souvint qu'il n'avait pas de téléphone portable.

Il pouvait attendre. Demain, ils seraient de nouveau réunis et s'offriraient le monde, quitte à le dévorer.

15

– Et parce que tu étais au trou avec lui, il n'y a pas de question à se poser ? C'est ça ? Tu as toujours dit qu'il ne fallait prendre personne d'autre dans l'équipe, et là, tu veux changer les règles, juste parce que c'est ton pote, s'énerva Farid.

– Il a raison, tu baves sans arrêt sur les raboins que je vous ai branchés, alors qu'eux, ils sont réglo. Ce mec, je sais même pas qui c'est, alors pas question que je bosse avec, ajouta Pascal.

De ses amis, il avait cru ne plus pouvoir être étonné. Après des nuits entières passées à fuir sur toutes les autoroutes, s'être fait tirer dessus par les pandores, s'être vu mort tellement de fois et parfois même pour une misère, Stéphane avait pensé mieux les connaître. Il aurait dû s'attendre à ce qu'ils réagissent, mais peut-être pas aussi violemment.

Ce fut Djamel, comme souvent, qui vint à son secours.

– Calmez-vous et laissez-le finir. On dirait des raclis[1] qui bavassent. Ça coûte rien de discuter, non ?

1. Femmes.

– Il faut qu'on passe une vitesse, dit Stéphane, profitant de l'embellie. Avec l'or, on fait surtout les putes pour tes potes, Pascal. Ouvre les yeux, ils nous saignent et, une fois que chacun a pris sa part, il nous reste presque rien. Il faut qu'on passe à autre chose, et Legal peut nous aider. C'est un type solide, un vrai braqueur. Je sais qu'il est déjà monté sur des banques et même un fourgon. Avec quelqu'un comme lui, je suis certain qu'on pourrait changer de braquet.

Djamel écoutait calmement.

– Plutôt que continuer à multiplier des petits casses, on monte une grosse affaire et on ramasse assez pour investir dans quelque chose qui rapporte vraiment.

– Tu parles de combien ? demanda Farid, affalé face à lui, ses longues jambes qui sortaient de sous la table.

Stéphane faillit lui balancer ce qu'il pensait : à trente ans passés, Farid et Pascal pouvaient espérer autre chose que se balader en survêtement, passer leurs soirées à jouer à la console, en se roulant des bédos. Mais il était décidé à les convaincre.

– J'en sais trop rien encore, mais beaucoup plus que ce que nous rapportent les bijouteries. D'après Legal, le mieux, c'est de se faire un dabiste.

– Ben, tiens. T'as raison et, en plus, c'est sans risque, dit Pascal, sarcastique. Tu préfères pas qu'on s'attaque directement à un centre-fort[1], pour gagner du temps ?

Fatigué, à court d'arguments, Stéphane fit voler une chaise d'un coup de pied. Le patron du bar dans lequel ils se retrouvaient les connaissait depuis qu'ils étaient gamins, mais quelques clients n'étaient pas des habitués.

1. Établissement où les sociétés de transport de fonds stockent l'argent acheminé par les fourgons blindés.

À une table voisine, un vieux releva la tête pour les regarder, la replongea dans son demi après avoir croisé le regard de Djamel.

– Bon, alors elle n'est plus bonne ton idée de ne faire que des petits coups, jamais calibrés, pour éviter de prendre trop cher si on se fait serrer ? dit Farid, agacé.

– Ça nous a permis de rester sous le radar des condés, mais franchement, tu te vois faire ça toute ta vie ?

– Je sais pas, Stéphane, je n'y ai pas vraiment réfléchi pour le moment.

– Ça m'étonne pas.

Piqué au vif, Farid fit mine de se lever, mais Stéphane sortit une feuille de sa poche de jeans, la déplia avant de la jeter au centre de la table qui les séparait.

– Je vais faire simple, OK ? En ce moment, le kilo d'or varie autour de 33 000 balles. Au mieux, on en ramasse quatre ou cinq kilos lorsqu'on tape au moins deux bijouteries, ce qui nous laisse un peu plus de 10 000 chacun à l'arrivée. Pour une valeur vénale de plus de 160 000 euros. Et là, vous n'avez pas l'impression de faire le tapin ?

Il vit à leurs têtes que Farid et Pascal étaient en train de calculer et enfonça le clou.

– D'après Legal, les dabistes ont souvent les clés de plusieurs banques lorsqu'ils font leurs tournées. Si on se démerde bien, on peut se faire ouvrir plusieurs coffres relais en une seule fois.

– C'est quoi, les coffres relais ? aboya Pascal.

– C'est des coffres où les convoyeurs mettent le pognon destiné à alimenter les DAB. Il peut y avoir entre 2 et 300 000 euros.

– Dans chaque banque ? fit Djamel en sifflant.

Stéphane marqua un temps d'arrêt avant de poursuivre, certain de son effet :

– Ouais, dans chaque local. Et si on s'y prend bien, on peut en faire trois ou quatre d'affilée.

Il leur laissa un moment pour faire leurs comptes, puis reprit :

– On devrait ramasser au moins un demi-million, peut-être même plus. Et on peut aussi y aller sans calibre.

– Et comment tu vas faire ça ? Farid s'était redressé, soudain plus intéressé. Pourquoi ils t'ouvriraient les coffres, si t'as pas de pouchka[1] à leur coller sous le nez ?

– Legal m'a expliqué. Il suffit de choper le dabiste au début de sa tournée et lui dire qu'on tient sa gonzesse et ses gniards en otage.

– Tu veux séquestrer des mômes, maintenant ? réagit Djamel.

– Mais non, t'es con. Il n'y a pas besoin. Tu confisques le portable du mec et tu lui dis où il habite, le prénom de sa meuf ou des gamins. Ça suffit, je te le garantis, surtout pour le salaire de misère qu'ils gagnent dans ces boîtes. Une fois qu'il est mort de trouille, l'un d'entre nous monte avec lui et c'est parti. Aucun risque qu'il appelle les schmitts[2].

– Et t'imagines que c'est aussi simple que ça ? lança Pascal. Vu comme tu le présentes, je me demande pourquoi ils ne se font pas taper sans arrêt, tes dabistes ?

– Parce qu'il faut avoir les bonnes infos ; heures des tournées, noms des mecs et de leurs familles, immatriculation de leurs caisses. Ce genre de trucs.

– Et toi, tu as tout ça ?

– Moi, non. Mais Legal, oui.

Pascal se rapprocha de la table, hargneux.

1. Pistolet.

2. Policiers ou gendarmes.

– Pour toi, c'est réglé, on dirait. Mais pourquoi je vous suivrais, ton pote et toi ?

– Je te demande juste de continuer à me suivre, moi. Et puis 100 000 chacun, ça fait réfléchir, non ? asséna Stéphane.

– Moi non plus, je le sens pas, dit Farid. Tu te lances sans réfléchir. Même si on n'est pas blindés, ça me va comme ça pour le moment.

C'était ça qu'il avait le plus redouté. Pas de se disputer comme ils l'avaient fait cent fois auparavant. Pas de devoir insister pour changer de méthode. Pas même d'encaisser leurs remarques à propos de Legal, laissant supposer qu'il n'était plus lucide ou sous son influence. Mais d'avoir le sentiment qu'ils étaient au bout de quelque chose et qu'un jour ou l'autre, ils devraient se séparer. Simplement parce qu'il avait décidé de changer. Pas tout de suite, pas pour tout plaquer, mais il sentait que bientôt, il devrait l'accepter. Cette certitude laissa comme un vide, une sorte de vertige qui le troubla pendant qu'il cherchait ses mots.

– Voilà ce que je propose, dit Djamel. Tu nous le présentes et on verra comment ça se passe. On pourrait déjà l'emmener avec nous la prochaine fois, juste histoire de voir comment il se débrouille. On ne le connaît pas, ce mec, alors il faut nous laisser un peu de temps.

En quittant le bar, Stéphane se dit que les choses auraient pu se passer plus mal. C'était du moins ce qu'il voulait retenir. Pour se rassurer. Mais la vérité, c'était une fêlure menaçait ce bloc qui avait fait leur force et désormais, chaque écueil la creuserait un peu plus. Ce n'était qu'une question de temps. Une brèche profonde, dont les dégâts finiraient un jour par les diviser.

16

Le bruit de la climatisation ronronnait doucement dans la chambre. François tira la couette sur l'épaule dénudée de la femme qui dormait près de lui. Pas même de minibar dans cette satanée piaule, se lamenta-t-il. Il se leva, remit son caleçon et alla se planter devant la fenêtre. Dans ses souvenirs, tout lui paraissait plus savoureux, le sexe plus encore que le reste.

La michetonneuse qu'il avait ramassée avant de rentrer ne comptait pas. Ce n'était qu'un leurre, un appât brillant qu'on lui avait agité sous le nez et qu'il avait saisi sans réfléchir, par besoin. Elle n'avait fait que lui permettre d'assouvir une envie bestiale. Un appétit sans beauté.

Le désir était un sentiment plus raffiné, plus subjectif, mêlé de convoitise et de fantasme partagés. Il y voyait une forme de complétude, un élan qui lui donnait de la force, l'éblouissait. Il l'avait ressenti à chaque fois qu'elle l'avait regardé, pénétré de ses yeux de jade, au point de ne plus même voir la laideur des murs du parloir. Mais ce soir, ce n'était pas Diane qui était allongée près de lui, et maintenant qu'il avait joui, il se sentait mal, pressé qu'elle s'en aille.

La veille, il avait tenté d'appeler Diane. Au ton gêné de sa voix, il avait compris qu'elle n'était pas prête. Elle lui avait répété qu'elle était bouleversée, qu'elle avait sûrement pris de mauvaises habitudes en l'attendant, qu'ils devaient réapprendre à se connaître. Quelles conneries.

– Qu'est-ce que tu fais, mon chou ?

– Je réfléchis.

– Tu viens ?

– Ton fric est sur la table de nuit. Habille-toi et casse-toi.

Un silence, comme un reproche.

– Tu aurais pu me le dire, que tu ne voulais pas que je reste toute la nuit. Maintenant, je ne trouverai plus personne d'autre.

– Casse-toi, je t'ai dit.

Bien qu'elle soit encore jeune, elle en savait suffisamment pour comprendre que ce n'était pas la peine d'en rajouter. Elle rebondit dans le lit pour sauter jusqu'au bord, ramassa ses affaires éparpillées par terre et se faufila jusqu'à la salle de bains.

Il avait oublié son nom. Un poncif du genre Cindy ou Lola qui ne l'avait pas marqué. Quelques minutes, trop longues à son goût, puis elle se glissa derrière lui. Un bruit de billets froissés et la porte claqua.

Assis près de la fenêtre, François gambergeait. Au travers du mur, il pouvait entendre la télévision du voisin. Il perçut des pas dans le couloir et, l'espace d'une seconde, s'attendit à ce que le trousseau de clés d'un maton se mette à tinter. Il dut jeter un œil dans la rue pour se convaincre qu'il ne rêvait pas et, déboussolé, retourna se coucher.

Au bout d'une demi-heure, il renonça à dormir, arracha ses draps et s'allongea sur le sol. Le lit était trop mou, bien plus que ceux auxquels l'administration pénitentiaire l'avait habitué. Étendu sur la moquette, il céda à un fou rire nerveux. Ce n'était pas comme ça qu'il s'était imaginé ses premières nuits de liberté. Du fond du QI, il rêvait de retrouvailles, de caresses et de promesses. Au lieu de ça, il venait de renvoyer une professionnelle et s'apprêtait à dormir sur le sol d'une chambre d'hôtel miteuse. À ses pieds, gisaient un paquet de chips et des canettes qu'il s'était offerts pour le dîner avant de ressortir boire un verre. Les murs sombres, tapissés de moquette eux aussi, sentaient le moisi et la propreté de la pièce n'avait rien à envier à celle de la douche. Peut-être que dans l'intérêt des taulards, les SPIP s'attachaient à dénicher des endroits aussi répugnants qu'une cellule pour faciliter leur acclimatation avec le monde extérieur. Les mains derrière la tête, les jambes croisées, il savoura l'ironie de la situation. Ça ne pouvait pas être pire. Diane, cette chambre, le boulot dégradant qu'on lui réservait. Il n'y avait finalement qu'une seule chose à conclure : il n'avait rien à perdre.

De nouveau, il brûlait à l'idée de la serrer contre lui. Juste sentir sa peau sur la sienne pour s'endormir. Des bruits filtrèrent depuis le plafond. Des cris qui provenaient d'une chambre du dessus. Un homme hurlait, visiblement ivre. François attendit quelques instants, se résigna à rouvrir les yeux pour regarder sa montre : presque 3 heures du matin.

Pour s'en sortir, il devrait à nouveau se salir les mains. Le choix était simple. Entre Lelouedec et Costa, il avait une chance de se refaire. Mais pour ne pas retourner en prison, il allait lui falloir être habile.

17

Cela faisait une bonne minute que Coline tenait son portable à la main, sidérée, sans rien pouvoir faire d'autre que de regarder l'écran. En faisant défiler son répertoire pour y chercher le numéro d'un collègue, elle était restée bloquée sur celui de Grégoire.

Elle aurait dû l'effacer. Consciente qu'il s'agissait d'une forme de déni, elle n'y était pourtant pas parvenue. Certains soirs, bien que ce soit vraiment morbide, elle avait failli l'appeler. Mais elle s'était ravisée, de peur d'entendre sa voix et de s'effondrer. Et puis, quel genre de message pouvait-on laisser à un disparu ? Est-ce que lui raconter sa journée, ou sa peine, aurait réellement pu l'apaiser ? Elle se sentit idiote.

– Qu'est-ce que tu fous ? Tu le trouves son numéro, à Guy ?

Lelouedec ralentit pour l'observer. Son regard reflétait une forme d'inquiétude qu'elle ne lui connaissait pas. C'était un homme séduisant. Elle aimait sa stature, la manière qu'il avait de parler, du moins quand il ne la traitait pas comme une sortie d'école.

– Tu vas bien ? Tu fais une drôle de tête.

– Non, ça va. Je suis crevée en ce moment, rien de grave.

– Tu devrais prendre un jour ou deux. Ça te ferait du bien.

– Et toi ?

– Quoi, moi ?

– Tu ne prends pas de repos ?

Elle crut un instant qu'il allait la rembarrer. Mais au lieu de ça, il parut s'adoucir. Elle y vit le signe d'une même détresse, pensa qu'il avait aperçu l'écran de son téléphone et vérifia maladroitement qu'il était éteint.

– Mais qu'est-ce que tu as avec ce portable ? Tu l'as trouvé ?

– De quoi ?

– Le numéro de Guy ?

Coline se contenta d'acquiescer.

Le bar où ils devaient retrouver Legal était à Montrouge, à deux pas de la porte d'Orléans. Coline avait noté que c'était également tout près de l'endroit où travaillait Diane Rousseau, la seule femme qui était venue le visiter durant sa détention. D'après les dossiers de l'administration pénitentiaire, elle n'avait jamais raté un parloir. Inconnue de la justice, de bonne famille, violoncelliste de profession, elle semblait ne rien avoir en commun avec l'homme dont elle était tombée amoureuse. Un concours de circonstances les avait sûrement réunis et depuis, elle partageait sa vie. Malgré les procès, les doutes et les trajets d'une maison d'arrêt à une autre, elle était demeurée présente. Une dévotion qui, au regard du personnage qu'elle avait découvert à l'isolement, dépassait Coline.

Lelouedec se gara de l'autre côté du boulevard, prit quelques secondes pour observer la circulation et les véhicules garés près d'eux avant de descendre de leur voiture. Un truc de flic, avait-il expliqué à Coline, pour s'assurer qu'il n'y avait pas de cuve ou de dispositif de surveillance d'un autre service dans le coin. Surtout avant de rejoindre un indic. Elle sortit derrière lui, se hâta pour le rattraper avant de rentrer dans le café.

Legal les attendait attablé au fond de l'établissement, face à la porte et dos au mur, comme s'il craignait d'être pris de court. Ses cheveux bruns mal coupés encadraient un visage dur que Coline n'aimait pas. Elle le salua d'un signe de tête, puis s'assit, certaine d'être oubliée jusqu'à la fin de la conversation. Par l'un comme par l'autre. Lelouedec tira la chaise qui l'attendait juste en face de Legal et se posa à son tour.

– Alors, ça fait quel effet d'être libre ?

Legal se renfrogna. Son air mauvais rappela à Coline celui de ces bohémiennes jeteuses de sorts.

– À ton avis ? Après dix piges de placard, comment tu crois que je me sens ?

– C'est bon, t'excite pas, tempéra Lelouedec. Je disais ça comme ça, pour parler. J'imagine que ça doit te faire un choc, tout a dû changer.

Aucune moquerie ni ironie dans la voix de Lelouedec, seulement son talent pour amener quelqu'un là où il voulait.

– Comment est ton hôtel ? Ceux que trouvent les SPIP sont pourris, en général. Tu veux qu'on t'en trouve un autre, ou ça te va ?

– Non, c'est bon. De toute façon, c'est juste pour quelques jours. Le temps que je m'installe chez ma copine.

– Chez Diane ?

Legal blêmit, les muscles de ses avant-bras se contractèrent et Coline crut qu'il allait leur sauter à la gorge. Il se contenta de saisir son verre, fit tourner un peu la bière qui l'emplissait à moitié avant de l'engloutir d'un trait. Après l'avoir reposé, il paraissait tout au plus agacé.

– Ça t'ennuie que je parle d'elle ?

– Non, je m'en fous. De toute façon, pas besoin d'être un cerveau pour ouvrir mon dossier carcéral et la trouver dans les permis de visites. Cela dit, je vois pas bien ce qu'elle vient foutre dans nos affaires.

– Rien, tu as raison. Sinon, tu as des nouvelles de tes potes ?

– Ouais. C'est pour ça que tu es là, non ?

– Ben, ouais. Évidemment.

L'expression de son visage devint plus sombre. Legal se rapprocha légèrement de la table, avec une attitude de conspirateur qui parut exagérée à Coline.

– Je les ai vus hier soir, tous les quatre. Costa, ça va aller, mais les autres vont être durs à traire. Surtout le plus jeune, Farid. Pareil pour le raboin.

– Qui ça, Pascal ?

– Oui, c'est ça. Pascal.

– Ce n'est pas un raboin, il s'appelle Rodriguez. Il se donne des airs, c'est tout.

– Ouais, ben c'est quand même un con. L'un des deux Arabes, Djamel, il est plus malin. Je devrais arriver à lui parler.

– Tu leur as proposé de monter avec eux ?

– J'ai pas eu besoin, le petit s'en est chargé tout seul.

– Le petit ?

– Ouais, le petit Stéphane. Costa, quoi. Je l'appelais comme ça quand on était au chtar[1]. C'est parce que je veillais sur lui, je le protégeais. Tu vois ce que je veux dire ?

1. En prison.

– Oui, je vois bien.

Legal désigna Coline du regard.

– Commence pas avec tes allusions à la con, tu veux. Je te demande pas si tu te la tapes, ta copine. Si ?

– Oh, doucement François. Tu t'égares, là, lança Lelouedec. Je te rappelle que si tu es dehors, c'est parce que je le veux bien. Alors, si tu es parano, c'est ton problème. Personne n'a dit que tu étais pédé et d'ailleurs, je m'en fous pas mal. Tout ce que je veux, c'est que tu nous aides à faire tomber ces connards. Ça te va, comme deal ?

Legal fit un effort pour se calmer.

– Désolé. Tu sais, le QI ça bousille tout le monde. À force, on devient con. Voilà à quoi ça conduit de nous enfermer vingt-trois heures par jour.

– Oublie, ça va. Ils t'ont parlé du box où ils cachent leur Audi ?

– Pas encore, ils sont méfiants. Mais ça ne va pas tarder. Je leur ai dit que j'étais d'accord pour taper avec eux, alors ça ne devrait pas poser de problème. Le seul truc, c'est qu'ils n'ont plus l'air de s'intéresser aux bijouteries.

– Ah, oui. Et ils veulent faire quoi ?

– Ils ont l'intention de se faire un dabiste.

– Tu es sérieux ?

Visiblement ravi de son effet, Legal poursuivit :

– C'est pour ça qu'ils veulent que je rentre dans leur équipe, parce qu'ils ont besoin que je leur explique comment s'y prendre.

– Et tu leur as dit quoi ?

– Bah, que j'étais d'accord. C'est ce que tu voulais, non ? Que je monte avec eux pour les serrer.

Lelouedec s'assombrit. Tandis qu'il réfléchissait, Coline se demanda ce qui pouvait pousser un homme à tromper celui avec lequel il avait partagé son intimité durant des mois. Et du coup, jusqu'à quel point on pouvait se permettre de croire en lui.

– Tu veux que je fasse quoi ? J'enquille avec eux, ou pas ?

– J'en sais rien, dit Lelouedec, songeur. Braquer un dabiste, c'est pas la même chose que de casser une bijouterie. Les risques ne sont pas les mêmes.

– Qui a dit qu'ils voulaient le braquer ? Il est pas con, Costa ; il ne veut pas de calibre. Il a compris que s'ils se font taper, ils tomberont juste pour vols sous la contrainte, ou en réunion. Je sais plus trop comment vous appelez ça. En tout cas, ils évitent les Assises et risquent dix piges au max. Pour quelques millions d'euros, ça le fait, tu crois pas ?

Les yeux de Legal s'étaient mis subitement à briller. Il y avait quelque chose qui mettait Coline mal à l'aise. Elle n'appréciait pas cette partie du boulot. Celle qui l'obligeait à côtoyer le pire, en faisant, en prime, mine de trouver ça naturel. Mais Lelouedec adorait ça. Il semblait dans son élément, jouait comme un chat avec sa prise. Certains soirs, lorsqu'elle rentrait chez elle, son plaisir était de passer un moment à regarder ses félins. Pénélope avait eu des petits et ces derniers temps, celui qu'elle avait choisi de garder faisait son apprentissage. Consciencieuse, elle lui ramenait des souris qu'elle lui agitait sous le nez, lui montrant à coups de pattes comment tuer sa proie. C'était comme ça que les chats apprenaient à chasser, par le jeu et Lelouedec leur ressemblait. Sans le vexer, Coline se promit de lui dire un jour que cet aspect du travail de PJ ne lui plaisait pas, même si elle comprenait que ça finissait souvent par payer.

– Tu crois qu'ils sont capables d'y aller ? interrogea Lelouedec.

– Sans problème, mais il va falloir que tu m'aides un peu.

– Comment ça, que je t'aide ?

– Ils sont chauds, mais il faudrait que tu me donnes des horaires de tournées de dabistes. Et des infos sur eux, tu vois ?

Un serveur s'approcha. Lelouedec lui fit signe de s'en aller d'un geste brusque qui n'eut pas l'air de perturber le garçon plus que ça, moins en tout cas que Legal qui se crispa. Certaine que la situation allait dégénérer, Coline observa la salle par réflexe.

– Tu te fous de ma gueule, c'est ça ?

Legal ne broncha pas.

– Tu veux que je te fournisse des informations pour préparer un braquage. Tu es sérieux, là ?

– J'ai pas dit ça. L'idée, c'est plutôt de m'aider à leur tendre un piège, précisa Legal calmement. Si tu sais où et quand ils vont monter, c'est plus facile pour les ramasser en flag. Je pensais te faire plaisir, mais on peut se limiter aux bijouteries. C'est toi qui vois.

Du bruit couvrait leur discussion. Midi approchait et le bar commençait à s'animer, mais Coline restait concentrée. De nouveaux clients entrèrent, se dirigèrent vers eux pour s'installer autour d'une table voisine et Legal parut pressé de resserrer sa prise avant d'être dérangé.

– Laisse-moi faire et je te garantis que je te les amène sur un plateau.

– Il faut que j'y réfléchisse, mais pas question de te donner des infos personnelles sur les dabistes.

– Je te l'ai dit, on fait comme tu veux.

Sur le chemin du retour, Lelouedec ne dit presque pas un mot, aux prises avec un conflit intérieur que Coline devinait. Elle appréciait tout ce qu'il était, même ses faiblesses, qu'elle considérait avec une certaine affection. Elle faillit le lui dire. Tenter de l'aider à y voir clair. Mais une fois de plus, elle choisit de se taire, décidée toutefois à ne pas le laisser s'égarer.

18

La circulation était devenue si dense à l'heure du déjeuner, que François avait du mal à apercevoir la sortie du bâtiment. Assis de l'autre côté du boulevard, derrière la vitrine du café, il guettait toutes les allées et venues depuis bientôt une heure. Sous des huées de klaxons, des camions de livraison s'arrêtaient à tour de rôle pour décharger, sans se soucier des autres ni de la pagaille qu'ils provoquaient. Des essaims de scooters virevoltaient autour d'eux, se glissaient sur les trottoirs ou entre les berlines qui s'encaissaient dans une sorte de Tetris gigantesque. François aimait cette ambiance survoltée, ce bouillonnement de vie qui lui avait tellement manqué au fond de son trou.

Il regarda sa montre. Diane n'allait pas tarder à sortir. Il avait cru que ces condés ne s'en iraient jamais et dès qu'ils lui avaient parlé d'elle, il s'en était voulu de leur avoir donné rendez-vous dans ce bar. Il avait compris leurs menaces voilées, mais il ne voulait pas qu'ils s'approchent d'elle. Ni même qu'ils l'envisagent.

Gêné par un bus, il ne la vit pas sortir. Elle traversa subitement, se faufila entre les voitures à l'arrêt. Elle marchait avec grâce, élégante et légère, ses cheveux suivant les mouvements de son corps. Malgré lui, il se laissa prendre par l'image de ses jambes qui émergeaient à peine de sa jupe, l'idée du frottement du tissu sur ses seins. Quand elle ne fut plus qu'à quelques mètres, il put voir dans ses yeux une tendresse qui le rassura, tant il avait craint qu'elle ne vienne pas, que tout soit terminé. Il se leva pour l'accueillir, impatient.

– J'avais peur que tu ne puisses pas te libérer.

– Aujourd'hui, ça va. Ce matin, je n'ai donné qu'un cours et je n'ai même rien cet après-midi. Je suis contente de te voir.

Elle avait lâché les derniers mots dans un souffle, comme ceux que l'on n'ose pas dire et que l'on abandonne d'un coup. De peur de les étouffer.

– Moi aussi, mais pour être franc, comme tu n'es pas venue me chercher à ma sortie, j'ai eu peur qu'il y ait un souci.

Elle enleva son blouson, libérant sa poitrine qui tendit brusquement son chemisier. Elle se recoiffa avec les doigts et François sentit une boule de chaleur familière grossir dans son ventre. Il aurait voulu lui dire qu'il était fou d'elle, qu'il ferait n'importe quoi pour la garder. La posséder.

– Ne sois pas bête. Rien n'a changé, c'est pas ça.

– C'est quoi, alors ?

Il regretta immédiatement son ton, froid et amer.

– Je te l'ai déjà dit. Pendant des années, on ne s'est qu'entrevus. Ensuite, je me retrouvais seule chez moi. Seule aux dîners entre amis. Seule, même pour les fêtes ou les anniversaires. Alors à force, je me suis habituée à cette vie. Tu comprends ?

Non, il ne comprenait pas. À l'isolement, il n'avait tenu qu'en rêvant de balades, de week-ends en bord de mer, de dimanches sous la couette. Alors non, il ne comprenait pas pourquoi elle ne voulait pas, comme lui, ne plus être ailleurs que dans ses bras. Mais il ne lui dit pas, se contenta de hocher la tête.

– Je voudrais que l'on apprenne de nouveau à se connaître. Que l'on passe des soirées ensemble, et que tout doucement, on s'apprivoise, tu vois ?

François se mordit la langue jusqu'au sang pour éviter de lui expliquer ce qu'il pensait de ce qu'il venait d'entendre. Il détestait ces mièvreries, toutes ces revues féminines dont Diane s'abreuvait. À moins qu'il ne s'agisse de conseils avisés d'une amie, une frustrée à qui il devait faire peur, mais qui vibrait à l'idée de le rencontrer. Il mordit plus fort lorsqu'elle insista.

– Tu ne penses pas que ce serait mieux comme ça, plus romantique ?

– Si, sûrement.

Il la laissa parler. Dépité, donnant le change de temps en temps. Il s'était peut-être trompé en misant tout son avenir sur cette femme. Comment pouvait-elle lui imposer ça ? Après ce qu'il avait dû endurer. Un instant, il se sentit ridicule d'avoir tant espéré, mais resta assis devant elle. Subjugué par sa beauté.

Après deux heures de discussion, ils se quittèrent jusqu'au lendemain, pour le dîner qu'elle lui avait accordé. Tandis qu'il marchait pour rejoindre les Maréchaux, François se débattit contre sa colère. Il se sentait blessé, meurtri, insensible aux bruits urbains ; tumultes de moteurs et conversations inachevées qui l'entouraient, mais qu'il n'entendait pas.

– François !

Il se figea en entendant son prénom, se retourna, les poings serrés, puis se relâcha en reconnaissant l'homme qui se tenait juste derrière lui.

– Sam ?

– Bah, oui. Tu es shooté, ou quoi ? Tu viens de me passer devant, comme si je n'existais pas.

– Ah, désolé. Je pensais à un truc. Comment tu vas ?

– Mieux, ce serait du gâchis. Tu as le temps de boire un verre ? C'est moi qui invite.

À certains égards, la prison ressemblait à un marigot nauséabond dans lequel ne survivaient que les plus forts. Sans François, Samuel Dahan n'y aurait pas tenu très longtemps.

– Pourquoi pas ? Tu tombes bien ; je viens de me prendre un vent, et j'ai besoin d'un remontant.

19

Le soleil se levait à peine. Philippe se retint de bâiller, les yeux rivés sur les mains du serrurier agenouillé près de lui. À cette heure, le parking était encore désert, mais il savait qu'ils devaient se dépêcher.

Restée à quelques mètres d'eux, Coline faisait le guet. Il lui adressa un clin d'œil complice, malgré ses inquiétudes qui augmentaient à chaque fois que l'homme affairé à ses pieds lâchait un juron. Le cadenas n'avait rien de particulier, mais cela faisait plus de dix minutes qu'il résistait, protégeant le box que Legal leur avait désigné.

Philippe regretta de ne pas avoir demandé le prêt d'un endoscope. La porte du garage laissait assez d'écart pour le glisser n'importe où et en scruter le contenu, mais il aurait fallu remplir tellement de paperasses qu'il avait renoncé. À la place, il avait contacté un serrurier avec lequel son groupe travaillait depuis des années et qui, de surcroît, ne posait jamais de question du moment qu'il était payé.

Le technicien régla une nouvelle fois sa lampe frontale, bougonna et se releva d'un coup, l'air satisfait.

– Et voilà, j'ai réussi, mais c'est une tannée, ce modèle.

– Tu crois qu'on va pouvoir le refermer sans que ça se voie ?

– Sans problème, il est comme neuf. Mais attends d'être sûr de toi, parce que je ne recommencerai pas. J'ai autre chose à foutre ce matin.

– J'ai compris, t'inquiète, dit Lelouedec. Alex, tu peux le ramener à sa caisse ?

Son collègue acquiesça et fit signe au serrurier de le suivre.

Un instant, Philippe hésita avant d'ouvrir le box, stressé à l'idée qu'il soit vide. Il s'accroupit, tira la poignée d'un coup sec et un bruit strident, comme un hurlement de métal, rebondit sur les murs de béton.

– Putain, c'est quoi ce boucan ? Tu vas faire débouler tous les chouffes de la cité, dit Alex en revenant vers eux en courant.

– Ça va, regarde plutôt, répondit Philippe, sa lampe torche braquée sur une Audi RS 6 de couleur noire, celle qu'ils cherchaient depuis des mois.

– Allez, on se magne. Alex, tu places la balise pendant que je mate vite fait ce qu'il y a d'autre là-dedans. Éclaire-le, Coline.

En se frottant sur le mur, Alex souleva un nuage de poussière qui se mit à danser dans la lumière blanche de leurs faisceaux, puis il disparut derrière la malle arrière du break. Le box paraissait ordonné, le véhicule entretenu, prêt à servir. Coline se planta à côté de lui et Philippe la sentit nerveuse. Il lui chuchota.

– T'en fais pas. On n'en a que pour quelques minutes, juste le temps de coller la balise et on s'arrache.

– Je ne comprends pas un truc, dit-elle. Pourquoi on ne saisit pas la voiture ? Toute l'équipe a dû y laisser des empreintes, ou au moins leur ADN. Si on laisse bosser les collègues de l'IJ, ils vont sûrement trouver quelque chose pour les enchrister. Tu crois pas ?

– Ça servirait à rien. Un bon avocat viendrait nous expliquer que ses clients n'ont fait que monter dans l'Audi pour l'essayer, sans savoir qu'elle était volée. Je ne suis même pas sûr que le Parquet nous laisserait les mettre en garde à vue et après, on ne pourrait plus bosser sur eux. Le mieux, c'est de cloquer la caisse et attendre qu'ils bougent pour les faire au retour. Comme prévu.

À cette heure, un calme précaire régnait dans cette cité de Noisy-le-Sec pourtant réputée explosive. Tout le monde dormait, comme si, d'un accord partagé, les guetteurs récupéraient avant de se remettre en place, de se poster sur les toits et aux entrées des bâtiments pour épier les rondes des collègues locaux qui, invariablement, reprendraient leur service dans quelques heures. Ici, un négoce établi occupait la plupart des jeunes, irriguait presque toutes les familles et la moindre menace pouvait enflammer l'air.

La tête d'Alex surgit soudain.

– C'est bon, j'ai posé la balise.

– Parfait, touche à rien. On referme et on se casse, dit Philippe.

– Tu veux pas qu'on regarde si la caisse est ouverte ?

– Elle doit être fermée. Viens, on dégage.

– Attends, je vérifie.

Visage espiègle, Alex posa la main sur une poignée de porte. Il tira dessus avec précaution et lorsqu'elle s'ouvrit, Philippe grimaça en l'imaginant déjà s'en vanter. Avec un peu de chance, ça ne durerait que quelques jours.

– C'est ouvert. On jette un œil, hein ?

– Dépêche.

Pendant qu'Alex se contorsionnait pour rentrer dans l'habitacle de l'Audi, Philippe fit quelques pas dans l'allée souterraine. Les premiers riverains n'allaient pas tarder à se montrer. Si l'un d'entre eux, même honnête, les voyait, toute l'opération risquait de se terminer par la perte d'une balise et des heures de surveillances gâchées.

– Y a rien dans la boîte à gants, ni sur les sièges. Je regarde dans le coffre.

– Magne-toi, putain. On va se faire gauler.

Coline blêmit.

– T'as vu ça ?

Philippe s'approcha pour découvrir un fusil d'assaut, des cagoules, deux pistolets automatiques, ainsi que des brassards « Police ». Alex semblait surexcité.

– Ils ne s'intéressent pas qu'aux bijouteries de province.

– Surtout, ne touche à rien. Coline, prends une photo avec ton portable, après on referme et on s'en va.

Coline resta pétrifiée et Philippe dut hausser légèrement le ton pour la faire réagir.

– Qu'est-ce que tu fous ?

– Tu veux laisser les armes ? dit-elle, perplexe.

– On n'a pas le temps, Coline. Prends cette photo, et on dégage. On en parlera au bureau.

– Mais si elles servent sur un braquage et que quelqu'un est tué ? Ça pourrait même être un collègue !

– Écoute, Coline. Si tu saisis tout maintenant, tu pourras au mieux les accrocher pour association de malfaiteurs. Avec ça, ils seront dehors dans un an ou deux. Et encore, si leurs paluches sont sur les armes et si leur avocat ne torpille pas la procédure pour une raison ou une autre. De toute façon, on n'a aucune raison d'être là. Sans Tonton, on n'aurait pas trouvé le box. Tu veux faire quoi, un PV balourd où tu écris qu'« une personne désirant l'anonymat » nous a donné l'adresse ? Si on fait ça, Tonton est mort. Tu y as pensé, à ça ?

Alex la fixait, atterré.

– Je suis désolée, dit-elle en sortant son portable. Je n'avais pas pensé à tout ça.

– Ça viendra, mais pour le moment, magne-toi de prendre les photos. Après, tu refermes bien, Alex.

Ils quittèrent le parking comme des ombres, devancés par le soleil qui commençait à se montrer au milieu des barres d'immeubles. Quelques riverains se dirigeaient déjà vers la station de RER toute proche, encore endormis ou trop pressés pour prêter attention à eux, hormis une Mercedes flambant neuve qui ralentit à leur hauteur avant de s'éloigner en trombe. Coline plongea la main dans le sac qu'elle portait en bandoulière et Philippe la rattrapa pour la rassurer.

– Détends-toi, c'est un VTC qui part bosser. Mais tu as raison, il ne faut pas qu'on traîne là.

20

François sortit du métro en grimpant les marches quatre à quatre, en retard, comme un acte manqué. Quelques jours auparavant, Samuel Dahan et lui s'étaient revus pour boire un verre, dans le bar d'un hôtel près des Champs-Élysées. D'un coup d'œil, il avait compris que son ancien codétenu avait repris ses affaires. Chaussures et costume de marque, une liasse de billets dans la poche, il lui avait sorti le grand jeu, fidèle à lui-même. Rien que sa montre valait au moins dix fois l'aumône que l'administration pénitentiaire lui avait donnée à sa sortie de prison. Son salaire pour plusieurs années à coller des enveloppes, repeindre la plomberie ou assembler des jouets. Une cinquantaine d'heures par mois pour moins de cent euros, déduction faite du gîte, du couvert et des dommages et intérêts à payer aux victimes. Au final, il n'avait pas gagné grand-chose, sinon d'éviter de tourner en rond dans sa cellule.

La station Kléber débouchait pile sur l'avenue du même nom, à une centaine de mètres de l'adresse que Dahan avait griffonnée sur sa carte de visite. Pour les pigeons, la mention « entrepreneur » qui y figurait évoquait l'idée d'un visionnaire, un homme capable de prendre des risques pour réunir des volontés et des capitaux autour d'un projet ambitieux. Tout le contraire de l'escroc qu'il était.

Arrivé devant le numéro qu'il cherchait, François leva les yeux sur un immeuble en pierre de taille magnifiquement entretenu. Sûrement nettoyés le matin même, les cuivres de la porte d'entrée rutilaient, annonçaient un passage vers un monde feutré et raffiné, protégé de la vulgarité par des tapis assez épais pour étouffer toutes les plaintes du monde extérieur. Il pianota sur le digicode les chiffres notés au dos de la carte, poussa la lourde porte et se retrouva dans une entrée qui servait autrefois de passage aux fiacres.

Pendant qu'il faisait défiler les noms des résidents sur l'interphone, il remarqua le rideau de la loge qui s'écartait légèrement. Derrière, la bignole[1] était en train de le détailler, se demandant si elle devait appeler le 17. Avant qu'il soit obligé de montrer patte blanche, un cliquetis métallique lui indiqua que son hôte venait de déverrouiller la dernière porte. Il traversa le hall luxueux, appela l'ascenseur, impressionné par la cage d'escalier qui devait être trois fois plus grande que la petite chambre qu'il louait. Une lumière bariolée de couleurs vives tombait depuis les vitraux anciens qui éclairaient la trémie, un peu comme dans ces cathédrales qu'il avait visitées lorsqu'il était enfant.

Après des années d'enfermement, à entendre des cris et des hurlements résonner dans des couloirs glacés, le calme qui régnait dans l'immeuble lui parut presque dérangeant. Comme si un tel silence ne pouvait que cacher une clameur contenue.

1. Concierge.

Parvenu au quatrième étage, il sortit prudemment de la cabine. Sur la porte qui lui faisait face, une petite carte estampillée « SD ». Il frappa et Dahan lui ouvrit tout de suite.

– Ça y est, tu as réussi à rentrer.

– Ouais, mais c'est pire qu'une banque, ici.

– Tu as toujours le même sens de l'humour, toi. Vas-y, entre.

François suivit Dahan dans un long couloir jusqu'à un salon lumineux, d'une bonne cinquantaine de mètres carrés, richement meublé et décoré avec goût. Au centre, un canapé immaculé que son hôte lui indiquait d'un geste satisfait et juste derrière, une petite fille qui venait de surgir, une peluche élimée serrée contre elle.

– Tiens, voilà la plus jolie. François, je te présente la princesse Emma.

Ses yeux immenses, d'un bleu pénétrant, étaient braqués sur lui, mais lorsqu'il s'approcha d'elle pour la saluer, elle recula, prête à fuir dans un recoin de l'appartement. Il demeura à distance pour ne pas l'effrayer.

– Quel âge tu as, ma belle ?

– Elle a quatre ans.

François ignora Dahan.

– C'est vrai, ce que dit ton papa ? Tu as quatre ans ? Tu es sûre que tu n'es pas plus grande ?

– C'est pas mon papa.

Dahan s'esclaffa.

– Elle a raison, je ne suis pas son papa. Mais je suis *comme* son papa, n'est-ce pas, Emma ?

– Ne l'embête pas, j'ai compris. Elle est très jolie, en tout cas.

– Oui, comme sa mère. Bah, tiens. On parlait de toi, ma chérie.

La beauté de la femme qui venait de les rejoindre laissa François sans voix. Sa seule démarche suffit à lui apprendre qu'ils ne venaient pas du même milieu, même si chez elle, rien n'était de nature à l'exagération. Elle lui tendit la main avec les manières élégantes mais discrètes d'une aristocrate.

– Bonjour monsieur, Samuel m'a beaucoup parlé de vous.

Et d'ajouter :

– Asseyez-vous, je vous en prie. Le dîner n'est pas encore prêt. Je peux vous offrir quelque chose à boire ?

Dahan l'observait, suffisant, comme s'il exhibait sa nouvelle voiture. Il détestait ce type.

– Allez, assieds-toi. Ça te va si Victoire nous sert du champagne ?

– Parfait, ça fait une éternité que je n'en ai pas bu.

– Eh oui, c'est pas au menu en prison. Hein ?

Quelques mois auparavant, Dahan le suppliait encore de le protéger et maintenant, il l'humiliait dans son salon. Lorsque tous les regards, dont celui d'Emma, convergèrent sur lui, François lutta pour ne pas le saisir par la gorge, l'obliger à implorer avant de lui briser la nuque. Intuitive et probablement familière à ce genre de grossièreté, l'épouse de Dahan balaya négligemment le sujet.

– Allons, ne parlons plus de ça.

C'était une femme raffinée, très différente de celle que François avait pu imaginer en écoutant son codétenu. Elle l'avait déconcerté dès le premier regard avec sa grâce naturelle, qui tranchait avec la vulgarité assumée de son époux. Elle était aussi bien élevée qu'il était maladroit, aussi agréable qu'il était inconvenant, comme si une faute inavouable l'avait fait condamner à supporter ce type. Mais après tout, c'était son problème, se dit François.

– Qu'est-ce que tu comptes faire ?

– Je ne sais pas encore. J'ai quelques idées, mais rien de sérieux. Pourquoi ?

– J'ai une affaire à te proposer, lança Dahan.

Après les avoir servis, Victoire s'éclipsa. Calé dans le canapé, sa coupe de champagne à la main, François avait toutes les raisons de se laisser aller, mais il se raidissait au contraire. Dahan était comme une pieuvre. Il se déployait avec lenteur, maniant les promesses et les compliments pour s'enrouler autour de sa proie. Il l'avait vu faire en prison, berçant des matons ou d'autres détenus pour obtenir ce qu'il voulait. Il ressemblait à une sorte de masse informe qui, même lorsqu'elle prenait des coups, se remettait et revenait, insidieusement. Sans autre orgueil que de parvenir à ses fins.

– Une affaire de quoi ?

– Une histoire de gros sous, de très gros sous. Je suis associé à des types pour une pyramide de Ponzi. Tu connais le principe ?

– Non, explique.

– Ponzi, c'était un financier américain des années 1920. Il a mis au point un montage pyramidal qui repose sur une idée simple : tu payes si tu veux rentrer dans le système, mais à chaque fois que tu ramènes de nouveaux investisseurs, tu touches une prime. Le truc, c'est de faire croire aux gens que plus ils font venir de monde, plus ils gagnent d'argent. T'as compris ?

– Non, pas bien.

Dahan prit cet air professoral qui agaçait François.

– Regarde, je te propose d'investir 1 000 euros dans ma société et si tu parviens à convaincre deux autres personnes, je te rends ta mise. Pareil à chaque fois que tu en trouves d'autres, et même chose pour tous ceux qui rentrent dans l'affaire. Je fais ça pendant assez de temps pour que la base, c'est-à-dire les derniers investisseurs me donnent leur fric et ensuite, je disparais avec la caisse. Là, la pyramide s'écroule et tout le monde est baisé, sauf moi.

– Ah, ouais. Je connais. Mais c'est vieux comme escroquerie.

– Exact, c'est pour ça qu'on l'a un peu modernisée. Aujourd'hui, le truc à la mode, c'est le bitcoin. Tu sais ce que c'est ?

– Ça va, je suis pas débile.

François prit de nouveau sur lui pour ne pas lui attraper le col, le serrer, jusqu'à ce qu'il le supplie d'arrêter.

– Bon, je t'explique : on a fait la même chose avec des cryptomonnaies. Comme maintenant les bitcoins coûtent trop cher, on a fait monter la valeur d'une monnaie africaine, le razor.

– Pourquoi ils coûtent trop cher, les bitcoins ?

– C'est à cause des échanges sur le Net ; il faut payer du monde pour effectuer des transactions, acheter des ordinateurs et puis il y a les locaux, l'électricité. Le plus simple, c'est de miser sur une nouvelle monnaie qui ne vaut rien.

– Et qui ne coûte rien.

– Voilà, tu as tout compris. Il suffit de ramasser des fonds pour en acheter un paquet quand ils sont presque donnés et ensuite, on laisse faire les investisseurs. Ils sont partout, tu vois. Des milliers, des dizaines de milliers d'internautes qui boursicotent de leur salon. Quand certains voient la valeur grimper, ils en achètent et ça fait boule de neige. Du coup, la valeur peut passer de quelques dizaines à des milliers d'euros. C'est pas mal, non ?

– Mais comment tu fais pour prendre l'argent ?

– En fait, l'idée c'est de faire monter la valeur de la monnaie pour attirer du monde. Quand c'est assez cher, il n'y a plus qu'à vendre tout ce qu'on possède aux derniers à s'intéresser au marché et ramasser la donne.

– Et on parle de combien ?

– Si ça marche bien, de plusieurs millions d'euros.

Au ton de Dahan, François comprit qu'il était sérieux.

– C'est un peu comme la Bourse, ton truc ?

– Ouais, un peu, mais c'est pas régulé. Tout se passe sur le Net. En plus, comme ce n'est pas une monnaie d'État, tout le monde s'en fout. D'ailleurs, personne ne porte jamais plainte. La plupart des pigeons sont à l'étranger et pensent qu'ils ont fait un mauvais placement. De toute façon, même si l'un d'entre eux se plaint aux flics, il leur faudra des mois avant d'y comprendre quelque chose. Alors, tu veux en être ?

– De quoi ?

– Tu veux que je te fasse rentrer dans l'affaire ? proposa Dahan.

– Tu me prends pour un pigeon, ou quoi ? Je viens juste de sortir du placard et tu crois que j'ai du fric à investir dans une arnaque ?

– C'est pour te refaire, que je te dis ça. Je garantis ta mise et tu peux me croire, c'est sans aucun risque. À toi de voir.

Un plat dans les mains, la femme de Dahan venait de reparaître dans le salon. Malgré lui, François jeta un regard sur la finesse de ses mains dépourvues de bijoux, mis à part une bague qui semblait aussi précieuse qu'ancienne.

– Il vous ennuie avec ses affaires, dit-elle. Je suis désolée, il ne peut pas s'en empêcher.

– Je vous en prie, madame, je le connais. J'ai passé des mois enfermé avec lui, vous savez.

Elle retourna en cuisine et Dahan revint à la charge.

– Bon, écoute, François, on a encore quelques semaines devant nous. Regarde si tu peux trouver un peu de pognon. C'est vraiment un plan en or.

– D'accord, laisse-moi un peu de temps. J'ai peut-être une idée pour me financer.

21

– À tous, de Nabil, Costa sort de chez lui.

– C'est reçu, de Philippe.

Comme depuis plusieurs jours, le groupe s'était mis en place dès 3 heures du matin pour assurer le départ de l'équipe, mais cette fois-ci, leurs efforts avaient fini par payer. Somnolente, Coline se redressa dès qu'elle entendit Nabil à la radio. Elle posa la main sur la clé de contact, prête à démarrer, se ravisa. À cette heure, un moteur pouvait s'entendre de très loin et elle préféra attendre d'être certaine de devoir bouger.

– Il est super chaud et ça mate partout. Il est habillé tout en noir, avec un blouson à capuche et une sorte de pantalon de treillis. Il marche tranquille, mais faites gaffe, parce qu'il nous cherche vraiment, là. Reçu ?

– Fort et clair, de Philippe. On le laisse se rassurer, prendre sa caisse et ensuite, ce sera à la technique de jouer. Comme prévu.

Les deux derniers mots renvoyaient à une discussion qui, la veille, avait divisé le groupe. Alex et Nabil étaient partisans de ne pas lâcher leurs objectifs s'ils sortaient à une heure propice pour partir *travailler*. Christelle et les autres soutenaient Lelouedec, qui préférait jouer la sécurité. Grâce à Legal, ils avaient enfin trouvé l'Audi qu'ils cherchaient depuis des semaines. Maintenant qu'elle était balisée, il leur suffisait de laisser les braqueurs la récupérer, les suivre sur leur écran de portable jusqu'à un centre commercial et les attendre patiemment au retour pour les interpeller. Coline n'avait pas d'avis tranché. Elle l'avait dit honnêtement à ses collègues, même si, par principe, elle avait choisi d'appuyer son chef.

– Tu es sûr qu'on ne peut pas le suivre un peu, au cas où ?

– Non, le débat est clos, trancha Philippe.

Au fond, Coline était au moins certaine d'une chose ; ce n'était plus le moment de discuter.

– Bon, de Nabil. Il démarre et ça va partir.

– C'est reçu, de Philippe. On lui laisse de l'air. Yannick nous préviendra quand ils arriveront au box, alors on ne le colle pas. Le mieux, c'est de se rejoindre là-bas et de s'organiser pour les cueillir au retour.

Le plus naturellement possible, Coline démarra pour prendre la direction de Noisy-le-Sec. Il faisait un peu frais, la plupart des gens dormaient et, sur la route, elle n'aperçut que quelques voitures aux conducteurs engourdis.

Moins de vingt minutes plus tard, elle approchait de la cité, de la RS 6, avec la conviction que, quelques heures plus tard, toute cette histoire serait terminée. Elle se posa sur un parking de société. Pas trop près. Elle coupa son moteur, éteignit ses phares et se cala dans son siège.

Depuis la veille au soir, son corps fatigué tenait sur les nerfs. Malgré ses efforts, elle n'avait pas réussi à s'endormir, torturée par le souvenir de Grégoire. Elle revivait la même scène, en boucle, baignée de larmes, en proie à des reproches qu'elle nourrissait. Pour faire face, elle n'avait eu que le soutien des anciens du groupe. Elle avait tenté de se convaincre que le temps suffirait à effacer sa peine, espérant une forme de communion dans tout ce qu'ils pourraient partager. Comme eux, elle avait refusé de consulter à nouveau la psychologue qui était venue les voir, mais après tout, une seule séance n'était peut-être pas suffisante.

Plus gutturale à la radio, la voix de Nabil la cueillit dans ses pensées.

– Philippe, tu as des nouvelles ?

– Oui, Christelle vient de m'appeler. Costa est passé comme prévu pour ramasser Bouazig chez lui. De son côté, Alex a vu partir les deux autres avec la bagnole de Rodriguez. Je pense qu'ils ont dû tous se retrouver quelque part avant de venir au box avec une seule caisse.

– Ouais, mais ils ne sont toujours pas là.

– Je sais bien, Nabil. Ils ont peut-être traîné un peu. Pour le moment, on est encore dans les temps, alors on reste en place.

– Reçu.

Derrière un simple mot, Coline pouvait percevoir le doute et la frustration qui se diffusaient dans le groupe, enflaient à chacun des échanges entre ses collègues. Elle se garda d'en rajouter. À de nombreuses reprises, Lelouedec lui avait expliqué toute la difficulté de ce métier dans lequel il était rare d'avoir des certitudes. Elle commençait à mesurer le poids qui pesait si souvent sur lui : parvenir à monter une équipe aussi prudente en flag requérait de l'audace, mais aussi de la patience. Progresser sans se précipiter.

Coline attendait.

Juste avant 6 heures, un scooter était venu tourner autour du dispositif, reniflant une partie des voitures en planque dans le quartier. Garée en retrait, elle n'avait pas éveillé de curiosité. Mais si les gamins du secteur se mettaient en chasse, ils finiraient par la repérer, elle aussi.

Cela faisait un moment que plus personne ne parlait à la radio, et pourtant certains avaient dû s'appeler, pour confronter leurs avis, critiquer celui de Lelouedec. Les mêmes qui avaient milité pour ne pas lâcher Costa. Coline patientait, confiante, jusqu'à ce qu'un grésillement précède l'annonce qu'elle craignait.

– De Philippe, au dispo. On lève, retour service.

Au ton de la voix, elle sentit une sorte de résignation, une pointe de tristesse qui la toucha. Elle décida de l'appeler.

– C'est Coline, comment tu vas ?

– Ça va, c'est gentil. C'est chiant, mais ça va, je te remercie. Si on les avait collés et qu'on s'était fait détroncher, on serait en train de se le reprocher. A priori, il n'y avait aucune raison pour qu'ils ne viennent pas chercher l'Audi. Ils s'en servent depuis des semaines. Sauf si on nous a vus quand on l'a balisée.

– Tu crois que c'est ça ?

– Quoi ?

– Tu penses qu'on nous a vus ?

– Non, je ne crois pas. Si on s'était fait lever, ils auraient brûlé la bagnole et tout leur matos pour éviter qu'on relève des traces. Depuis le temps qu'ils l'utilisent, il doit y avoir de l'ADN et peut-être même des paluches. A minima, ils auraient envoyé un gamin balancer un extincteur dedans pour empêcher l'IJ de travailler. Alors non, je ne crois pas que ce soit ça.

– Alors, c'est quoi ? Peut-être qu'ils ne sont simplement pas montés sur un casse.

– Peut-être. Ou alors, ils ont une autre caisse.

– Tu veux dire un autre box ?

– Ouais, ou au moins une autre bagnole. Ça arrive. On croit toujours tout maîtriser, mais tu sais, on n'est pas dans leurs têtes.

Comme elle ne sut pas quoi répondre, Lelouedec ajouta d'une voix détachée :

– Ou bien, on s'est fait baiser.

– Tu es sérieux ? Mais par qui ?

– Qui est-ce qui nous a donné le box ?

22

Toute l'équipe s'était retrouvée au bar.

– Bon, vous avez vu, il est solide mon pote. Je vous l'avais dit, non ?

La veille, Legal les avait accompagnés sur un casse. Tout s'était parfaitement déroulé et malgré ça, Farid fixait Stéphane sans répondre, vautré dans son siège. Il attrapa son verre comme si la question ne le concernait pas.

– Qu'est-ce qu'il y a ? Tu as une raison de faire la gueule, toi ?

Stéphane détestait ce genre de posture. Rien de surprenant de la part de Farid, mais l'attitude des autres était plus inattendue. Finalement, ce fut Djamel qui joua le rôle de délégué de classe.

– Il fait pas la gueule, Stéphane. C'est juste qu'on le sent pas, ton pote.

– Ah ouais, et qu'est-ce que vous lui reprochez exactement ? Vas-y, explique-moi, parce que je capte pas.

– Bah, par exemple, comment il a su que les condés avaient balisé l'Audi ?

– Je te l'ai déjà dit : il connaît un flic de la PJ qui le rencarde.

– C'est une balance, asséna Farid.

– Mais non, c'est pas une balance, putain. C'est le flic, la boucave[1], pas lui. Vous me faites chier, à la fin. Sans lui, on serait tous accrochés à un radiateur à l'heure qu'il est. Vous l'avez oublié, ça ?

– Et tu me rappelles comment, d'après lui, ils sont remontés au box ? demanda Djamel.

– C'est le gardien qui a bavé. Il a dû voir quelque chose et faut dire qu'une tire à plus de 100 000 qui ne bouge pas, ça intrigue. Mais je te le répète, ils ne sont pas sur nous. Ils ont balisé la bagnole au flanc.

– T'es sûr de ça ?

– Certain, d'ailleurs hier, tu as bien vu que personne ne nous collait au train quand on est partis. Et jusqu'à preuve du contraire, tu ne t'es pas fait serrer. Je le connais bien, ce mec. Il a toujours été correct avec moi quand on était au chtar et c'est un pro. Vous l'avez vu bosser.

Djamel sembla chercher ses mots avec soin avant de répondre.

– On est avec toi, Stéphane. Si tu veux le prendre dans l'équipe, on le fera. C'est vrai qu'il sait travailler et il est démerdard. La caisse qu'il nous a trouvée à l'arrache était très bien. C'est juste que jusqu'à maintenant, on était entre nous. Alors, on se méfie, c'est comme ça.

– Ça vous passera, je vous le garantis. Si vous avez du chou, je te promets que vous m'écouterez. Il peut nous faire gagner un max de blé, et avec vachement moins de risques qu'en tapant des bijouteries.

– Vas-y, explique-nous.

Djamel et lui avaient déjà eu des désaccords, mais cette fois-ci, Stéphane sentit une forme d'hostilité partagée par toute l'équipe.

1. Balance.

– François a un pote à lui, un feuj, qui fait du business sur le Net. J'ai pas bien saisi comment, mais il ramasse des fortunes en achetant et en revendant des bitcoins.

– Des quoi ? demanda Farid, méprisant.

– Des bitcoins, tu connais pas ? C'est un genre de monnaie, mais virtuelle. Un truc qui n'existe que sur Internet.

– Et ça vaut quelque chose, cette merde ?

– Commence pas, Farid. Je saurais pas trop t'expliquer, mais j'ai quand même compris qu'avec cette monnaie, tu peux acheter à peu près ce que tu veux. C'est pas courant en France, mais apparemment, ça marche à fond dans certains pays comme les États-Unis ou Dubai.

– D'accord, mais en quoi ça nous concerne ? renchérit Djamel.

– Pour faire de l'argent, il faut de l'argent. Ce mec ramasse des fonds pour investir et François peut nous le présenter. Si j'ai bien capté, tu peux tripler ou quadrupler ta mise en quelques semaines.

Tout en parlant, Stéphane observait le trio, excédé par leur scepticisme. Il se retint d'éclater, de leur balancer à quel point il les trouvait stupides, primaires. Derrière leur prudence, il percevait quelque chose d'encore plus incompréhensible pour lui : une espèce de jalousie à l'encontre de Legal, doublée d'un rejet immature de tout ce qui pouvait troubler leur équilibre.

– Si on se débrouille bien, on pourrait ramasser assez de fric pour changer de vie, investir dans des trucs qui rapportent et raccrocher pour de bon. Vous en avez pas marre, vous, de mettre la cagoule ? Moi j'ai bientôt trente-cinq balais, et je me vois pas continuer comme ça.

– Et si c'est une carotte[1] ? réagit Djamel.

– François se porte garant. C'est un tueur, ce mec. Je ne vois pas un petit escroc essayer de le baiser.

– Ouais, mais si c'est ton pote qui nous met une carotte ? insista Farid.

– Alors, c'est moi qui serai garant, et je vous rembourserai.

Djamel leva les mains, dans l'intention manifeste de calmer les esprits.

– Ça va, n'en fais pas trop. On t'en demande pas tant. C'est seulement qu'on bosse tous les quatre depuis un moment, sans problème, et d'un coup, il faut tout bouleverser parce que tu as revu un pote de zonzon. Tu peux comprendre que ça va un peu vite pour nous, c'est tout.

– Je comprends, Djamel. Mais moi, j'y vois surtout une opportunité. J'ai un peu de thune à gauche, mais pas suffisamment pour arrêter les casses. Pour l'instant, on a eu du bol, mais un jour ou l'autre, on va se faire serrer. Vous le savez bien, c'est comme ça et j'ai vraiment aucune envie de retourner au placard. J'ai d'autres projets que de traîner en survêt toute la journée, avec trois ou quatre baltringues dans dix mètres carrés. Pas vous ?

– C'est sûr que, vu comme ça, concéda Djamel.

– Bon, ce que je vous propose, c'est que François nous le présente. On écoute ce qu'il a à vendre et après, on décide ensemble.

Djamel prit un air résigné.

– OK, on fait ça.

Par précaution, ils quittèrent le bar chacun de leur côté, comme s'ils ne se connaissaient pas. Tandis qu'il

1. Escroquerie entre voyous.

retournait à sa voiture, Stéphane remarqua le conducteur d'une Renault Megane garée dans la rue. Il jeta un coup d'œil rapide à la plaque minéralogique de la voiture pour essayer de s'en souvenir.

Cette vie l'épuisait, dévorait lentement ses forces. Toutes ces précautions le minaient de plus en plus, conscient qu'au final, elles ne valaient pas plus qu'une fuite en avant. Un jour ou l'autre, il se ferait cueillir par les flics, écraser par la machine judiciaire et jeter au fond d'un trou. Longtemps, il l'avait accepté, faisant mine de s'en amuser. Aujourd'hui, il avait mûri et nourrissait d'autres envies. Il démarra en trombe et, pour s'assurer qu'il n'était pas suivi, grilla un feu, les yeux vissés dans son rétroviseur intérieur, pressé d'abandonner cette vie.

23

Coline repéra Legal dès qu'elle entra dans le bar. Sans surprise, il les attendait au fond de la salle, assis face à l'entrée. Il semblait décidé à jouer l'étonné et les accueillit avec des manières de vendeur qui l'exaspéraient au moins autant que ses rires forcés. Lelouedec donna le ton avant même qu'ils n'aient le temps de s'asseoir.

– Tu te fous de ma gueule, ou quoi ?

– Tu parles de quoi ? Qu'est-ce qui va pas ?

– Ce qui va pas, c'est que Costa et ses potes sont montés cette nuit sur une bijouterie et que, comme par hasard, la caisse qu'on a balisée grâce à toi n'a pas bougé. Tu vois où est le problème, là ?

Legal prit un air embarrassé. Surjoué.

– Écoute, je suis désolé, je savais pas. Tu sais comment ça marche : pour être dans le tour, il faut que je monte avec eux. Sinon, ils me diront jamais tout. Si je leur demande s'ils changent de plan ou de caisse, ils vont tout de suite se méfier. La seule chose que je sais, c'est qu'ils connaissent bien le gardien de la résidence où est planquée l'Audi. Peut-être que quelqu'un vous a vus y aller. Ces mecs, c'est des paranos, je vous l'avais dit. Je vais me rencarder.

– Ouais, fais ça. Et profites-en pour trouver où est la caisse qu'ils ont utilisée la nuit dernière.

– Je vais essayer.

– Non, t'essayes pas, tu la trouves. Moi, j'ai pas essayé de te sortir de taule, je l'ai fait. Et je te rappelle que c'est toi qui es venu me chercher. Alors, fais ton boulot, avant que mes collègues se mettent à penser que tu te fous de ma gueule.

Les bras croisés, la mine renfrognée, Legal encaissa sans broncher.

– Je peux leur demander de me faire rentrer dans l'équipe. Costa m'aime bien, il acceptera. Mais il faut que je sois sûr que tu me couvriras si on se fait lever par un autre service que le tien, ou j'en sais rien, si on a un problème.

– Un problème de quel genre ? demanda Lelouedec. Tu penses à quoi ?

– Je sais pas trop, on peut se cartonner en bagnole. J'en sais rien. Je veux juste être certain de ne pas me foutre dans une galère pour t'aider. J'ai aucune envie de retourner au ballon, même pour toi.

– T'inquiète, ça n'arrivera pas. Tu es immatriculé et si tu dois vraiment prendre des risques, j'appellerai le juge pour border avec lui.

– Ça veut dire quoi, que je suis *immatriculé* ? À part vous, qui est au courant que je vous aide ?

Coline nota la pudeur avec laquelle Legal évoquait le fait de vendre ses complices.

– Je te l'ai déjà expliqué, c'est moi qui t'ai attribué un numéro qui sert quand je dois parler de toi à mes chefs ou aux juges. Et c'est indispensable si je veux demander du pognon pour toi. Mais à part nous deux, personne ne te connaît.

Lelouedec désigna Coline d'un mouvement de menton qui lui déplut, comme si elle n'était qu'une sorte de caution.

– OK, je dois voir Costa tout à l'heure et je lui demanderai de me raconter pour cette nuit. Il me dira s'ils vous ont vus. Mais je suis sûr qu'ils vont y retourner. Ils ont besoin de thune, surtout Farid et Pascal. Ces deux cons, ils claquent plus que ce qu'ils gagnent.

– Vas-y, alors, dit Lelouedec. Je compte sur toi. Si tu me règles cette affaire, je me débrouillerai pour alléger un peu ton CJ[1].

En retournant au bureau, Lelouedec conduisait nerveusement, se frayant un passage en maugréant, hurlant après quelques taxis et des chauffeurs de bus. Coline patienta, attendit qu'il se détende avant d'engager la conversation.

– Tu crois qu'il est honnête avec nous ?

– De quoi ?

Lelouedec semblait si loin, comme obligé de faire un effort pour revenir vers elle.

– Legal, tu penses qu'il va jouer le jeu ?

– Oui, bien sûr. Mais tu ne vas pas t'y mettre aussi. J'ai assez des autres qui m'emmerdent avec ça !

– Ne le prends pas comme ça, Philippe. J'essaye juste de t'aider. C'est seulement que je le sens pas, ce type. Comment tu peux croire ses conneries ?

– Je n'y crois pas, Coline. Évidemment que non. Comment tu veux que je me fie à un mec qui me balance ses potes ? Costa et lui sont restés des mois ensemble dans

1. Contrôle judiciaire, mis en place par un magistrat comme mesure de contrainte.

la même cellule, à tout partager, et aujourd'hui, il est en train d'infiltrer son équipe pour le faire tomber. Tu crois vraiment qu'il hésiterait à nous entraîner avec lui si ça pouvait servir ses intérêts ? Tu penses que je suis assez con pour gober tout ce qu'il me raconte ? Ça ne marche pas comme ça, tu sais. Pour le moment, je le tiens par les couilles et il le sait. Tant que je pourrai le renvoyer au placard, il fera ce que je lui dirai. Il n'a pas le choix, mais à la moindre occasion, il nous plantera. C'est comme ça.

– Je ne sais pas comment tu fais. Moi, je n'y arriverais pas, dit-elle. C'est vraiment glauque, tout ça.

– Tu t'y habitueras. Le tout, c'est de ne jamais perdre de vue qui tu as en face de toi et surtout, ce que tu veux obtenir. Le reste, c'est juste du théâtre et une affaire d'équilibre.

– D'équilibre ? Qu'est-ce que tu veux dire par là ?

– Ce que te demande un Tonton doit toujours valoir moins que ce qu'il t'apporte. Jamais le contraire. Sinon, c'est toi qui es à son service et, en général, ça se termine mal. Le plus important, c'est d'éviter l'ivresse des affaires. Tu sais, c'est comme l'ivresse des profondeurs, ces plongeurs qui se laissent emporter par des bancs de poissons et qui oublient toutes les règles de sécurité. Quand on ne pense plus qu'à ce qu'on poursuit, on se met en danger. Il y a parfois des flics qui sombrent à cause de ça. Mais il ne faut pas que tu t'arrêtes à celui-là. Ils ne sont pas tous aussi tordus. De temps en temps, on peut même croiser des mecs bien.

– Des voyous ?

– Bah, oui, dit-il ça arrive. Il y a des sources que je connais depuis près de vingt ans. Je les ai vus vieillir, devenir pères. Quand ça dure autant, tu ne peux pas uniquement les siffler quand tu as besoin d'eux. Il faut entretenir une relation, les écouter. Quelquefois, j'ai dû les aider à résoudre leurs affaires de couple, leur trouver un appart ou passer quelques coups de fil pour inscrire leurs gamins à l'école. Certains t'appellent en pleine nuit parce qu'ils ont plié leur voiture à moitié bourrés et qu'ils ne savent pas quoi faire, ou bien parce que leur femme s'est barrée avec les gosses. Avec le temps, ça ne peut pas seulement être une histoire de renseignements, il y a toujours quelque chose qui se noue et il faut le gérer. Ça reste de l'humain et, au fond, je crois que c'est surtout ça qui me plaît.

La confidence toucha Coline.

– Te mine pas, tu t'y feras, ajouta-t-il. Je ne m'inquiète pas pour toi. Mais pour l'instant, il faut que tu m'aides à convaincre le reste du groupe. Legal, c'est un vicelard, mais il sait qu'il doit aller au bout de cette histoire s'il veut que je le lâche. Et il est trop impliqué pour s'arrêter maintenant.

– Donc, tu penses qu'il va réussir à convaincre Costa et les autres ?

– Il vendrait de la glace aux Esquimaux ! Il va y arriver, je ne m'en fais pas pour lui.

Coline avait envie de se fier à Lelouedec. Dans le groupe, les autres étaient plutôt sympas avec elle, mais c'était lui qui l'avait fait venir en PJ et elle ne l'avait pas oublié. Et puis il y avait autre chose. Quelque chose de plus intime qu'elle avait du mal à s'avouer. Il ne la laissait pas indifférente. Elle avait laissé grandir ce sentiment sans tenter de le réprimer, mais sans l'encourager, tant l'existence lui avait appris à quel point ouvrir son cœur aux autres pouvait s'avérer douloureux.

La vie ne l'avait pas comblée. Prétendre le contraire aurait été un mensonge. Ses soirées, seule dans la maison de sa grand-mère, n'avaient rien de réjouissant. Elle ne vivrait jamais de conte de fées, c'était comme ça. Elle avait fini par s'y résoudre, l'accepter sans se plaindre, et bouleverser ses certitudes, imaginer autre chose, ne la conduirait sans doute qu'à de nouvelles souffrances.

24

Rapidement, Samuel Dahan avait compris que les choses seraient compliquées. Pour la troisième fois, il reprit sa démonstration.

– Le principe, c'est d'attirer des investisseurs en faisant monter le prix de la monnaie. On ne peut pas acheter un bitcoin à 10 euros et le revendre tout de suite à 1 000. Ça prend du temps. C'est comme quand on fait pousser quelque chose, il faut le laisser grossir, ne pas le cueillir trop tôt, sinon c'est du gâchis.

– Mais si c'est aussi facile, pourquoi tout le monde ne s'y met pas ? questionna Farid.

Dahan répondit, dépité :

– Parce qu'il faut déjà comprendre la combine. Vous, ça fait deux plombes que je vous explique et vous n'entravez rien. Alors, imaginez les autres.

Dans le regard de Legal, Stéphane lut le même agacement qui montait en lui depuis le début de cette réunion. Plus expérimenté, Dahan se reprit avant que son public ne devienne plus menaçant.

– Ne vous vexez pas, les gars. Ce que je veux dire, c'est que, pour réussir à monter cette arnaque, il faut maîtriser parfaitement le sujet. Même si vous avez du fric à investir, vous n'y arriverez pas seuls. Il faut choisir la bonne monnaie, en acheter quand il faut et surtout, surtout, revendre au bon moment. Aujourd'hui, tout se passe au niveau mondial. Avec le Net, on touche des pigeons dans le monde entier, mais il faut connaître tous les marchés boursiers, parler plusieurs langues et sentir les choses.

– Et toi, tu maîtrises tout ça ? renchérit Djamel.

– Parfaitement.

À bout d'arguments, Dahan lança un regard convenu à Stéphane. Ses associés ne comprendraient rien et s'il voulait les pousser à le suivre, il devait s'en mêler.

– Bon, écoutez les gars. Moi non plus, je capte rien à ces combines. Mais une chose est sûre, il y a des masses de blé à prendre et sans risque. Les condés n'y comprennent pas grand-chose non plus, et comme la plupart des transactions se font à l'étranger, tout sera fini avant qu'ils cherchent à identifier quelqu'un.

– Moi, je veux bien que ça paye, mais ceux qui achètent vos trucs, ces bitcoins, ils versent la thune sur des comptes. Et ça, on peut toujours les remonter, non ? demanda Djamel.

Dahan hocha la tête avant de lui répondre.

– Tu as raison. L'argent finit fatalement sur un compte et ça laisse des traces. Mais ça, je sais faire. Pour récupérer les fonds, je passe par des Chinois qui font de la décaisse.

– Des Chinois ? Tu veux pas aussi appeler la mafia russe, tant que tu y es ? railla Farid.

– Tu as tort de te marrer, lui rétorqua Dahan. Entre eux, la plupart des transactions se font en liquide, surtout que pour l'essentiel ils bossent au black. Du coup, ils se retrouvent avec des masses de cash qu'ils n'arrivent pas à renvoyer au pays. C'est pour ça qu'ils font de la compensation, c'est-à-dire qu'ils ouvrent des comptes bancaires en Chine, tu vires l'argent dessus et ils te donnent l'équivalent ici, en liquide, moins leur commission bien sûr. Ça coûte cher, mais c'est impossible à remonter, les banques chinoises ne répondent jamais aux juges français et je leur souhaite bon courage pour aller réclamer quoi que ce soit là-bas.

– Ah ouais ? Et ils prennent combien ?

– 20 %.

– Quoi ? Juste pour voir passer du fric ? C'est de l'escroquerie, ton truc ?

– C'est vrai. Sinon, tu peux ouvrir un compte dans une agence près de chez toi pour y faire virer le pognon. Comme ça, tu t'emmerdes pas et tu te fais serrer dès que tu sors un euro.

Farid se renfrogna, visiblement vexé.

– Si vous voulez rentrer dans ce business, dit Dahan, vous devez d'abord comprendre deux choses : il faut de l'argent pour faire de l'argent et lorsqu'il rentre, il faut accepter d'en lâcher un peu pour être tranquille. Si vous êtes des rats, personne ne voudra travailler avec vous.

– D'accord, dit Stéphane. On a compris. Il te faut combien pour commencer ?

– C'est à vous de voir. Plus vous mettez sur la table, plus vous ramasserez. Je commence à peine avec une nouvelle cryptomonnaie. Pour le moment, elle ne vaut presque rien, mais ça ne va pas durer. Vous avez combien ?

Legal se décida à intervenir.

– Moi, j'ai pas grand-chose, ma part sur le dernier coup et le reste du pécule que j'ai eu en sortant du placard. Mais je mets tout. Je suis certain que c'est l'avenir, ces conneries. Il n'y a déjà plus de fric dans les banques et ce matin, j'ai même vu un type payer avec son portable. Vous y croyez, vous ? Un de ces jours, il n'y aura peut-être même plus de billets. Si on ne s'associe pas avec quelqu'un comme Samuel, on finira par braquer des épiceries pour pouvoir bouffer. Ou alors, il y a la came. Mais personne ne nous attend et c'est vraiment un milieu d'enculés. Alors moi, je marche avec lui.

– Tu fais ce que tu veux. Il y a quinze jours, je savais même pas qui tu étais, alors j'en ai vraiment rien à secouer de ce que tu veux faire, asséna Farid, obligeant Stéphane à s'interposer une nouvelle fois.

– C'est bon, on se calme. Te braque pas, Samuel, il faut juste qu'on en parle entre nous. Ce genre d'arnaque, c'est ton truc et, apparemment, tu maîtrises le sujet. Mais nous, c'est pas notre monde. Alors, laisse-nous quelques jours pour en discuter et on te dit. OK ?

Legal parut déçu, mais ne renchérit pas.

La discussion les laissa divisés. Pascal et Farid seraient difficiles à convaincre, mais Stéphane était décidé à les faire changer d'avis. C'était leur chance. Une éclaircie pour commencer une nouvelle vie.

Faire la course avec les pandores avait fini par le lasser. Un jour ou l'autre, il raterait un virage ou se ferait rafaler à un barrage. Les gamins qui jouaient aux voleurs gagnaient toujours, recommençaient même s'ils étaient morts. Il leur suffisait de lever le pouce pour s'en sortir. À son âge, il n'avait le droit qu'à une seule vie. Pas moyen de rejouer la partie, décider de faire une pause ou de changer de camp. Tous leurs choix avaient des conséquences, et si jusqu'à maintenant il avait eu de la chance, elle pouvait tourner sans prévenir.

25

François se régalait. Cela faisait bientôt dix minutes que Lelouedec s'agitait devant lui, alternant menaces et intimidations. Toujours aussi moche, la même fille l'accompagnait. Elle jouait la compassion, faisant mine de calmer son collègue lorsqu'il s'énervait de trop. Un vrai duo de gentil-méchant flics. Un délice.

Ils s'étaient retrouvés dans le même café que la dernière fois, quasiment à la même table, mais cette fois-ci, c'était lui qui avait la main. Sans lui, Lelouedec n'arriverait jamais à faire tomber Costa et ça, ce n'était pas pour tout de suite. Pas tant qu'il comptait sur cette équipe pour investir dans l'arnaque de Dahan, pour lui faire gagner plus d'argent qu'il n'en avait jamais rêvé.

– Si tu ne me donnes rien, je te jure que tu vas retourner au placard. Il me suffit d'appeler ton JLD[1], et il fera sauter ta conditionnelle. C'est ce que tu veux ?

François pouvait ressentir tous les effets de la confusion qu'il avait semée ces derniers jours. Après avoir compromis le box de Noisy-le-Sec, fournir une autre voiture volée à Costa avait suffi pour chambouler tous les plans,

1. Juge des libertés et de la détention.

ceux des flics comme de ses nouveaux associés. Dans quelques jours, il expliquerait à Lelouedec où retrouver le break Mercedes utilisé pour leur dernier casse : dans la zone industrielle où il venait de l'abandonner. Le tout, c'était de garder une longueur d'avance.

– C'est pas la peine de me menacer. Je fais déjà le maximum, et tu le sais bien. Ces connards, ils se connaissent depuis qu'ils sont mômes et ils ne me lâcheront rien comme ça. Pour qu'ils m'acceptent, il faut que je tape avec eux. Je te l'ai déjà dit.

– Tu n'as qu'à y aller, alors.

– Et si je me fais serrer, tu me couvriras ?

Lelouedec se figea, mais sa réaction ne surprit pas François.

– Tu vois, reprit-il. Je sais bien comment ça marche. Hors de question d'en reprendre pour dix ans pour te faire plaisir. Si tu ne peux pas me couvrir, je ne taperai pas avec eux.

– Alors, démerde-toi pour trouver la Mercedes avec laquelle ils sont montés. Si on peut la pastiller, il y a une chance qu'on se les fasse au retour. Tu sais où ils l'ont posée ? Parce que visiblement, le box de Noisy est mort.

– Je vous avais dit de faire gaffe. C'est pourri, là-bas.

Manœuvrer Lelouedec s'était avéré plus facile, et surtout plus jouissif, qu'il ne l'avait imaginé. Costa et même Dahan ne s'étaient pas révélés plus difficiles à convaincre, aveuglés par ce qu'il leur laissait entrevoir. Au-delà de ce qu'il espérait en tirer, il adorait jouer ses différents rôles. La duplicité et les mensonges le distrayaient. C'était même devenu une manière de se venger, un exutoire pour déverser sa haine, toutes les frustrations qu'il avait accumulées.

Diane l'avait humilié. Au point de le décider à les immoler tous par sa rage. Son salut était dans le contrôle, le plaisir qu'il avait à les dominer.

– Je sais bien qu'il est mort le box. Mais tu sais où elle est ou pas, cette Mercedes ?

– Donne-moi un jour ou deux. Je vais demander à Pascal, il est plus bavard que les autres.

– Et le fourgue ? demanda Lelouedec.

– Oublie. Ils refilent les bijoux à un raboin, mais ils ne me diront pas qui c'est. Je crois qu'ils vont dans un camp en haut de Montreuil et qu'après, tout est refondu en Belgique, mais j'en suis pas sûr. Tout ce que je sais, c'est qu'ils touchent à peine 30 %. Alors, t'inquiète pas, ils vont pas tarder à retourner au boulot.

– Et les portables ?

– Quoi, les portables ? C'est des paranos, ces types. J'arrête pas de te le dire.

– Ils n'en ont pas ?

– Si, mais comme ils passent leur temps ensemble, ils attendent de se voir pour se parler. Moi, je n'y comprends rien, à ces trucs. Mais eux, ils ont grandi avec et ils savent tout ce que vous êtes capables de faire avec. Du coup, ils les laissent quand ils partent travailler. Alors, je peux en trouver, mais ce sera juste des portables de vie et tu n'en tireras rien.

– Donne toujours, et on verra.

Il leur donnerait, se dit-il, mais un autre jour.

– Bon, si tu apprends quelque chose, appelle-moi, ajouta Lelouedec en se levant.

Sur la table, l'addition de la tournée qu'il avait partagée trônait en évidence. C'était à François de la payer, comme s'il s'agissait d'une sorte de punition. Un moyen désuet de soumission.

De retour à sa chambre d'hôtel, Legal prit une douche et se prépara pour la soirée. Diane lui avait laissé l'espoir d'un dîner. Sur le retour, il avait repéré un petit restaurant à deux pas des Buttes-Chaumont. L'établissement était simple, mais la carte était appétissante et les prix en rapport avec ce qui lui restait en poche. Il réserva pour 20 heures, insistant pour avoir l'une des tables au fond de la salle, idéalement située à l'écart de la cuisine et de la porte d'entrée.

Aux alentours de 19 heures, il s'allongea, son portable près de lui, alluma la télé en attendant qu'elle l'appelle. Comme prévu.

Lorsqu'il se réveilla, piqué par le froid, il faisait nuit. Le raffut d'un camion poubelle emplissait la rue. François s'assit au bord du lit, le temps de retrouver ses esprits et découvrit que Diane lui avait laissé un message ; quelques mots froids pour lui expliquer qu'elle ne pourrait pas le rejoindre. D'abord sonné, il resta un moment sans réaction, son téléphone à la main, puis se rallongea. Soudain brûlant, son lit se mit à tourner, puis les murs, à nouveau sans fenêtres. Recroquevillé autour d'un coussin, il suffoquait, se débattait pour ne pas se laisser emmurer. Il pensa aux promesses qui l'avaient fait tenir à l'isolement, essaya de se souvenir des plages et du bonheur qu'il s'était imaginés. Des leurres au milieu du néant.

Parvenu à la croisée des chemins, il se sentait prêt, dépossédé de tout. Il n'avait plus rien à abandonner, plus de crainte de se tromper.

Une douce impression de vide se répandit en lui. Libéré, il ouvrit ses poumons pour respirer et se laissa aller. Il ne sentait plus son cœur, ni le poids qui l'écrasait quelques instants auparavant. Encore un effort et il ne ressentirait plus rien.

À mesure que les bruits de la rue s'estompaient, son esprit lui échappait. Un néant duveteux l'enveloppait. Des cris s'étouffèrent dans une chambre voisine, des pas lourds s'éloignèrent dans le couloir. Jusqu'à ce qu'enfin, plus rien ne compte.

26

– Tu crois vraiment qu'ils vont nous écouter, ces fatigués ? Ces mecs, c'est des crevards de cité et avec eux, ça sert à rien de discuter. Ce qu'on a fait ou rien, c'est pareil. Je te le dis, il faut qu'on y retourne pour leur mettre le compte, sinon ça va dégénérer.

Stéphane conduisait prudemment. Le véhicule utilitaire qui les suivait lui semblait familier. Par sécurité, il bifurqua à droite sans mettre son clignotant, observa la réaction dans son rétroviseur. Le conducteur du Renault Trafic ne broncha pas, continua tout droit sans même ralentir.

Ce sentiment diffus d'être suivi n'avait fait que croître ces derniers jours. Juste une vague impression, mais il se sentait en alerte et par le passé, ignorer sa petite voix intérieure lui avait parfois coûté cher. Alors qu'il approchait du bar dans lequel il devait retrouver Djamel et Farid, une Ford Mondeo surgit à son tour derrière eux.

– Oh, Stéphane. Tu m'écoutes, ou quoi ? Qu'est-ce que tu as ?

Pascal se retourna pour regarder la rue.

– Tu as vu un truc ? Tu crois que c'est les condés ?

– Non, je fais gaffe. C'est tout. Écoute, pour les autres, il faut attendre de voir s'ils ont compris ce qu'on leur a dit. Après, on verra. Mais franchement, je vois pas pourquoi ils n'accepteraient pas ce qu'on leur a proposé. Ils sont pas perdants, c'est juste que Dahan ne veut plus continuer à bosser avec eux.

– Tu as été trop cool. Qu'ils reprennent leur mise de fonds, je suis d'accord. C'est normal. Mais on n'avait pas besoin de leur proposer un dédommagement. Ils dégagent et point barre. Il n'y a aucune raison pour qu'on leur file de la thune.

– Tu accepterais ça, toi ?

Apprendre qu'ils n'étaient pas les seuls dans l'affaire avait encore compliqué les choses et Stéphane s'en était voulu de ne pas avoir anticipé le problème. Quand Legal et Dahan étaient revenus les voir pour leur annoncer, en plus d'être déçu, il avait peiné à calmer les autres. Mais le mal était fait. Ils n'avaient plus le choix. Il fallait qu'ils assurent leur investissement et si possible sans trop de casse.

– Tu accepterais de te faire écarter comme ça, sans contrepartie ? insista Stéphane. Le fric qu'on va leur lâcher, c'est juste pour qu'ils ne perdent pas la gueule. Rien de plus. Si on les dégage à sec, on risque d'avoir des problèmes pires à gérer. Je sais que tu as l'impression de t'affaler, mais c'est juste du business. Rien de plus.

En arrivant dans leur quartier, Stéphane se détendit. Le décor des rues, des bâtiments au milieu desquels ils avaient grandi produisait toujours un effet rassurant. Il s'y sentait bien, en paix.

À l'approche de l'heure du déjeuner, le quartier s'animait. Les habitants sortaient pour faire des courses, rencontrer leurs voisins. Distrait, Stéphane ne vit le policier municipal se planter devant eux qu'au dernier moment. Péremptoire, il leur fit signe de s'arrêter.

– Putain, mais d'où il sort, ce con ? brailla Pascal.

– Tu vois bien, non ? Il fait traverser les gosses. T'as eu peur ?

– T'es vraiment con. C'est plutôt lui qui devrait flipper, à surgir comme ça, un pare-balles sur le dos. Tu crois qu'il a besoin de ça, ce cave, pour garder un passage piétons ?

– Franchement, qu'est-ce que ça peut te foutre ? Tu devrais te détendre un peu.

Des gamins surexcités et leurs mères se mirent à défiler devant eux, mais Stéphane ne les regardait pas.

– Ils vont se magner, ces mômes !

Stéphane ignora la remarque de Pascal, l'œil rivé dans son rétroviseur. La Mondeo les avait rattrapés, ralentissait derrière eux et le conducteur semblait parler tout seul. Il attendit, indifférent, que la circulation reprenne.

– Rodave[1] la caisse derrière. Je crois que c'est un Schmitt.

– Tu crois, dit Pascal en se retournant. La Ford, là ?

– Ouais, il nous suit depuis tout à l'heure. Avant, c'était un Trafic. Je suis sûr que c'est des condés.

– Et pourquoi on les aurait au cul ?

– J'en sais rien, moi. Ils ont peut-être remonté l'Audi, ou ils étaient sur les baltringues qu'on vient de voir. Comment tu veux que je sache ? Mais je te dis que c'est des flics.

– C'est sûrement à cause des histoires du feuj. Je t'ai dit que je la sentais pas, son affaire. Si ça se trouve, il les a dans les reins à cause de ses arnaques et du coup, on se les traîne.

1. Regarder, en langue romani.

– Vas-y, tape la plaque. Comme ça, on verra si on les recroise. Et tu m'as pas dit que tu connaissais un jeune du quartier qui est ADS[1] ? Tu peux pas lui demander de l'identifier, pour être sûr ?

– OK.

Le dernier écolier passé, Stéphane roula calmement jusqu'à un rond-point situé à une centaine de mètres de l'école.

– Attends, tu vas voir.

La Ford s'engagea après eux sur le circulaire.

– Qu'est-ce que tu fous ? demanda Pascal.

– On va se marrer un peu.

Au lieu d'emprunter une sortie, Stéphane fit un tour complet du giratoire pour revenir se coller derrière la Mondeo. Décontenancé, le conducteur ralentit, hésita une première fois, puis reprit finalement la route par laquelle il venait d'arriver.

– Il fait demi-tour, ce con, dit Pascal, hilare.

– Tiens, mate le couple dans la 308. Je suis sûr qu'ils sont avec.

Alors qu'il roulait au pas, Stéphane se laissa doubler, refit un tour complet du rond-point dans le sillage de la Peugeot.

– Regarde-les, ils font comme s'ils n'avaient rien vu. On se croirait dans un manège, à tourner comme ça.

– Tu les suis ? s'étonna Pascal.

– Ouais, tape leur plaque. On fera le tri après.

Lorsque la 308 tenta de s'échapper, Stéphane accéléra légèrement pour les rattraper. Virage à droite, puis à gauche. Le moteur en surrégime se plaignit, leur voiture

1. Adjoint de sécurité : jeune recruté pour un contrat de trois ans renouvelable.

rebondit sur un ralentisseur, mais l'écart se réduisit. L'idée d'une contre-filature l'amusait, son attention concentrée sur sa conduite.

– Tu es sûr de ton coup, là ? dit Pascal en se tenant au tableau de bord. Parce qu'on est quand même en train de prendre des flics en chasse.

– Il faut lever le doute. Je veux savoir s'ils en ont après nous, ou pas.

– Ouais, eh ben je suis pas certain de la méthode.

Après quelques minutes de poursuite dans les rues de Montreuil, Stéphane abandonna. Devant eux, la passagère se retourna une dernière fois pour les regarder, puis la 308 disparut. S'il avait vu juste, le reste du dispositif policier avait dû s'écarter. Pour un temps. Obstinés, ils reviendraient, à l'affût d'un faux pas. Il savait d'expérience qu'ils ne les lâcheraient pas.

– On fait quoi, maintenant ? C'est chaud d'aller retrouver les autres, non ?

Pascal le regardait, inquiet.

– Si on va au bar, on va leur ramener la misère.

– Si c'est la PJ, pars du principe qu'ils nous connaissent tous et qu'ils nous surveillent depuis un bout de temps. Ils doivent même avoir nos portables. Alors pour le moment, le mieux à faire c'est de rester tranquille. On va aller retrouver Djamel et Farid et leur expliquer.

– Tu veux que je les appelle ?

– Non, t'es con ou quoi ? On ne se sert plus de nos téléphones.

– C'est mort, dit Pascal, affolé. Comment tu veux gérer ce bordel avec les flics dans les pattes ? Farid va devenir dingue quand on va lui dire qu'il peut faire une croix sur sa thune.

– On va faire une croix sur rien du tout. De toute façon, maintenant c'est le feuj qui va bosser, pas nous. Tant qu'on va pas à son contact, ça devrait aller, et si on doit le contacter, on passera par François. Il faut juste qu'on reste calmes.

– Et s'ils sont sur eux ?

– On n'en sait rien, alors commence pas à te faire des nœuds.

À l'instant où il entendit un moteur hurler derrière lui, un sentiment d'urgence envahit Stéphane. Du bout de la rue, un scooter remontait dans leur direction. Il ne le vit pas tout de suite, mais le passager était armé. Le fusil d'assaut qu'il portait débordait la silhouette du pilote, dévoilant la forme caractéristique d'une kalachnikov. Stéphane accéléra autant qu'il put, en vain, et avant même qu'il n'ait le temps d'avertir Pascal, le T Max était sur eux. Lorsqu'il ralentit à leur hauteur, Stéphane se rappela qu'ils n'avaient rien pour se défendre. Bloqué par la circulation, il freina, sursauta au premier coup de feu, quand la vitre passager vola en éclats derrière lui.

– Couche-toi, Pascal.

La deuxième détonation s'accompagna d'une rafale qui traversa le tableau de bord. Les mains de Stéphane étreignirent le volant. Leur moteur rugit et au travers d'un nuage de fumée blanche, il vit la voiture devant eux avancer enfin de quelques mètres.

– Pousse, putain. Pousse-les ! hurla Pascal.

En déboîtant, Stéphane parvint à serrer le scooter contre une voiture qui arrivait en sens inverse. Il tressaillit encore à la seconde rafale, força de nouveau le passage, ce qui fit perdre le contrôle au pilote du deux-roues qui percuta une camionnette qui les croisait à pleine vitesse. Le choc enhardit Stéphane. Il manœuvra, se faufila derrière l'utilitaire et s'enfuit en arrachant la carrosserie d'une demi-douzaine de voitures.

Prostré, Pascal n'avait pas relevé la tête. Au travers des vitres explosées, le vent s'engouffrait dans l'habitacle, tournoyait autour d'eux. Comme dans une décapotable, Stéphane le sentait sur son visage, dans ses cheveux. Une gifle pour ses sens décuplés par la peur.

Pour la première fois de sa vie, on avait tenté de le tuer.

Il sentait ses jambes trembler en conduisant, ses mains moites glisser sur le volant. Encore quelques rues avant d'être à l'abri. À l'entrée de sa cité, il pourrait ralentir, et enfin essayer de comprendre. Une fois que les premiers guetteurs se mettraient à courir à côté de leur voiture, ils seraient arrivés. Là où personne n'oserait plus les attaquer.

La suite, il la connaissait. Le sang appelait le sang. Bientôt, il se répandrait partout et une fois les digues rompues, un torrent de haine et de violence les emporterait tous.

27

– Faites gaffe, n'enquillez pas derrière. Ils viennent de faire un tour de rond-point et de me passer devant en matant. Ils sont super chauds. Je me casse, reçu ?

– C'est reçu, Alex. À tous, de Philippe, on décroche. On va les laisser respirer un peu et on les reprendra demain. Retour service.

Lelouedec paraissait anxieux. Assise à côté de lui, Coline venait de perdre de vue la Golf noire de Costa, gênée par un véhicule de livraison qui les précédait. Ce ne fut qu'après qu'ils s'étaient engagés à leur tour sur le rond-point qu'elle comprit pourquoi Lelouedec venait autant de ralentir. Costa avait fait un tour complet, roulait au pas devant leur 308. Coline vit le passager, Pascal Rodriguez, se retourner pour les narguer.

– Reste cool, je vais les doubler pour dégager.

La gorge serrée, Coline ne répondit pas. Lelouedec accéléra doucement, doubla la Golf qui l'imita pour venir les coller.

– Putain, ils vont pas nous lâcher, ces cons.

Aussi improbable que cela puisse paraître, ceux qu'ils surveillaient depuis des semaines, qu'ils traquaient dans l'espoir de les mener au flag, venaient à leur tour de les prendre en chasse.

– Bon, ça suffit, leurs conneries.

Après un nouveau tour, Lelouedec réagit, emprunta une sortie pour disparaître dans Montreuil. Un virage à droite, puis à gauche. Coline attendit, se retourna prudemment, espérant que quelques centaines de mètres avaient été suffisantes, mais la Golf était toujours là.

Cela n'avait aucun sens, se dit-elle. Il était clair que Costa les poursuivait, mais elle ne comprenait pas où il voulait en venir. Dans l'habitacle, la radio crépita et elle reconnut la voix de Nabil.

– Philippe, méfie-toi. Je crois qu'ils t'ont pris en filoche.

– J'ai vu, merci. Tu es où, là ?

– Trois écrans derrière eux. Tu veux que je les remonte ?

– Pas tout de suite. Mais s'ils ne nous lâchent pas, on va les taper aux fafs[1].

Lelouedec jeta un coup d'œil à son rétroviseur intérieur.

– Regarde, je crois qu'ils ralentissent.

Coline constata qu'en effet la Golf s'éloignait progressivement. Elle n'aurait pas su dire si Rodriguez affichait encore le même air moqueur, mais elle devinait que la situation avait certainement dû l'amuser. En tout cas, Costa venait de leur envoyer un message : *Vous ne me faites pas peur. Je vous ai vus et maintenant, vous aurez du mal à me suivre.*

Perdue dans ses pensées, elle ne décrypta pas tout de suite ce que Yannick venait de brailler à la radio.

– À tous, il y a un scooter qui vient de me passer devant. Je crois que le passager tient une kalach. C'est reçu ?

Durant une seconde, Lelouedec resta immobile.

1. Les papiers d'identité.

– Putain, mais c'est quoi ce bordel ? Ils vont quand même pas nous rafaler, ces abrutis ?

Coline regarda autour d'eux. Ils avaient pris de l'avance sur Costa, roulaient vers le centre-ville. Elle ne voyait aucun deux-roues, mais quelque chose avait changé dans le regard de Lelouedec et, lorsqu'il sortit son Sig Sauer de son étui de ceinture pour le placer sous sa cuisse gauche, elle prit conscience qu'il était déterminé.

– Sors ton arme. S'ils s'approchent de nous, tu fais comme moi : si je tire, tu tires. OK ?

Privée d'air, elle sentit sa bouche s'assécher, mais l'imita, décidée elle aussi à se défendre. La première détonation retentit au moment où elle attrapait son arme. Un claquement sec, différent des sons ordinaires, résonna dans la rue, suivi d'une rafale. Lelouedec s'arrêta, la main sur le levier de vitesse, attentif.

– Ça vient d'où, ça ?

Question purement rhétorique pour Lelouedec qui, d'un air étonnamment serein, demanda à la radio.

– Tu es à vue, Yannick ?

– Ouais, je suis une cinquantaine de mètres derrière eux. J'essaye de les ramarrer. Je crois que c'est un T Max qui est arrêté à côté de la Golf, mais je ne vois pas bien.

Une seconde rafale éclata, se répercuta en écho sur les façades d'immeubles alentour. Coline eut un mauvais pressentiment qui s'amplifia aussitôt que Yannick se mit à hurler.

– Ne venez pas, ça artille dans tous les sens !

– Tu bouges pas, tu as reçu ? Tu restes où tu es et tu les laisses partir.

– À tous, ça repart. La Golf s'arrache et je crois que le scoot est au tas. Tu veux que j'enquille derrière quand il va repartir ?

Le visage de Lelouedec se durcit.

– Yannick, tu les lâches tout de suite. C'est compris ?

– Mais ils vont se tirer. Je suis loin derrière et je suis sûr qu'ils ne m'ont pas vu.

Avec la vitesse, le vent s'engouffrait dans son casque et Coline entendait à peine ce que leur collègue disait.

– Ça trace sur la rue de Paris. Je crois qu'ils cherchent les autres pour finir le boulot.

– Tu t'arrêtes. Maintenant !

Le ton du chef de groupe mit un terme à l'échange.

– Quel con. Il comprend rien, ou quoi ?

Derrière la voix, Coline pouvait sentir l'inquiétude de Lelouedec.

– S'ils lui tirent dessus, il va se faire couper en deux. En plus, dehors, c'est gavé de monde. On vient juste de passer une école ! À tous, c'est bon pour aujourd'hui, on décroche, dit-il en posant son doigt sur le bouton de la radio. On fait profil bas et on rentre au bureau pour débriefer. Accusez réception.

Pendant qu'à la radio, leurs collègues se succédaient pour confirmer qu'ils avaient compris les instructions, Coline explosa.

– On aurait pu essayer de faire quelque chose ! Ils viennent de tirer en pleine rue, en plein jour et nous, on ne fait rien ?

– Tu es sérieuse ?

Le téléphone de Lelouedec se mit à bourdonner sans qu'il semble y prêter attention.

– Tu voulais qu'on fasse quoi ? Qu'on se retrouve en plein milieu d'un règlement de comptes ? Explique-moi un peu ce qu'on aurait pu faire ! Foncer dans le tas et tirer sur tout ce qui bouge, avec le monde qu'il y a sur les trottoirs ?

Il ajouta d'une voix plus douce.

– Je suis aussi frustré que toi, crois-moi. Mais c'était pas le moment de s'en mêler. Maintenant, ce qu'il faut faire, c'est tenter de comprendre quelque chose à ce merdier. On ne sait même pas ce qui vient de se passer. Le plus important, c'est que personne ne soit blessé. Alors, on retourne au service et on fait le point. D'accord ?

Tout en écoutant, Coline se rendit compte que sa main tremblait, le doigt sur la détente de son arme. Elle pouvait encore entendre les déflagrations, les crissements de pneus et son cœur, qui projetait bruyamment son sang jusqu'à ses tympans. Des deux-tons se rapprochaient. Les premiers badauds commençaient à se montrer, curieux des douilles qui jonchaient le sol, sans doute à la recherche de traces de sang et d'un fait divers à raconter.

Tout était allé si vite. Legal, Costa et, au milieu de cette équation déjà complexe, une nouvelle inconnue qui venait de tout compliquer. Certaine que les choses ne pouvaient qu'empirer, Coline rangea son pistolet d'une main mal assurée, en essayant tout de même de paraître naturelle. Hors de question de craquer. La suite promettait d'être surprenante et elle voulait être auprès de son groupe pour la voir. Ne rien rater de la tempête qui s'annonçait.

28

Le soleil inondait le lit. Faute d'avoir pensé à baisser le store, il s'était réveillé bien plus tôt que prévu. Il n'y avait même pas de machine à café, maugréa François. Il ouvrit les yeux, de mauvaise humeur, jusqu'à ce qu'il la vît. Elle se tenait debout devant la fenêtre, nue, impudique, à observer le jour éclore. Ses cheveux dorés détachés tombaient dans son dos, soulignaient la pâleur de sa peau et la chute de ses reins. Il n'osa pas bouger. Lorsqu'elle se hissa sur la pointe des pieds pour regarder plus loin, il faillit se lever pour aller l'enlacer. La serrer contre lui, coller sa peau à la sienne.

La veille, une joie brûlante s'était emparée de lui quand Diane l'avait appelé. Tout était effacé. Elle lui avait donné rendez-vous pour boire un verre et happés l'un par l'autre, ils s'étaient abandonnés au vertige de la chair.

Il pouvait encore sentir la chaleur de ses mains sur son visage. Sa respiration mêlée à la sienne. Elle ne lui avait rien dit, donné aucune explication sur son revirement et il n'avait rien demandé. Ils s'étaient juste retrouvés.

Durant des heures, ils s'étaient unis, emmêlés pour s'appartenir. Leurs corps épuisés, baignés de sueur, allant jusqu'à se mordre, se griffer, se gifler. Comme si s'offrir ne suffisait pas, qu'il en fallait plus pour conjuguer leurs êtres. Puis ils s'étaient endormis.

Toute la beauté du monde se dressait là, devant lui. Après des années de survie, il ne souhaitait rien d'autre. Pourtant, dès qu'elle se retourna, il sut qu'il avait eu tort d'espérer.

– Je t'ai réveillé, fit-elle d'un ton neutre, si froid qu'il sentit son cœur geler instantanément.

– Non, ce n'est pas toi. J'ai pris l'habitude de me lever tôt, tu sais.

– À cause de la prison ?

– Oui, à cause de la prison.

Elle chercha ses vêtements. La lumière épousait la forme de ses seins, beaux, fermes et malgré lui, François sentit le désir revenir l'effleurer. Dans le regard de Diane, aucun éclat. Aucune flamme. Il n'y lut que de la dureté, une lame qui le cisailla, balaya les défenses qui lui restaient. Tout ce qui suivrait n'avait pas d'importance. Ce ne serait que des mots, mille façons de lui expliquer ce qu'il venait d'admettre. À l'abri sous les draps, comme un voile de pudeur, il se recroquevilla, blottit ses genoux entre ses bras. Il ne se plaindrait pas. Des années de souffrance refoulée lui éviteraient au moins ça.

– C'était une erreur, François, lui asséna-t-elle.

– De quoi tu parles ?

– Cette nuit, c'était une erreur. Ne m'en veux pas, je sais que c'est de ma faute. C'est moi qui t'ai appelé, qui t'ai laissé espérer. Je t'aime toujours, tu sais. C'est seulement... C'est seulement que durant ces dix dernières années, j'ai voulu me convaincre que je t'attendais, alors que j'avais déjà commencé une autre vie. Ce n'est pas à cause de toi, c'est comme ça. C'est tout.

Elle parlait comme on récite. Il l'entendait, mais ne l'écoutait plus. Elle était si menue, si fragile qu'il aurait pu, d'un geste, faire cesser son martyre. Il n'avait qu'à la saisir par le cou et puis, sans trop d'efforts, la projeter dans la pièce. Le craquement sinistre de ses os sur le sol, le mouvement de sa tête, son corps brisé, d'un seul coup, disloqué comme une poupée de chiffon. Il pouvait la faire taire. Mais au lieu de cela, il la laissa terminer.

La porte de la chambre claqua, invita le silence à venir le retrouver, comme une vieille connaissance. Par la fenêtre, il la regarda traverser, s'éloigner jusqu'au métro le plus proche. Cette fois-ci, il avait décidé de la laisser partir à la seconde où elle s'était mise à se justifier. Tout était fini.

Il était retourné s'allonger, le regard perdu au plafond, incapable de bouger. Il avait cherché la force de pleurer, le cœur déchiré, certain que quelques larmes auraient suffi pour le sauver. De la peine, plutôt que le trou béant, ce vide qui ravageait sa conscience. Mais rien ne vint.

Diane avait brisé son peu d'humanité, piétiné les restes de son âme étiolée. Il sentit une colère froide se répandre en lui. Une noirceur qui achevait, sans plus de lutte, de prendre le contrôle de ses pensées.

Il ne se décida à sortir qu'en fin de journée, pour son rendez-vous. Il était en retard, mais Costa pouvait attendre. Il choisit de marcher, respirer autre chose que l'atmosphère viciée des transports en commun. Ses idées étaient redevenues claires et il n'avait plus qu'un but : travailler à sa survie. Costa n'était qu'un pion, comme Dahan et les flics. Ils disparaîtraient, comme des ombres dans la foule.

Sur le chemin, à plusieurs reprises, son téléphone tinta. L'écran affichait le surnom de Dahan. Il continua, ignora ses appels, jusqu'à ce qu'un SMS le décide à répondre :

« C'est Sam, rappelle-moi. C'est grave. »

Dahan décrocha à la première sonnerie.

– Il faut qu'on se voie, François. On a un gros problème.

– Qu'est-ce qui t'arrive ?

– C'est les autres, tu sais. Il est arrivé quelque chose de grave.

– Calme-toi. Ils te mettent la pression parce que Costa et ses potes sont allés les voir. C'est normal, mais ça va leur passer. T'inquiète.

– Ne me dis pas de me calmer. Je ne sais pas ce que vous avez foutu, mais ils ont vraiment pété un câble et je crois qu'à cause de vos conneries, ils ont enlevé ma gosse.

29

Les choses commençaient sérieusement à se compliquer et cette fois-ci, Philippe avait préféré se passer de Coline pour rencontrer Legal. Si la situation dérapait à cause de l'indic, il voulait être le seul à l'assumer.

Le café dans lequel il attendait ne lui ressemblait pas. Comme la clientèle soignée de bobos modèle hipster qui l'avait agacé dès qu'il avait poussé la porte. Derrière le bar, un tableau noir vantait des jus détox et des bières bio. Philippe commanda un café, intrigué par le serveur dont les tatouages ethniques débordaient du col et des manches de sa chemise. Tout son look semblait minutieusement travaillé, au moins autant que les autres employés. En regardant mieux autour de lui, Philippe finit par admettre que c'était lui qui détonnait dans le décor branché. Il avait choisi l'endroit d'autorité, parce qu'il était sur le chemin du service, pour éviter de traverser Paris jusqu'à la porte d'Orléans où Legal avait ses habitudes. Aussi pour le forcer à se déplacer.

Philippe consulta sa montre en le voyant entrer.

– Tu es en retard. Assieds-toi.

Les traits de Legal se durcirent, prêt à essuyer des reproches, mais il se contenta d'obéir.

– Tu peux me dire ce que c'est que ce bordel ?

– Il m'a appelé ce matin. J'allais t'en parler.

Cet homme était capable de tout, se dit Philippe. Surtout mentir avec audace, sans jamais se sentir coupable. Alors que ses propres états d'âme lui coûtaient souvent le sommeil, l'empêchaient de se concentrer sur l'essentiel, cette absence de conscience le fascinait. Curieux de la manière dont il allait tenter de s'en sortir, il laissa Legal s'enferrer.

– Tu sais comment ils sont, ces mecs. Ils font les beaux et dès que ça se complique, il n'y a plus personne. Là, il est mort de trouille. J'ai réussi à le calmer, mais à mon avis, il va faire une connerie.

Méprisant, Legal ajouta.

– Il est en panique, tu comprends ? Je crois qu'il ne sait pas trop d'où ça vient, et avec le nombre de types qu'il a plantés, ça va être dur pour lui de s'y retrouver. Tu imagines le pognon qu'il se fait ? C'était couru. C'est peut-être même juste un mec qui veut le faire cracher. Pour le moment, je lui ai dit de se planquer, le temps qu'on se voie. Je pense qu'il devrait déposer plainte, tu crois pas ?

– Je ne vois pas ce que ça va changer. Surtout s'il ne veut pas nous dire qui lui est tombé dessus. Tu lui dis que soit il s'explique, soit il se démerde. Mais hors de question qu'on lui serve de gardes du corps.

Pris de court, Legal mit une seconde à trouver ses mots.

– D'accord, mais je t'ai dit qu'il ne sait pas d'où ça vient.

– Il doit bien avoir une idée, non ? C'est à lui de voir. Moi, je ne peux pas le protéger s'il ne joue pas le jeu.

– OK, mais on fait quoi de sa femme ?

– Comment ça, sa femme ? s'étonna Philippe. Qu'est-ce qu'on en a à foutre de sa gonzesse ?

– Bah, il faut que vous lui parliez, que vous preniez sa plainte. Je sais pas, moi. Je ne vais pas réussir à la gérer tout seul. Si on la calme pas, tu peux être sûr qu'elle va débouler dans le premier commissariat venu pour y mettre le feu.

– Putain, mais de quoi tu parles ? En quoi ça la concerne, ce qui se passe ?

Sur le visage de Legal, Philippe décela une incompréhension qui lui parut décalée.

– Tu peux m'expliquer ce qu'elle vient foutre dans cette histoire ?

– C'est la mère de la gosse, quand même ! C'est normal qu'elle s'inquiète, non ?

– Mais qu'est-ce que tu racontes ? Quelle gosse ? C'est pas du flingage de Costa dont tu me parlais ?

Il leur fallut un moment pour démêler l'écheveau dans lequel ils s'étaient embrouillés. Philippe lui expliqua la tentative de règlement de comptes, et Legal comprit pourquoi Costa avait insisté pour le voir. Ensuite, il dut éclaircir le rôle de Dahan dans cette histoire et, confusément, se justifier auprès de Philippe, prétexter que les choses étaient allées trop vite pour qu'il ait le temps de l'appeler.

En l'écoutant s'enfoncer, Philippe essaya d'imaginer la véritable raison qui avait poussé Legal à lui parler de l'escroc. D'une manière ou d'une autre, il risquait certainement d'apparaître dans le cadre de l'enquête ouverte à la suite de l'enlèvement. Peut-être était-il impliqué, ou craignait-il d'être identifié grâce à la fadette de Dahan ? Il ne s'était dévoilé que par nécessité et Philippe pouvait au moins parier sur le fait qu'il ne lui avait pas encore tout déballé.

– Tu penses qu'ils sont en affaires, Dahan et Costa ?

– Oui, mais sincèrement, je ne sais pas pour quoi.

« Sincèrement ». Philippe se retint de reprendre Legal, conscient que lui faire la morale n'avait aucun sens. Quelle sincérité pouvait-il rester à un homme comme lui, façonné par dix années d'enfermement ? C'était une question qu'il s'était posée au parloir, quelques semaines auparavant. Legal lui avait alors semblé décidé à changer de vie. En lui parlant de sa femme, qui l'attendait en dépit de tout, il était parvenu à le convaincre. Il avait su trouver les mots pour l'atteindre et maintenant, assis face à lui, il se sentait stupide.

– Tu l'as connu où, ce Dahan ?

– Au trou, où veux-tu que ce soit ? Je n'ai pas mis le nez dehors depuis dix piges. Il était en cellule avec moi, à Fresnes. Comme c'était la première fois qu'il tombait, je l'ai aidé un peu.

– Tu le protégeais, quoi ?

– Oui, si tu veux. Mais il n'est pas resté longtemps. Il avait juste une affaire financière sur le dos et il a dû se payer un bon avocat, parce qu'il est sorti rapidement.

– Et tu l'as appelé une fois dehors ?

– Non, je l'ai croisé par hasard. Je te jure. C'est lui qui m'a reconnu dans la rue, franchement.

De nouveau, l'adverbe hérissa Philippe.

– Donc, tu as revu par hasard un copain de cellule et comme tu es sympa, tu as décidé de le présenter à Costa et ses potes. C'est ça ?

Legal haussa les épaules.

– Je les ai pas présentés, c'est pas ça. Dahan et moi, on buvait un verre ensemble et ils se sont pointés dans le même rade. C'est tout. Le connaissant, il a dû leur filer son numéro à ce moment-là et après, j'en sais rien. C'est un escroc, ce type. Pour s'associer à lui, il faut du pognon. Et tu crois que j'en ai, moi, du pognon ? Depuis que je suis sorti, je suis à la ramasse. Tu le sais bien. Alors, je ne vois pas pourquoi ils m'auraient tenu au courant de ce qu'ils magouillaient.

– Tu n'as rien entendu ? Tu ne les as jamais vus ensemble ? Réfléchis bien.

Le regard fuyant, Legal semblait lutter pour respirer, les poumons écrasés par un poids invisible. Philippe le laissa se débattre.

– Je sais qu'ils se sont revus, mais sur le moment, ça ne m'a pas paru important. Si tu veux, je vais me rencarder et je te dirai. Je peux en parler aux deux, Costa et Dahan, et te faire un point. Ça te va ?

– Toute cette histoire, le flingage comme l'enlèvement de la môme, tout est lié. J'en suis sûr. Démerde-toi comme tu veux, mais il faut que tu reviennes avec quelque chose. Tu as compris ? Au moins, trouve qui a soulevé cette gamine.

– Je vais m'y mettre, t'inquiète. C'est dégueulasse de s'en prendre à cette gosse, surtout que je la connais.

– Ah oui ? Tu la connais ? releva Philippe.

– Dahan m'a invité chez lui une fois et elle était là, avec sa mère.

– OK, alors tu retournes les voir et tu me tiens au courant. Je vais appeler les collègues qui sont saisis de l'affaire d'enlèvement et ceux qui bossent sur la tentative de règlement de comptes. Il va falloir mettre tout le monde à la même table et pour ça, je vais avoir besoin d'infos. Alors, bouge-toi et vite.

Sur le chemin du bureau, Philippe tenta de joindre Coline à plusieurs reprises. Sans succès. Depuis le début, elle s'était méfiée de Legal. Il l'avait ignorée, à tort, et au final, il se retrouvait enchevêtré dans trois affaires criminelles. Quelque part, une enfant de quatre ans était séquestrée. Costa et son équipe étaient introuvables, décidés à se venger, et son meilleur atout demeurait un indic en lequel il n'avait plus confiance. Prises sous cet angle, les choses ne pouvaient que se compliquer davantage.

Un mauvais présage menaçait toute cette histoire, quelque chose de sinistre et de tragique qui s'apprêtait à les renverser. Il se sentait comme en équilibre sur une tour de Kapla, prêt à dégringoler à tout instant. Être impliqué, de près ou de loin, dans une affaire d'enlèvement d'enfant le rendait fragile. C'était comme si tous les événements étaient liés, que la moindre décision pouvait se répercuter et finir par les entraîner, tous, vers le chaos.

30

Ils n'avaient pas eu de mal à trouver la chicha dont Legal leur avait parlé. L'établissement était immanquable, sur la façade, des néons fluo inondaient le trottoir d'une lumière rose criarde et défiguraient l'immeuble haussmannien qui l'abritait, pile au milieu du boulevard Ornano. Stéphane était arrivé le premier, près d'une heure avant Djamel, pour se familiariser avec les lieux. Abrité par la nuit qui venait de tomber, il en avait profité pour arpenter le quartier et faire un passage devant la vitrine du bar. Capuche rabattue, les mains enfoncées dans ses poches, il n'était qu'une ombre parmi tant d'autres, pressées de rentrer pour dîner, de rejoindre le métro tout proche ou bien qui trompaient l'ennui en traînant dans la rue, spectre en quête de rêves. Sous la lumière diffuse des réverbères, tout paraissait si calme. En regagnant sa voiture garée dans une ruelle adjacente, Stéphane se souvint avoir lu que Mesrine avait été abattu sur ce boulevard, juste avant la porte de Clignancourt, une douzaine d'années avant sa naissance. Il se demanda à quel point le secteur avait changé depuis cette époque. À quoi le braqueur avait songé juste avant de mourir. Peut-être avait-il regretté sa vie ? Ou bien, fier d'écrire sa propre légende, avait-il embrassé son sort ? Un jour, plus personne ne s'en souviendrait. Les souvenirs les plus tenaces finissaient par disparaître, eux aussi. Une voiture de police sérigraphiée le rappela à la réalité. Lentement, elle passa près de lui avant de repartir en trombe, sans doute appelée sur une intervention. Stéphane traversa et rejoignit son véhicule ; une Golf GTI noire, puissante et discrète. Il s'y réfugia pour attendre.

Il sursauta lorsque Djamel ouvrit la portière passager. Entièrement vêtu de noir, il était arrivé sans qu'il le repère, un gros sac en bandoulière, et s'était assis à côté de lui, l'air grave. Avant qu'ils n'aient le temps d'échanger, Stéphane avisa une voiture qui quittait son stationnement sur le boulevard, démarra et s'approcha pour prendre sa place, une vingtaine de mètres en amont de l'entrée de la chicha.

– Qu'est-ce que tu fous ?

– Je me rapproche, on sera mieux, là.

Une fois garé, Stéphane coupa le moteur, retira sa ceinture. Djamel l'imita, attrapa le sac qu'il avait jeté à l'arrière et le posa à ses pieds.

Sur le boulevard, les passants commençaient à se faire plus rares, la circulation moins dense. Un groupe de jeunes sortit du bar, piétina un moment devant l'entrée, le temps de se séparer et qu'un taxi arrive pour en charger une partie. Un couple remonta le trottoir sans prêter attention à eux. Stéphane le regarda s'éloigner dans son rétroviseur extérieur et jeta un coup d'œil à sa montre.

– Ils ne vont plus tarder. En général, ils sortent vers 23 heures pour commencer leur tournée des rades. Leur caisse est devant, la Mercedes noire.

Il désigna du menton une berline stationnée sur une place de livraison, en face du bar et de l'un des videurs, un cerbère bodybuildé, boudiné dans un costume bon marché.

– Quel baltringue, lâcha Djamel. Regarde-moi ce con, il nous a même pas vus. Tu peux me dire à quoi il sert ?

Stéphane ne releva pas. La michetonneuse qui l'avait renseigné avait beau être sûre d'elle, il demeurait vigilant. Une fois dehors, il ne fallait qu'une poignée de secondes pour s'engouffrer dans une voiture ou disparaître au coin d'une rue. De ces types qu'il n'avait vus qu'une seule fois, il n'avait que des descriptions, aucune photo, et il ne voulait pas se tromper.

Une semaine à peine auparavant, c'étaient eux qui s'étaient retrouvés menacés. C'étaient eux que l'on avait guettés pour les abattre. Ce soir, le sort s'était inversé et dans quelques minutes, tout serait terminé. Pour de bon.

L'envie de tout laisser tomber le saisit, lui ôta subitement toute force. Il leur suffisait de démarrer, rentrer chez eux et tout oublier. Faire une croix sur ce qu'ils avaient investi, sur Dahan et même Legal. Surtout Legal. Il repensa à leur vie avant lui, aux réticences de Djamel et des autres. Faire de l'argent, c'était facile et il n'était pas trop tard. Ils pourraient casser quelques bijouteries, juste pour se refaire. Les mains sur le volant, il réfléchit. Tous le suivaient depuis le début, c'était lui qui leur avait amené Legal, lui qui les avait convaincus de suivre Dahan et si toute cette histoire tournait mal, ce serait de sa faute. Uniquement de sa faute. Cette pensée l'ébranla et puis, dans un étourdissement, il vit la porte du bar s'ouvrir et le précipiter dans le vide.

– Ils sortent. Mate s'ils prennent la bonne caisse.

Djamel s'agitait sur son siège.

– Vas-y, démarre.

Jamais Stéphane ne l'avait vu dans cet état.

– Attends, ils peuvent discuter un peu devant avec le videur. Laisse-les monter dans leur bagnole et après on les enquille.

Djamel continuait à se tortiller.

Les deux hommes embrassèrent le videur et se dirigèrent vers la Mercedes dont les feux clignotants venaient de s'illuminer.

– C'est eux ?

Stéphane confirma d'un signe de tête, la main sur la clé, prêt à démarrer. Malgré l'adrénaline qui venait d'exploser dans ses veines, la peur qui lui retournait les tripes, il resta concentré. Djamel pianotait avec ses doigts sur le tableau de bord. Depuis toutes ces années qu'il le connaissait, Stéphane l'avait déjà vu stressé, hors de lui, mais jamais aussi nerveux.

– Allez, vas-y. Ils vont s'arracher.

– Calme-toi. Il n'y a presque personne sur le boulevard. On va les laisser partir et les suivre gentiment. Tu veux les faire ici, devant la boîte ?

– J'ai pas dit ça.

– On va faire comme prévu. Pour l'instant, tu mets ta ceinture et tu la fermes.

Comme un miroir, le visage de Djamel renvoyait la somme de toutes ses craintes et Stéphane sentit qu'il le jaugeait, espérait un signe, une excuse pour s'enfuir.

– Ils sont juste devant le camion, là.

À cette heure, aucune chance de les perdre au milieu de quelques véhicules, des VTC pour l'essentiel.

– Je les ai vus, t'inquiète, répondit Stéphane.

– Tu devrais le doubler. S'ils se jettent sur le périph, ils vont nous emmener à dache.

– Laisse faire.

Un grognement sourd, comme un reproche. Djamel n'avait pas besoin de parler pour que Stéphane le comprenne. Ensemble, ils avaient tout traversé. Les premiers roulottages de voitures, les casses minables, jusqu'à la prison qui les avait forgés, vieillis avant l'âge. Quelques années plus tard, ils s'étaient lancés dans les braquages et depuis, ils ne s'étaient plus quittés. Ils avaient eu de bons moments, d'autres plus difficiles, mais jusqu'à présent, ils n'avaient jamais eu à verser de sang.

– Ils prennent les Maréchaux.

– Je t'avais dit de laisser glisser. Prépare-toi.

Après la porte de Saint-Ouen, le boulevard Bessières se rétrécissait sous un pont où travaillaient encore quelques prostituées en camionnette. La circulation y était souvent ralentie par des clients ou des curieux. Stéphane accéléra légèrement, parvint à doubler la Mercedes avant de s'y engager.

Des milliers de fois, il avait retiré sa ceinture de sécurité. Un geste anodin, sans conséquence. Il l'avait fait si souvent, la plupart du temps par automatisme. Mais cette fois-ci, c'était comme couper le lien qui le retenait encore au monde.

Djamel l'imita, déclenchant à son tour l'avertisseur sonore, puis tendit à Stéphane un pistolet automatique avant d'extirper une kalachnikov de son sac, crosse repliée. Devenue presque assourdissante, l'alarme résonnait, semblait leur commander de renoncer. Un dernier appel avant de brûler leurs vaisseaux.

À cet instant, Stéphane n'éprouvait plus de crainte, ni de haine. Seulement de la détermination, froide et impérieuse. Afin que la Mercedes se rapproche encore, il ralentit à hauteur de l'une des camionnettes. Une blonde ronde et exagérément maquillée leur fit signe, d'un air aussi las que racoleur. Stéphane redémarra, doucement, talonné par la Mercedes dont les occupants, hilares, paraissaient se régaler du spectacle.

– Regarde ces porcs.

Quelques mètres avant l'utilitaire suivant, Stéphane pila, enfila sa cagoule et ouvrit sa portière en criant :

– Allez, on y va !

Dès qu'il sortit, il commença à tirer sur la Mercedes qui cala et puis soudain, un bruit de rafale déchira ses tympans. Le pare-brise explosa, éventré par la puissance du fusil d'assaut que Djamel tenait. Ils continuèrent à tirer, méthodiquement, jusqu'à ce que leurs chargeurs soient vides et sous leurs yeux, les corps se mirent à danser, comme pris de soubresauts, secoués par les impacts des projectiles qui les disloquaient littéralement. Le fracas cessa d'un seul coup. Stéphane se retourna, vit Djamel éjecter son chargeur courbe, en engager un nouveau et avant qu'il n'ait le temps de réagir, le déluge de feu et d'acier reprit. Le visage du chauffeur disparut dans un nuage de sang. L'image parut surréaliste à Stéphane. Quelque chose d'invraisemblable venait d'arriver. Effacer une vie était aussi simple que d'appuyer sur une détente. Autour d'eux, personne ne bougeait. Stoppées à une trentaine de mètres, quelques voitures s'étaient figées dès les premiers tirs. Stéphane connaissait parfaitement le quartier. Le tribunal n'était qu'à une centaine de mètres et dans quelques minutes, le coin serait saturé de flics et de badauds venus au spectacle. Faute de munitions, Djamel cessa enfin de tirer et Stéphane le pris par le bras.

– Allez, on s'arrache. C'est fini, viens.

Djamel le fixait, le regard vide. Durant un instant, Stéphane eut l'impression que l'écho des détonations continuait à rebondir sur le béton, s'éloignait pour mieux refluer et l'assourdir à nouveau. Ils restèrent quelques fractions de seconde, étourdis, à se regarder et puis tout s'accéléra. Ses sens à nouveau en éveil, Stéphane s'entendit râler en traînant Djamel vers la Golf. Il braqua un homme qui s'approchait pour filmer la scène, son portable à la main.

– Couche-toi, putain. Couche-toi, ou je t'allume.

De l'autre côté de la rue, des passants se regroupaient, prêts à traverser, le téléphone à l'oreille. Les secours seraient bientôt là. Stéphane poussa Djamel, son arme pointée vers les badauds. Tout s'était passé si vite. Beaucoup plus vite qu'il ne l'avait imaginé. À peine derrière le volant, il jeta son arme à ses pieds et démarra en trombe. Les yeux dans son rétroviseur, il prit la direction du cimetière des Batignolles. À cette heure-ci, il n'y avait personne, seulement le véhicule relais qu'ils avaient garé le matin même sur le parking. Sur place, il ne leur resterait plus qu'à vider un extincteur à l'intérieur de la Golf pour compliquer le travail des flics, faire disparaître toute trace exploitable dans l'habitacle et sur leurs armes. Ensuite, ils se fondraient dans la circulation pour retrouver les autres au bar.

Comme prévu, les flics courraient dans tous les sens pendant des heures, alors que ceux qui quelques jours auparavant avaient tenté de les tuer gisaient comme des poupées de chiffon, déchirées, mises en lambeaux de chair et de sang.

En regagnant Montreuil, ils croisèrent un convoi d'une demi-douzaine de camions de pompiers et d'ambulances de réanimation qui filaient en sens inverse sur le périphérique. Son pouls redevenu normal, Stéphane ouvrit sa fenêtre pour laisser l'air frais fouetter son visage. C'était fini. Le plus dur était fait.

Dominant ses propres mensonges, sa conscience lui soufflait pourtant que quoi qu'ils disent, quoi qu'ils tentent désormais, ce qu'ils venaient de faire ne pourrait plus être changé. Ils devraient vivre avec et, il l'espérait, ne jamais avoir à le regretter.

31

Arrivée en transports, Coline attendait ses collègues devant le Bastion[1] depuis un moment. La réunion ne devait débuter qu'une demi-heure plus tard, mais la peur d'être en retard pour sa première visite à la DRPJ l'avait suffisamment angoissée pour qu'elle prenne un train plus tôt qu'à l'accoutumée. Elle regarda ses chaussures couvertes de boue, dépitée de ne pas avoir écouté son chef de groupe. L'imposant bâtiment de verre et d'acier avait poussé au milieu d'un chantier pharaonique qui menaçait de s'enliser dans la gadoue dès qu'il se mettait à pleuvoir. Dans quelques années, cette nouvelle cité judiciaire paraîtrait sûrement ordinaire, reléguant l'ancien tribunal à un vestige touristique, mais pour quelques mois encore, il faudrait composer avec la poussière et les bétonnières. Coline ne put réprimer un pincement au cœur en pensant au légendaire quai des Orfèvres. Même si les urbanistes en charge du réaménagement avaient eu l'élégance de placer le nouvel immeuble au 36 de la rue du Bastion, les mémoires mettraient du temps à effacer le lieu mythique.

1. Nouveau siège de la DRPJ de Paris, porte de Clichy à Paris.

Accompagné de Christelle, Lelouedec arriva pile à l'heure. Rompue à décoder ses humeurs, Coline ne tenta même pas d'engager la conversation avec lui, le laissant à ses pensées. Christelle lui lança un regard complice et lui prit le bras pour l'entraîner vers les portiques de sécurité en lui glissant :

– Il est ronchon depuis qu'on est partis. Laisse-le, ça va lui passer. C'est comme ça à chaque fois qu'on a un autre service dans les pattes et en plus, je crois qu'il n'aime pas trop cet endroit.

– D'après ce que j'en sais, il n'est pas le seul. Tu trouves ça joli, toi ?

– Franchement, moi je m'en fous. Et puis c'est comme tout, on s'y fera avec le temps. Allez, viens, sinon on va être à la bourre et il va se remettre à râler. J'y ai eu droit tout le chemin et j'ai ma dose pour la journée.

La bonne humeur de Christelle détendit Coline. Elles rejoignirent Lelouedec qui attendait devant les ascenseurs, parmi une demi-douzaine de collègues dont certains encore ensommeillés.

La réunion devait se tenir dans les bureaux de la Brigade criminelle, saisie du double assassinat qui avait eu lieu deux jours auparavant à quelques centaines de mètres de leurs fenêtres. Deux petites frappes qui s'étaient fait couper en deux dans leur Mercedes, juste après être sorties d'une boîte sordide du boulevard Ornano. La veille, Coline avait entendu une bribe de conversation entre son chef de groupe et l'un de ses homologues chargé du dossier. Pour ce qu'elle en avait compris, tenir en équilibre une affaire de casses de bijouteries avec un règlement de comptes n'était pas chose aisée. Le fait qu'un troisième service soit saisi de la tentative de meurtre au préjudice de Costa compliquait encore l'équation. Même si son expérience restait mince sur le sujet, Coline pressentait mal la rencontre qui allait suivre.

Son impression se confirma dès leur arrivée sur le palier, en découvrant l'enquêteur chargé de les accueillir. Il ressemblait à Greg. Même dégaine, même chevelure en bataille. Coline se demanda si Christelle y avait songé, elle aussi. Mais plutôt que se tourner vers elle, elle s'avança, la gorge serrée, espérant que personne ne remarquerait ses yeux mouillés.

Tandis qu'ils marchaient le long de grands couloirs aseptisés, elle ne put s'empêcher d'imaginer que c'était lui qui leur faisait la visite. Une pensée stérile, aussi inutile que douloureuse. Au regard qu'elle lui jeta, Christelle semblait avoir perçu quelque chose de sa détresse, mais Coline échappa à la question en s'engouffrant dans la petite salle de réunion que leur guide venait de leur indiquer.

Assise à côté de Lelouedec, elle découvrit face à elle trois collègues qu'elle ne connaissait pas. Deux autres étaient postés à quelques mètres, près de la porte d'entrée. Autour de la grande table qui occupait l'essentiel de la pièce, de nombreuses chaises étaient restées vides, chaque service cherchant à garder ses distances. Au premier regard, l'homme qui les rejoignit impressionna Coline. Âgé d'une cinquantaine d'années, élégant dans un complet-cravate qui tranchait avec le look auquel elle s'était habituée en PJ, il ferma derrière lui et s'installa en bout de table, comme pour signifier à tous qu'il comptait présider les débats. Elle le suivit des yeux, jusqu'à ce qu'il la regarde à son tour et que son sang explose d'un seul coup dans ses joues. Pourtant, sans sembler prêter attention à elle, il commença :

– Philippe, merci à toi d'être venu jusqu'ici. C'est ta première fois au Bastion ?

– Oui, mis à part une séance de tir dans les sous-sols. Vous êtes bien installés, non ?

– Si tu oublies le quartier et les embouteillages pour venir, oui. Mais bon, explique-moi plutôt ce que vous avez pour nous.

Lelouedec se redressa, les mains posées devant lui pour maîtriser sa posture, alors que son homologue paraissait vouloir s'enfoncer dans son fauteuil. Taquine, Christelle se rapprocha discrètement de Coline pour lui glisser à l'oreille :

– Il est mignon, hein ? C'est Leborgne, un des chefs de groupe de la Crim'.

En guise de réponse, Coline lui balança un coup de pied sous la table.

– Je ne suis pas certain que notre affaire de casseurs de bijouteries te passionne vraiment, répondit Lelouedec. Je pense que le mieux, c'est que vous nous parliez de votre affaire d'homicides. C'est vrai que nos clients se sont fait rafaler la semaine dernière, mais ils ne doivent pas manquer d'ennemis. En revanche, je ne connaissais pas les deux cons qui se sont fait découper juste à côté avant-hier. Vous avez trouvé quelque chose sur eux ? Une piste intéressante ?

Coline se rappela la leçon que son ancien patron, Renan Pessac[1], lui avait apprise après sa première réunion du genre : ne jamais abattre toutes ses cartes tout de suite. C'était une partie de poker, la plupart du temps de poker menteur, et révéler trop tôt ses atouts exposait presque à coup sûr au risque de s'entendre dire : « Merci, ça confirme ce qu'on savait déjà. On n'a rien de plus à vous dire, alors au revoir et bonne chance. »

1. Voir *Quelque part entre le bien et le mal.*

Lelouedec ponctua sa question d'un geste de la main, invitant Leborgne à répondre. Après quelques regards furtifs avec ceux qui l'entouraient, le chef de groupe de la Crim' reprit, d'un ton agacé :

– Alors, c'est moi qui commence à me mettre à poil. C'est ça ? D'accord, on a eu un peu de mal à les identifier, surtout que l'un d'entre eux n'avait même plus de tête. Mais d'après les archives, c'étaient des habitués de la maison. Ils étaient connus pour à peu près tout : agressions, trafics de stups, mais ces derniers temps, ils avaient plutôt l'air de donner dans l'extorsion de fonds. Il y a quelques mois, le patron d'un café de la rue de Ponthieu a déposé une plainte contre eux, mais l'a retirée dès le lendemain. Tu sais à quel point c'est difficile de faire tenir ces affaires, alors il n'y a pas eu de suite. Peut-être que cette fois-ci, ils se sont frottés à plus costauds qu'eux et je te cache pas qu'on a pensé à ton équipe.

– Il y a des chances que ce soit ça, dit laconiquement Lelouedec.

En retrait depuis le début de l'échange, un jeune d'une trentaine d'années s'interposa :

– Écoute, c'est nous qui avons pris la THV[1]. On croule sous le taf à la DPJ[2], alors si toutes ces affaires sont liées, ce serait bien qu'on nous prévienne. Ça nous éviterait de perdre du temps, sans parler du risque qu'on foute le bordel dans vos procédures. Puisqu'ils sont victimes, on a essayé de mettre la main sur Costa et son pote pour les entendre. Sans succès, évidemment. Ils sont introuvables et d'après leurs proches, ils sont à l'étranger depuis des semaines. Les constatations n'ont rien donné, sauf le

1. Tentative d'homicide volontaire.
2. Police judiciaire.

scoot retrouvé brûlé à Bagnolet. Donc, on est secs et, franchement, on n'a pas trop envie de s'emmerder à bosser là-dessus si tu ne nous dis pas tout. C'est à toi de voir, Philippe, soit tu nous éclaires un peu, ou bien on plie nos gaules et on se casse.

– Il a raison, ajouta Leborgne. Si les deux dossiers sont liés, il faut qu'on le sache.

– En gros, on vous les livre sur un plateau, objecta Lelouedec. On bosse sur eux depuis des semaines et on s'efface, comme ça.

– Non, c'est pas ce que je dis. Si les collègues du DPJ sont d'accord, je sollicite le Parquet pour récupérer le règlement de comptes et, ensemble, on met le paquet pour serrer Costa et son équipe. Tu pourras les entendre sur les casses pendant leur GAV[1]. En jouant franc jeu, on aura plus de chances de les mettre au placard.

Révoltée, Coline dut se retenir pour ne pas s'emporter. Sur les visages qui lui faisaient face, la satisfaction et la connivence qu'elle devinait faisaient tomber le voile sur les discussions qui avaient dû présider à la rencontre. Elle trouvait ses collègues tellement cyniques. Elle aurait voulu leur dire combien son groupe avait fourni d'efforts ces dernières semaines et que sans eux, ils n'auraient sans doute même pas su par où commencer. Mais ce n'était pas à elle de parler.

Lelouedec se tut quelques instants qui alourdirent encore l'atmosphère puis, sans qu'elle s'y attende, il asséna d'un ton neutre :

– C'est un peu plus compliqué que ça. Vous avez pris une affaire d'enlèvement, non ?

Leborgne s'assombrit.

1. Garde à vue.

– Une affaire de disparition d'enfant, oui. Mais je ne vois pas le rapport.

– Le père de la gamine, Samuel Dahan, il est en plein milieu de toute cette histoire.

Certain d'avoir toute l'attention, Lelouedec poursuivit.

– Costa et ses potes ont investi dans une arnaque sur les bitcoins montée par Dahan. Le problème, c'est que cet abruti était déjà maqué avec une autre équipe. Visiblement, il se faisait tordre et a demandé à Costa de le protéger en échange d'un ticket d'entrée dans sa combine. Logiquement, les autres n'ont pas voulu se laisser faire et perdre la main sur leur poule aux œufs d'or. Résultat, ils ont essayé d'éliminer la concurrence à Montreuil et, il y a deux jours, vous avez eu droit au match retour sur les Maréchaux.

– Et tu penses que c'est eux, les copains de nos macchabées, qui ont enlevé la gamine pour faire pression sur le père ? demanda Leborgne.

– Oui, c'est l'idée.

– Tu es sûr de ça, ou c'est une simple hypothèse ?

– C'est plus qu'une hypothèse. En tout cas, c'est pas Costa qui a soulevé la môme.

– Comment tu peux en être certain ?

– Parce que j'ai un tonton au contact.

Coline eut soudain le sentiment d'être stupide. Lelouedec était retourné voir Legal sans elle, sans même lui en parler. Il ne lui devait aucune explication, mais après ces dernières semaines, la mort de Greg, et tout ce qu'ils avaient vécu ensemble, elle avait caressé l'espoir de compter suffisamment pour partager ce genre d'informations. Dès leur rencontre, elle avait intégré que Lelouedec était quelqu'un de secret, complexe, mais n'imaginait pas être écartée aussi brutalement. Tout au fond d'elle, quelque chose s'était grippé, le morceau d'un mécanisme délicat désormais déréglé.

L'affront passé, elle se concentra à nouveau sur la réunion. Lelouedec avait crispé tout le monde. L'un de ses voisins murmura quelque chose à Leborgne, qui ironique, lança :

– Et tu peux nous dire depuis combien de temps tu es au courant ? Parce que les parents de la petite ne nous ont pas parlé de ça et le Parquet vient d'autoriser le déclenchement de l'alerte enlèvement. Avant de ramasser tous les détraqués habituels, ce serait bien de savoir ce qui se passe vraiment. Tu crois pas ?

– Je viens d'avoir l'info, mais je voulais vérifier un truc ou deux avant de t'en parler.

– Bon alors, dis-nous tout. On est tout ouïe.

– Je crois que je viens de le faire. On est face à deux équipes qui s'affrontent pour le contrôle d'un escroc notoire. Costa mène deux à zéro, mais les autres viennent de remonter au score en soulevant la petite. L'avantage que l'on a, c'est que le père raconte tout à la source. On devrait savoir ce qui se passe en coulisses et s'il y a une remise de rançon, on aura une chance d'être là.

– Et tu crois que ton indic va pouvoir nous dire où se planque Costa ?

– Je pense, oui. En tout cas, il devrait se retrouver en plein milieu quoi qu'il arrive. Vous aurez toutes les infos, mais bien sûr, il y a une condition.

– Laquelle ?

– Que l'on soit cosaisis avec vous. Dans les trois dossiers, évidemment.

En quittant le Bastion, ils n'échangèrent que quelques mots. Coline ruminait, vexée d'avoir pu croire que

Lelouedec, forgé par des années de coups tordus, allait se livrer complètement à une novice. Elle s'en voulait d'avoir été si naïve. Sans s'en rendre compte, il l'avait déçue et fortifiée à la fois.

À cet instant, elle ressentait une forme d'urgence à mûrir pour se protéger de cet univers dominé par des hommes, des mâles alpha, habitués à soumettre et qui, comme des enfants, se disputaient tous pour le même jouet.

32

Les chaînes du câble défilaient sur l'écran de la télévision du salon, trop vite pour que l'on puisse se concentrer sur quelque chose. Affalé dans l'un des canapés, Farid triturait la télécommande, sans conviction, et pour ne pas sombrer dans la même léthargie, Stéphane préféra regagner sa chambre.

Depuis deux jours, il n'avait fait que dormir ou bien tourner en rond. Coincé dans cet appartement, les journées lui paraissaient interminables, inutiles. Alors qu'à Marseille, leur raid sur les Maréchaux aurait déjà été oublié, ils avaient tous les flics sur le dos, parce qu'à Paris, des assassinats en pleine rue retentissaient durant des semaines. Les journaux ne parlaient encore que de ça, en boucle, valsant d'une ineptie à une autre. « La police privilégie la thèse du règlement de comptes », titrait le journal gratuit que l'une des cousines de Farid leur avait rapporté. « Il s'agit probablement d'un différend entre voyous sur fond de trafic de produits stupéfiants », détaillait le journaliste, rappelant au passage les différentes condamnations prononcées à l'encontre des deux victimes. Stéphane jeta le journal au pied du lit, s'allongea pour cogiter, curieux du sens que l'on pouvait donner au mot « victime » dans cette histoire. S'agissait-il de ceux qu'il avait abandonnés, déchiquetés, dans leur Mercedes, ou bien lui, qu'ils avaient forcé à devenir un meurtrier ?

Resté enfermé lui rappelait la prison. Même si l'oncle de Farid faisait tout pour les satisfaire, ils se retrouvaient entassés à dix dans un cinq-pièces et, finalement, perturbaient la vie de cette famille. En se réveillant, il avait voulu sortir pour prendre l'air, même quelques minutes, pour déambuler dans la cité et discuter avec les gamins qui dealaient au pied de leur immeuble. À l'idée, Djamel s'était presque étranglé. Les rumeurs couraient vite d'une tour à l'autre. Certains parlaient trop, sans compter les poucaves qui renseignaient les flics. Pour le moment et même s'il se sentait entravé, le mieux était sûrement de rester caché, au moins le temps que les choses se tassent.

– Je crois que les gosses ont une console. Tu veux que je te mette une branlée à *Mortal Kombat* ?

– Ça existe toujours, ce jeu ?

– Ouais, ça te branche ? Ça nous rappellera des souvenirs.

La gaieté de Djamel, comme un baume. Durant des mois, l'avoir auprès de lui l'avait aidé à tenir, cloîtré plus de vingt heures par jour dans douze mètres carrés. Il avait à peine vingt-cinq ans lorsqu'il était tombé pour la première fois, rattrapé par son destin, au volant d'une voiture volée. Quand le juge avait prononcé la sentence, il ne l'avait même pas regardé. Cinq ans ferme, trois en réalité avec les remises de peine. Quelques jours plus tard, on l'avait jeté dans la cellule de Djamel et, depuis, ils ne s'étaient plus quittés.

– OK, vas-y.

Ravi, Djamel secoua la tête en roulant des yeux. Il s'éclipsa de la chambre, laissant Stéphane assis au bord du lit quelques instants, le temps d'installer le matériel. En quelques jours, tout s'était enchaîné si vite. Avait-il eu raison de faire entrer Legal dans leurs vies ? Au fond de lui, Stéphane savait que cette rencontre avait été une erreur, le début d'une fuite en avant qui, pour la première fois, l'avait amené à tuer. Depuis des années, Djamel et lui s'étaient contentés de ce que les casses de bijouteries ou les vols de frets leur rapportaient, en restant petits, pour ne pas attirer l'attention sur eux. C'était peut-être le mépris de cette règle qui les avait précipités dans cette situation ; le désir de grandir et de ramasser plus d'argent qu'il ne leur en fallait. Ça, et quelque chose de sombre, une ombre menaçante qui planait au-dessus d'eux.

Dès qu'il entra dans le salon, cette impression, trouble et pénible, s'accrut encore. Une manette de jeux à la main, Djamel paraissait happé par l'écran de la télévision. Un encart rouge et noir annonçait le déclenchement d'une alerte enlèvement. Stéphane s'approcha, pris d'un mauvais pressentiment. Une morsure froide et sournoise qu'il peinait à ignorer. Un journaliste commentait en direct la disparition d'une enfant de quatre ans dans un parc du XVIe arrondissement de Paris. Une petite fille blonde, prénommée Emma.

– C'est pas comme ça qu'elle s'appelle, la môme de Dahan ?

– Si, je crois que c'est ce que François nous a dit.

Habillée d'une robe bleue, des cheveux longs dont les mèches se terminaient par des anglaises, des yeux pétillants d'un bleu perçant. La petite fille rayonnait sur la photographie utilisée pour l'appel à témoins. D'instinct, Stéphane se demanda si elle était encore en vie, imagina la terreur qui avait dû l'envahir, privée de sa mère. Tuer ne laissait pas indemne, c'était une mue effroyable qu'un enchaînement de désordres lui avait imposée. Chaque nuit, il pouvait sentir l'odeur du sang, voir la chair écorchée, les os brisés. C'était un choc terrible, un traumatisme. Pourtant, cette enfant lui commandait de ne pas s'apitoyer sur son sort.

Elle évoquait tant de promesses. Le souvenir banal d'un instant de joie qu'un cliché avait suffi à capter. Toute la beauté naïve de l'enfance, l'innocence d'une fillette comme rédemption à toutes les atrocités.

– Il faut que j'appelle François, il saura peut-être ce que c'est que ce merdier.

– C'est les autres, j'en suis sûr. Comme on les a défoncés, ces bâtards, ils essayent de mettre la pression sur le père pour le garder sous contrôle. Il faut qu'on les retrouve et qu'on termine le boulot, une bonne fois pour toutes. Ils sont capables de tout ces fatigués.

Stéphane prit un instant pour réfléchir.

– Tu te calmes, Djamel. On ne va rien faire du tout. D'abord, t'es même pas sûr que ce soient eux qui ont soulevé la gamine. C'est peut-être un barjot. Des histoires comme ça, ça arrive sans arrêt. Et puis, de toute façon, tout le monde doit nous chercher en ce moment : les flics, comme les potes de ceux qu'on a découpés. Alors, pour l'instant, on ne bronche pas. On attend que ça retombe un peu et après, on verra.

En bas de l'écran, un numéro vert défilait. Stéphane regarda de nouveau Emma, captivé par ses yeux clairs.

– Ça va partir dans tous les sens et moins on sera mêlés à ce Bronx, mieux ce sera. Alors, on reste là, tranquilles. Si ces connards sont derrière tout ça, tu peux être sûr que les flics vont les serrer. Je vais appeler François. Il connaît bien le père et il doit être au courant de ce qui se passe.

Stéphane s'isola dans sa chambre pour appeler Legal.

Surplombant la plupart des tours environnantes, leur appartement offrait une vue imprenable sur la banlieue ; une nappe de béton émaillée de taches vertes éparses qu'il supposait être des jardins. Quelques doses de verdure comme des échappatoires dérisoires à la grisaille sclérosante. Il ferma les yeux, s'imagina s'asseoir sous un arbre, son portable collé à l'oreille. Lorsqu'une voix artificielle lui répondit, l'illusion se dissipa. Il fronça les paupières, luttant contre un mal de crâne fulgurant. Il attendit le signal et déposa un message. Puis il s'allongea, son téléphone à la main. Il avait besoin de faire le vide, de balayer l'opacité de ces derniers jours. Penser à Emma, pour se sentir vivant. Et feindre d'ignorer la nuit, inéluctable, qui les recouvrait déjà comme un linceul.

33

La salle de crise ultramoderne de la Brigade criminelle était devenue le cœur du dispositif mis en place depuis la disparition d'Emma. Autour de la grande table, une demi-douzaine d'enquêteurs recevaient des appels de témoins, mais aussi d'un tas de déséquilibrés qui affirmaient savoir où elle était retenue grâce à leur pendule, leurs visions ou les voix qu'ils entendaient. Lorsque le témoignage s'avérait digne de foi, un signalement était réalisé, transmis à un modérateur qui le classait par ordre de priorité : les renseignements crédibles, ceux qui méritaient d'être creusés et enfin, ceux qui devaient être recoupés avant d'atterrir sur le premier tas.

Assise dans un coin, Coline regardait les informations défiler en continu sur l'un des écrans géants disposés dans la pièce. Un bandeau rouge rappelait l'enlèvement en permanence et régulièrement, une page diffusait une photographie de la petite fille. Juste à côté, un texte court rappelait son âge, sa taille et les vêtements qu'elle portait pour aller au parc avec sa mère. Le communiqué précisait qu'en cas de localisation de l'enfant, il ne fallait pas tenter d'intervenir, mais plutôt prévenir la police au numéro vert indiqué.

Une nouvelle sonnerie fit sursauter Coline. À la mine du collègue qui venait de décrocher, elle comprit que la solution ne viendrait probablement pas de cet appel.

– Oui, madame, j'ai bien pris note. La petite serait victime de ballets roses[1] mettant en cause des membres du gouvernement. On va enquêter, madame.

Les signalements se succédaient, en plus de ceux qui arrivaient directement sur le 17 et qui étaient réacheminés sur cette plateforme. Pour chacun d'entre eux, une fiche était rédigée, même lorsqu'ils paraissaient absurdes.

– Alors, il y a quelque chose d'intéressant ?

Christelle se tenait derrière elle et Coline se leva pour l'embrasser.

– Je ne t'ai pas entendue arriver.

– Avec le boucan qu'il y a ici, ça ne m'étonne pas. Viens, Leborgne doit faire un point sur l'affaire avant d'appeler le juge d'instruction.

– Mais Philippe m'a demandé de rester là, pour l'appeler dès qu'il y aura un truc valable.

– T'inquiète, si une info digne de ce nom arrive ici, tu le sauras rapidement. Allez, viens, on va rater le début de la réunion.

Elles arrivèrent juste à temps, récupérèrent des chaises dans le couloir et s'assirent pile au moment où le chef de groupe commençait à parler. Dans la petite pièce, une demi-douzaine d'enquêteurs s'entassaient, leurs cahiers de notes sur les genoux ou un coin du bureau de Leborgne, qui jeta un regard sardonique aux deux jeunes femmes avant de commencer.

– Tout le monde connaît nos collègues de la DPJ, je pense. Donc, maintenant qu'on est au complet,

1. Parties fines pédophiles.

commençons. Autant vous dire que je ne suis pas convaincu par cette histoire de règlement de comptes entre voyous. Pour l'instant, Costa et ses potes sont dans la nature, comme le reste de l'équipe qu'ils ont coupée en deux. Ce n'est qu'une hypothèse de travail, alors il ne faut pas perdre de vue les autres options. Pendant que le groupe de Lelouedec essaye de leur mettre la main dessus, on va faire comme si on partait de zéro. Fabien, qu'est-ce qu'a donné l'audition des parents ?

– Rien de très exploitable. La mère explique qu'elle s'est rendue au parc Sainte-Périne pour y promener la petite. Elle s'est posée sur un banc pendant que la môme jouait à côté d'elle et elle dit qu'elle ne l'a perdue de vue qu'un moment, le temps de checker ses réseaux sociaux. Pour elle, ça n'a duré que quelques minutes et, quand elle a relevé le nez de son portable, la gamine avait disparu. Le parc fait près de 40 000 mètres carrés, alors au début, elle a pensé qu'elle s'était simplement éloignée. Elle l'a cherchée un peu et, ensuite, elle s'est mise à paniquer. Comme son téléphone n'avait plus de batterie, elle a demandé à un promeneur de lui prêter le sien pour appeler le père. Après, elle a ameuté tout le monde pour la retrouver, sans succès. Une heure plus tard, elle s'est enfin rendue au commissariat central du XVIe pour signaler la disparition, mais il était trop tard.

– Il y a des caméras dans le parc ? demanda Leborgne.

– Non, aucune. Il y en a quelques-unes sur le quai Louis-Blériot et sur la rue d'Auteuil, mais il y a beaucoup de passages et aucune ne prend les sorties du parc. De toute façon, il y a tellement de manières d'en sortir, qu'il faudrait un sacré coup de bol pour que le type qui l'a enlevée se soit fait filmer avec elle en repartant.

– Et en téléphonie ?

– C'est l'horreur, entre les joggeurs et les familles qui s'y baladaient, c'était blindé de monde. Si on fait des gels de cellules, la base va être énorme et on ne pourra rien en faire. Pour que ça soit efficace, il faudrait la discriminer avec d'autres relevés, sur un autre site de préférence. Donc, il ne faut rien attendre de ce côté-là.

– Super, souffla Leborgne. Et du côté du FIJAIS[1] ? Il doit bien y avoir quelques tracassés qui habitent à proximité. Vous avez regardé ?

– Ouais, c'est en cours. Il y en a quelques-uns, en plus de ceux qui habitent dans un rayon de deux cents kilomètres, mais ce n'est pas le même profil.

Coline faillit demander pourquoi, mais l'un des enquêteurs de la Crim' la devança.

– Qu'est-ce que ça change ?

– Presque tout. Si c'est un taré qui a enlevé Emma, c'est soit un pulsionnel, soit un prédateur plus organisé. S'il a agi sous le coup d'une pulsion, il y a de fortes chances qu'il n'habite pas loin du parc ou qu'il travaille à côté. Les pédophiles agissent souvent par opportunité, sans y avoir réfléchi. Dans ce cas, il a dû laisser des traces derrière lui. Si par contre il s'y était préparé, il a pu venir de loin, faire des repérages et planifier la suite. Ce genre de type est méticuleux et ce sera plus difficile de le retrouver.

Un peu comme pour les tueurs en série, se dit Coline sans oser intervenir. À la Criminelle, tout le monde connaissait l'affaire Sacha Thibault[2], mais évidemment,

1. Fichier automatisé des auteurs d'infractions sexuelles ou violentes.

2. Voir *Quelque part entre le bien et le mal*.

personne ne lui en avait parlé. Par principe, les meurtres étaient de leur compétence et les experts aimaient rarement se faire voler la vedette, surtout par un service territorial.

– Si c'est ça, poursuivit l'enquêteur, il est sûrement venu en voiture, parce qu'on n'a pas retrouvé de corps. Alors avec un peu de chance, elle est encore vivante. Ça ne fait que trois jours qu'elle a disparu.

– C'est pas rassurant pour autant, lâcha Leborgne d'une voix morne. Bon, il reste un tas de trucs à voir. D'abord, il faut refaire une enquête de voisinage, de porte à porte, tout autour du parc et plus large que la première fois. C'est fastidieux, mais parfois ça paye. Pascal, tu t'en occupes ?

Face à lui, un homme d'une quarantaine d'années, vêtu lui aussi d'un costume, se contenta d'approuver d'un signe de tête en prenant des notes. Coline passa en revue les enquêteurs qui se trouvaient dans la pièce. Ils paraissaient posés, méthodiques. Il lui semblait que chacun d'entre eux avait un rôle précis, un rouage huilé dans une mécanique implacable. En les observant, elle se rendit compte qu'elle était l'objet de l'attention de Leborgne. Il semblait la jauger, comme s'il devait décider quoi faire d'elle.

– Et nos collègues, qu'est-ce qu'elles nous proposent ?

Coline répondit spontanément, sans prendre le temps de consulter Christelle.

– On pourrait faire une sorte de battue, peut-être même avec des chiens. Les parents ont certainement des vêtements ou des jouets en peluche à nous passer. Je viens d'un commissariat et d'expérience, je sais que les premières recherches ne sont jamais vraiment approfondies par manque de temps.

– C'est une bonne idée. Ça peut payer et au moins, ça occupera les journalistes pendant qu'on bosse sur les autres pistes. Tu peux t'en occuper ?

– Si vous voulez, oui.

Christelle la foudroyait du regard.

– Parfait. Alors on fait comme ça et on se revoit demain, même endroit, même heure. Sauf, bien sûr, si on a du neuf entre-temps.

Tout le monde se leva d'un seul coup. Coline suivit le mouvement, talonnée par Christelle qui murmura.

– Putain, mais qu'est-ce qui t'a pris ? Tu ne te rends pas compte ? Je ne sais même pas où on peut trouver des chiens pisteurs et pour organiser une battue, il faut une chiée de monde. À mon avis, tu vas te faire engueuler par Philippe.

34

Cela faisait deux jours que Diane n'avait plus donné de nouvelles. Une éclipse de plus, après une discussion inutile à laquelle François n'avait rien compris. Évoquant un besoin d'indépendance, elle lui avait servi la même rengaine. Une succession de prétextes purement rhétoriques qu'elle avait égrenés d'un ton morne.

Depuis, il n'avait pas fermé l'œil. Il respirait mal, ne mangeait plus. Son ventre n'acceptait que la bière, dont il se nourrissait sans plaisir, pour noyer ses souvenirs. Des idées noires aussi germaient dans son crâne, menaçaient de le faire exploser s'il la laissait partir. Pour lui, ce serait comme renoncer aux promesses du jour, replonger dans l'obscurité dont il venait de sortir.

Il lui avait fallu des nuits blanches pour admettre que cela n'avait aucun sens. Des heures perdues à espérer un message de sa part pour que l'évidence se fasse : elle lui cachait quelque chose. D'un seul coup, toutes les pièces s'étaient assemblées. Les secrets, les absences et tous les silences qu'il avait ignorés. Et surtout cette distance, la manière qu'elle avait désormais de le repousser.

La vérité avait un goût répugnant, encore plus infect que tous les mensonges. Après une phase de déni, elle s'était glissée dans son esprit et jusqu'à se transformer en conviction : Diane n'avait pu le quitter que pour un autre.

Dévasté, François s'était posté devant chez elle, près de son travail, à la recherche de celui qui l'avait privé d'elle. Plus que tout, il voulait le voir, pour comprendre. Connaître le visage de cet homme qui ignorait peut-être tout de lui et, le moment venu, se venger d'elle, de lui, de la terre entière.

La place manquait chez l'oncle de Farid. Ils s'y étaient tous rassemblés, pressés dans le salon pour discuter. François repéra une chaise laissée libre près de la fenêtre et s'assit pendant que Costa et Pascal Rodriguez finissaient de s'expliquer.

– Il faut prendre les devants et en finir avec ces bâtards. Si on les laisse se reprendre, ils recommenceront, c'est sûr. Pour le moment, on est en position de force, alors il faut en profiter.

– Tu trouves qu'on est en position de force, là ? demanda Costa. On est obligés de se planquer comme des cons, on commence à manquer de thunes et en plus, Dahan est à genoux. Il n'y a aucune chance pour qu'il bosse pour nous tant que sa gamine sera dans la nature. Tu l'as compris, ça ?

– Alors, on fait quoi ? interrogea Farid d'un air mauvais.

– Ils ont les flics dans les reins, encore plus que nous. Si c'est vraiment eux qui ont enlevé cette gosse, ils se feront taper en essayant de ramasser la rançon. Le mieux qu'on a à faire, c'est de se mettre au vert le temps que ça se tasse. De toute façon, il faut que Dahan retrouve sa gamine avant de se remettre au boulot. C'est comme ça.

– Donc, on fait rien ?

– On attend, je te dis. Tu as envie de prendre trente ans pour une histoire de flingage ? Parce que si tu sors la tête maintenant, c'est ce qui va t'arriver. Si tu ne te fais pas tuer entre-temps.

Djamel, qui n'avait encore rien dit, leva ses mains pour les calmer.

– Bon, ça va. Ça sert à rien de s'engueuler. Stéphane a raison, Farid, c'est pas le moment de se faire remarquer. Je suis comme toi, j'aimerais bien les charcler, ces connards, mais avec les condés au milieu, c'est pas prudent. On a mis tout notre blé sur Dahan, donc on est coincés.

– On s'écrase, alors.

Djamel secoua la tête.

– T'es pénible, Farid.

Bouaziz ne releva pas et François y vit une occasion de se lancer.

– En attendant que Samuel puisse décaisser notre pognon, j'ai une idée pour se refaire un peu.

Comme s'ils venaient enfin de remarquer sa présence, les quatre hommes se tournèrent vers lui.

– On pourrait se faire un supermarché. Il n'y a plus d'argent dans les banques et taper un fourgon, c'est trop gros pour nous. Mais dans un supermarché, on peut ramasser un max de blé.

Le regard vif de Costa surprit François.

– Tu crois pas que tu en as fait assez, toi ?

– Qu'est-ce que tu veux dire ?

– C'est pas toi qui nous as présenté Dahan ? Regarde où on en est, avec tes conneries.

– J'ai forcé personne, je crois. Et encore moins à tirer sans réfléchir. Si vous voulez, on en reste là et en attendant que Samuel récupère notre fric, chacun fait sa vie de son côté. Je voulais être sympa, mais ça m'étonnerait que je rame pour trouver une équipe prête à monter avec moi. 200 000 euros, je pense que ça va susciter des vocations.

– C'est ça, vas-y. Trouve d'autres pigeons si tu veux.

Farid se leva et prit la parole.

– Holà, du calme. Commence déjà par nous expliquer comment tu comptes t'y prendre pour ramasser 200 000 balles.

– OK. Avant de sortir du trou, j'ai croisé un convoyeur qui était tombé pour une affaire de stups. Il m'a expliqué que lorsqu'il y a un distributeur de billets à l'entrée d'un supermarché, le fric qui l'alimente est déposé dans le coffre-fort de l'établissement. Au même endroit que les recettes du magasin. Ils font ça pour éviter de devoir construire un local pour le dabiste. Du coup, toute la thune est réunie et c'est le directeur qui a la clé.

– Tu es sûr de ton coup ?

– Ouais, certain. Il m'a même parlé d'une grande surface dans le 94, où la plupart des clients payent en cash. J'y suis allé faire un tour pour vérifier. Il y a plusieurs DAB et c'est gavé de monde. En plus, c'est pas loin du carrefour Pompadour, près d'un nœud de circulation qui dessert l'A6 et l'A4 par la Francilienne.

Costa semblait toujours sur ses gardes, mais l'écoutait, comme les autres.

– Si on le fait, il faudra arriver tôt. Vers 4 heures du matin.

– Pourquoi si tôt ? demanda Farid.

– Parce que c'est l'heure à laquelle les premiers employés se pointent pour mettre les produits frais en rayons. Moi aussi, je trouvais ça bizarre, mais je suis allé voir et c'est vrai. Si on arrive plus tard, on risque que l'un d'entre eux déclenche une alarme en nous voyant. Par contre, si on rentre avec ceux qui font l'ouverture et qu'on chope les autres au fur et à mesure, on ne risque rien. Mais il faut être nombreux pour les gérer.

– Et après ?

À cet instant, François sentit que la partie était presque gagnée.

– Après, on attend le directeur. C'est lui qui a les clés du coffre. Dès qu'il arrive, on le secoue et on lui fait ouvrir. Une fois qu'on aura tout ramassé, on les enferme quelque part pour s'arracher. Le temps qu'ils se libèrent et qu'ils appellent les flics, on sera loin.

– Vu comme ça, ça paraît aussi simple que ton affaire d'escroquerie.

Renfrogné, les bras croisés, Costa semblait le seul à se méfier. François décida de l'affronter.

– Écoute, tu m'emmerdes. Moi, je t'oblige à rien et je te rappelle que tu étais plutôt emballé de t'emmancher avec Samuel. C'est pas ma faute, si les choses ont dégénéré. Alors si tu veux, on oublie, mais je te conseille de ne plus me parler comme ça.

Dans ses yeux, tout le vide de son cœur. François se leva pour appuyer la menace.

– Ça va, intervint Farid. Vous en faites trop, là. Il a raison sur au moins un truc : pour le moment, on est coincés. Alors au point où on en est, autant prendre un peu de fric en attendant que ça s'arrange. 30 ou 40 000 chacun, c'est pas mal pour une matinée.

François ajouta à l'intention de Costa :

– Si ça foire, je vous laisse ma part avec Samuel. Comme ça, tu ne pourras pas dire que j'ai essayé de te baiser.

35

--- Aujourd'hui vers 15 heures, Emma était particulièrement excitée et j'ai décidé de l'emmener au parc pour qu'elle se défoule un peu. Comme il n'était pas tard, j'ai préféré prendre le métro, d'autant qu'Emma aime bien ça. On a emprunté la ligne 6 depuis la station Kléber jusqu'à La Motte-Picquet, puis la ligne 10 jusqu'à la station Église-d'Auteuil. Le trajet a dû nous prendre un peu moins d'une demi-heure, peut-être vingt-cinq minutes. Ensuite, on a marché environ cinq minutes pour atteindre le parc Sainte-Périne. ---

--- J'aime bien aller dans ce parc, il est très grand et bien fréquenté. ---

--- Nous avons dû arriver vers 15 h 45. Nous avons marché quelques minutes encore à l'intérieur, jusqu'au bac à sable où il y a toujours des enfants de l'âge d'Emma. ---

--- Une fois sur place, Emma est allée tout de suite jouer et je me suis assise sur un banc. ---

--- Après un moment, je me suis un peu assoupie, je n'ai pas senti venir le sommeil et lorsque je me suis réveillée, je n'ai plus vu ma fille. Immédiatement, je l'ai cherchée aux alentours, pour m'assurer qu'elle n'était

pas partie jouer un peu plus loin, comme ça lui arrive parfois. - - -

- - - Je ne l'ai pas trouvée et j'ai commencé à paniquer. J'ai demandé aux adultes qui se trouvaient à proximité s'ils l'avaient vue, puis je me suis mise à hurler son nom en la cherchant dans le parc. - - -

- - - Je me souviens que j'ai voulu appeler Samuel, mon compagnon, mais je n'avais plus de batterie sur mon téléphone. J'ai tout de même réussi à passer un appel, mais je ne suis pas arrivée à le joindre, alors j'ai arrêté quelqu'un pour qu'il me prête son portable. Un homme, je ne me souviens plus de qui il s'agissait, ni à quoi il ressemblait. Samuel m'a demandé de me calmer et m'a dit d'aller tout de suite au commissariat le plus proche pour déclarer la disparition d'Emma. - - -

- - - Maintenant que vous me le faites remarquer, je ne suis pas en mesure de vous dire pourquoi je n'ai pas prévenu les secours avec le portable de ce monsieur. Je pense que j'étais en état de choc et que j'ai simplement fait ce que Samuel me disait de faire. - - -

- - - J'ai remonté l'avenue de Versailles pour me rendre au commissariat, jusqu'à la rue de Boulainvilliers, puis celle de l'Assomption qui coupe l'avenue Mozart. Cela m'a pris entre dix et quinze minutes. Sur le trajet, j'ai essayé de faire signe à des taxis, mais aucun ne s'est arrêté et comme je n'avais plus de téléphone, je n'ai pas pu commander de VTC. Je suis consciente que j'ai perdu du temps, mais sur le moment, j'étais sous le choc et j'ai fait ce qui me semblait le mieux. - - -

- - - Au moment de sa disparition, Emma portait une robe bleu marine, un manteau noir et des chaussures noires vernies. Ses cheveux sont roux, mais plus clairs que les miens, coupés court, en une sorte de carré. Ses yeux sont bleus. - - -

- - - Je n'ai aucune idée de qui pourrait en vouloir à ma fille. Emma est une petite fille obéissante, cela me paraît impossible qu'elle soit sortie seule du parc. - - -

Le reste de la plainte de Victoire Fleury était sans grand intérêt. Philippe reposa le procès-verbal sur son bureau et s'étira en renversant son fauteuil en arrière. L'OPJ qui l'avait rédigé avait bien fait son travail. Le relevé précis des heures et des trajets leur permettrait de reconstituer les déplacements de la mère et de l'enfant grâce au réseau de vidéosurveillance qui existait un peu partout dans la capitale, sur la voie publique comme dans le métro. Les horaires leur permettraient également de travailler sur la téléphonie et peut-être, de retrouver le portable d'un détraqué sexuel présent sur les lieux au moment de la disparition. Voire des traces laissées par Costa et son équipe, si toutefois cette hypothèse était crédible.

- - - Mon compagnon n'est pas le père d'Emma. Son père l'a abandonnée à la naissance. Je crois qu'il vit à l'étranger, mais je ne peux pas vous dire où exactement. Il ne l'a pas reconnue, alors je ne souhaite pas qu'il soit averti de sa disparition et d'ailleurs, je n'ai aucun moyen de le joindre. - - -

Par principe, Philippe nota sans conviction dans la marge de ne pas ignorer la piste d'un enlèvement parental.

Pour le reste, la mère d'Emma ne donnait aucune précision sur les activités de Samuel Dahan, ni évidemment sur ses relations. Hors PV, elle avait à peine reconnu être au fait de son passé carcéral et il était clair qu'elle le protégeait. Comme ses collègues, Philippe était de plus en plus indécis. Costa était-il vraiment assez cynique pour s'en prendre à une enfant ? Ou bien étaient-ce ceux qui avaient tenté de l'abattre ? Pendant que Legal les baladait, Emma était peut-être captive d'un monstre, livrée à ses fantasmes. Qu'est-ce qu'une petite fille de cet âge pouvait comprendre au mal qui rongeait ce genre de type ? Seule et terrorisée, elle devait ne penser qu'à une chose : retrouver sa mère, la chaleur protectrice de ses bras, loin de ce cauchemar.

--- *Je ne travaille pas, j'élève mon enfant. Nous n'avons pas de nounou, ce n'est pas nécessaire, personne d'autre que moi ne s'occupe de ma fille. Emma est une enfant douce, assez fragile. Je pense qu'elle a pu suivre quelqu'un d'assez persuasif, mais je ne vois pas qui aurait pu être mêlé à son enlèvement, ni qui pourrait nous vouloir du mal. Mon compagnon gagne très bien sa vie avec ses affaires. Peut-être que quelqu'un s'en est pris à elle dans l'espoir d'obtenir une rançon.* ---

Sur la photographie de la circulaire diffusée dans tous les services de police et de gendarmerie, Emma semblait s'amuser, un jouet à la main. La vision de son corps ensanglanté ébranla Philippe. Dans ce genre d'affaire, il savait que le temps n'était pas un allié. S'il s'agissait bien d'un enlèvement, la petite pouvait avoir été tuée dès le début, par commodité. Sinon, ses ravisseurs la garderaient en vie jusqu'à la remise d'une rançon, sans garantie qu'ils la relâchent, de crainte qu'elle ne livre des indices. L'idée d'un pédophile était plus terrible encore.

Depuis la veille, un mélange de crainte et d'urgence se distillait dans son esprit, le tenait au bureau, impuissant. Louise comprendrait, comme toutes les mères. Pour la préserver, il ne lui avait pas tout raconté, seulement qu'il était préoccupé par le sort de la petite. Au fond de lui, il espérait que ce ne soit qu'un enlèvement. Si Emma était aux mains de professionnels, la prochaine étape serait un premier contact pour entamer une négociation.

Pour se motiver, il se dit que Dahan était convoqué le lendemain. Son audition leur apprendrait peut-être quelque chose qui les ferait progresser, un détail qu'ils avaient négligé. Connaissant ce milieu, Philippe avait peu d'espoir qu'il se confie, mais c'était la procédure. Si l'enquête ne progressait pas, il demanderait au juge de mettre le couple sur écoute, puis il les convoquerait à nouveau, pour les faire réagir.

Épuisé, il refoula une nouvelle image poignante. Quatre jours et toujours rien d'exploitable. Il jeta un coup d'œil à l'horloge de son téléphone ; déjà 22 heures.

Quelque part, apeurée, Emma devait espérer. Alors que pouvait-il faire d'autre que la chercher ?

36

Stéphane n'avait pas dormi.

Ils s'étaient tous donné rendez-vous à 2 heures du matin pour se préparer et vers minuit, il avait renoncé à trouver le sommeil. Seul dans le salon, vautré devant la télévision, il s'était demandé en boucle comment ils avaient pu en arriver là. Legal concentrait tous les reproches. Tout s'était passé de travers depuis qu'il l'avait revu, mais en réalité, ils avaient essayé de saisir une opportunité et ça avait foiré. C'était aussi simple que ça.

Lorsque l'alarme de son portable retentit, il se déplia du canapé, douloureusement et pour la première fois, faillit se défausser. Quelle qu'en soit la cause, ce qui les liait avait fini par se déliter.

La fatigue commençait à l'envelopper lorsqu'il vit les phares d'une voiture traverser le parking désert. Elle ralentit, s'arrêta près de l'entrée des employés, à l'arrière du supermarché. Un homme, visiblement jeune, en sortit et se dirigea vers la porte d'un pas traînant. De sa position, Stéphane n'aperçut qu'une ombre se détacher du mur et attendit un instant que sa radio s'anime.

– C'est moi, vous m'entendez ?

– Ouais, François. On t'écoute.

– Vous pouvez venir, c'est bon.

Stéphane démarra et comme prévu, se stationna dans une petite rue adjacente. La nuit était fraîche mais il ne pleuvait pas. Flottant au milieu d'un ciel dégagé, la lune les éclairait d'une lumière pâle, complice passive et silencieuse. Une fois sur le parking, Stéphane enfila sa cagoule, fit signe aux autres de l'imiter et se hâta de rejoindre Legal, déjà occupé à ouvrir la porte. L'employé était à ses pieds, face au sol. Les mains serrées dans le dos par un Serflex, il cherchait de l'air comme s'il émergeait d'une apnée. Legal le tira par le col de sa veste pour le relever, colla son visage près du sien et lui susurra :

– Donne-moi le code de l'alarme, connard. Donne-le-moi ou je te jure que je te défonce. T'as compris ce que j'te dis ?

– Me faites pas de mal.

Front collé contre la porte, l'employé d'une vingtaine d'années se mit à pleurer.

– S'il vous plaît, me faites pas de mal.

– Donne le code ou je te saigne. Magne-toi.

– 246A46. C'est 246A46.

– Le boîtier, il est où ?

– À droite, en entrant.

Dès que Legal le lâcha, le jeune retomba, replia son corps en position fœtale et portée par le vent, une odeur d'urine se répandit dans l'air.

– Putain, il s'est pissé dessus, ce con, dit Farid.

Une tache sombre courait sur le jeans de l'otage, de l'entrejambe jusqu'aux genoux. Farid lui asséna un coup de pied dans le ventre.

– T'es vraiment dégueulasse.

– Laisse-le, c'est bon, murmura Stéphane. Tu vois pas qu'il est mort de trouille ?

Les yeux voilés de haine, Farid hésita, suivit Legal à l'intérieur du magasin.

– T'as qu'à le gérer, alors.

Alignés dans le couloir, ils attendaient, silencieux, l'arrivée d'un prochain employé. Sa cagoule le gênait, mais moins que le comportement des autres, cette froide détermination que Stéphane ne leur connaissait pas. Derrière leurs gestes précis, efficaces, il percevait plus que du sang-froid : une férocité qui l'effrayait, un peu de cette sauvagerie qu'il s'était découverte, quelques jours auparavant sur les Maréchaux.

Un bruit de moteur, enfin. Quelques secondes plus tard, une voiture s'arrêta tout près de l'entrée et une portière claqua. Stéphane entendit les pas qui se rapprochaient, un trousseau de clés que l'on triturait et la porte s'ouvrit. Son sac serré contre elle, la femme qui venait d'entrer mit un instant à comprendre ce qui se passait, mais avant qu'elle ne se mette à hurler, des bras la tirèrent à l'intérieur.

– Ferme ta gueule, t'as compris ?

Elle ne broncha pas, tétanisée. On la poussa violemment dans le couloir, puis Legal la tira dans le bureau où son collègue attendait, étendu sur le sol. Juste au-dessus de leurs têtes, Stéphane remarqua une série de dessins, ainsi qu'une photographie de deux gamins édentés qui posaient fièrement. Il s'approcha des otages et, inconsciemment, s'accroupit pour paraître moins menaçant.

– Ne vous inquiétez pas, ça va aller. À quelle heure il arrive, le directeur ?

– Pas avant 7 heures.

Il trouva la femme séduisante. La quarantaine, les cheveux attachés en queue-de-cheval haute, une beauté discrète.

– OK, on va l'attendre, alors. Combien d'autres employés doivent arriver avant lui ?

– Je ne sais pas, trois ou quatre. Pourquoi ?

– Qu'est-ce que tu fous ?

Planté derrière lui, Farid avait craché chacun de ses mots.

– T'es pas obligé de leur cogner dessus pour savoir ce que tu veux. Regarde-les, je crois qu'ils ont compris.

Avant que Stéphane ait le temps de se relever, Farid était reparti au fond du couloir, en faisant voler une poubelle d'un coup de pied.

Djamel s'interposa.

– Laisse-le, il est nerveux, c'est tout.

– Je sais et c'est bien ce qui m'inquiète.

Sept employés s'entassaient déjà dans le bureau que Stéphane gardait lorsqu'il entendit un nouveau véhicule approcher. Legal et Farid étaient dressés de chaque côté de l'entrée de service, prêts à accueillir celui que tout le monde espérait. Un cliquetis de clés, le mécanisme de la serrure et la porte s'ouvrit. Un homme en costume-cravate, la cinquantaine bedonnante, se planta dans l'embrasure, le visage empourpré. À ses yeux horrifiés, Stéphane devina qu'il avait tout de suite compris ce qui se passait. Farid le tira brusquement dans le couloir, referma derrière lui.

– C'est toi, le directeur ?

Legal lui arracha sa sacoche des bras pour la jeter par terre.

– Oh, tu m'entends ?! C'est toi le directeur, oui ou non ?

L'homme acquiesça, ses lèvres fines serrées à les faire disparaître.

– OK, tu as les clés du coffre ?

Nouveau mouvement de tête.

– Alors, on y va. Le coffre est dans ton bureau ?

– Oui.

Il avait répondu d'une voix chétive, les yeux baissés, comme s'il venait de briser un serment. Des gouttes de sueur perlaient sur son front dégarni, s'insinuaient dans son cou, épongées par son col de chemise, et lorsque Legal l'entraîna dans le couloir, Stéphane ressentit le besoin de les suivre.

Le bureau était minuscule, sans même de fenêtre et si peu meublé que le coffre leur parut immense. Farid s'excita encore en le découvrant, et ordonna au directeur :

– Ouvre-le, vas-y.

– Je ne peux pas, il y a une temporisation. Il faut que je coupe l'alarme et que j'attende une demi-heure avant de l'ouvrir. C'est la procédure, je vous le jure.

– Tu te fous de moi ? Ouvre-le je te dis !

Le directeur s'agenouilla face à eux, ses mains tremblantes devant le visage. Tout son corps se mit à chanceler. Farid posa le canon de son pistolet sur sa tempe, sa cravate dans l'autre main pour le tenir.

– Tu l'ouvres ou j'te fume.

L'otage grimaça, puis se remit à geindre, obligeant Stéphane à intervenir.

– T'énerve pas, c'est normal.

– Qu'est-ce qui est normal ?

– La temporisation, c'est normal. Il faut attendre, c'est tout.

– Comment tu sais ça ? Si ça se trouve, il nous balade le temps que les flics nous tombent dessus.

– Tu trouves qu'il a l'air de nous balader ? Pour le moment, j'ai l'impression qu'il cherche surtout à respirer. Lâche-le, qu'il puisse au moins lancer la manip.

– Tiens, démerde-toi avec lui, ironisa Farid en relâchant sa prise.

L'otage resta prostré une seconde. Pendant qu'il s'essuyait du revers de la manche, Stéphane lui demanda d'une voix ferme :

– Lance la temporisation !

– Oui, monsieur, dit-il en se relevant péniblement.

Durant les trente minutes qui suivirent, presque personne ne parla. C'était comme si tout le monde, otages compris, s'était fait à l'idée de devoir attendre que la porte du coffre s'ouvre. À l'entrée, Djamel et Pascal s'occupaient des autres otages qui solidaires, se soutenaient, s'inquiétaient de l'état des plus fragiles. Dehors, une lueur diffuse annonçait le jour et Pascal tapa sur l'épaule de Stéphane en montrant la fenêtre.

– C'est bientôt l'heure, non ?

– Ouais, dit-il en regardant sa montre. Je vais voir où ils en sont. Vous, préparez-les. Dès qu'on a la thune, on s'arrache d'ici.

Stéphane entra dans le bureau du directeur au moment où Farid ouvrait le coffre-fort. D'abord muet, il resta planté devant et puis d'un mouvement las, s'écarta pour offrir à tous la vue de ce qu'il recélait : un tas de dossiers et seulement quelques liasses de billets, posées en vrac sur une étagère.

– On s'est fait chier pour ça ? Tu crois qu'il y a combien, là ?

Prudent, le directeur entoura ses genoux de ses bras pour y enfouir sa tête.

– T'as l'impression qu'on va se refaire avec ça ? insista Farid.

– On verra plus tard, grouille-toi. Prends tout et on en discutera après, OK ?

Farid semblait fou de rage, mais Stéphane l'ignora. Le jour levé, il fallait s'enfuir avant tout. Pendant que Legal fourrait l'argent dans un sac, il poussa le directeur dans le couloir.

– Faut se magner, mais gardez vos cagoules tant qu'on n'est pas sortis, dit Djamel, le doigt pointé vers la caméra de surveillance qui trônait au-dessus de l'entrée.

Pascal finit d'attacher le directeur et ensuite, tout alla très vite. Djamel sortit le premier, suivi par Farid et Legal. Stéphane poussa Pascal dehors, claqua la porte derrière lui et retira sa cagoule en marchant vers la voiture. Il vit Pascal s'écraser à l'arrière, pousser Farid, qui tenait son sac sur les genoux. Djamel démarra si vite, que Stéphane eut à peine le temps de monter avant qu'il décolle, remontant la rue en faisant crisser les pneus.

– C'est bon, on n'a personne au cul. Lève le pied.

Djamel ralentit, ses mains gantées serrées sur le volant.

– Retire-les, dit Stéphane en les désignant du menton. Les flics vont voir que ça si on les croise. On nettoiera après.

En moins de cinq minutes, ils roulaient sur l'A86, en direction de l'ouest pour récupérer une voiture relais laissée à Fresnes, sur le parking d'une galerie commerçante. À cette heure, la circulation était encore raisonnable et il ne leur fallut qu'un quart d'heure pour y arriver. Une Renault Megane, facile à voler, les attendait toujours à l'arrière d'un restaurant chinois qui n'ouvrait pas avant le milieu de matinée. Changement de véhicule, pendant que Pascal vidait un extincteur dans celui qu'ils abandonnaient ; un moyen plus discret et aussi efficace que le feu.

– Jusqu'ici, tout se passe bien, commenta Stéphane en attendant qu'il les rejoigne. D'autres employés vont sûrement arriver et dès qu'ils seront prévenus, les flics vont courir dans tous les sens. Mais nous, on sera déjà loin.

– Et ça te suffit pour être satisfait ? lança Farid. À vue de nez, il y a à peine 70 000, ça fait même pas 15 000 chacun.

– 14 000, précisa Djamel.

Farid explosa :

– Vas-y, fous-toi de ma gueule, toi. 14 ou 15 000, ça fait pas beaucoup de différence. Ce qui est sûr, c'est qu'on va pas aller loin avec ça. Alors, on fait quoi maintenant, p'tit génie ? lança-t-il en s'adressant à Legal.

– Ne t'en prends pas à lui, il n'y est pour rien et tu le sais bien.

Au regard que lui lança Farid, Stéphane comprit que cette fois-ci, il ne parviendrait pas à le calmer.

Il haussa tout de même le ton pour essayer.

– Si je me souviens bien, c'est toi qui as insisté pour y aller. C'est pas le moment de discuter de ça, mais on en reparlera si t'as envie.

En leur tournant le dos, Farid trancha :

– Pas la peine, je crois qu'on a fait le tour. À l'avenir, je me démerderai tout seul.

37

Une nouvelle fois, Coline entra en retard dans le bureau de Leborgne et, encore, eut droit à un regard réprobateur de sa part. Cela faisait cinq jours qu'ils piétinaient, mais tous les matins, ils se réunissaient pour faire le point avant qu'à son tour, le chef de groupe aille rendre compte au taulier. Les renseignements continuaient à arriver sur la ligne verte, sans rien apporter d'intéressant. Des dénonciations sans fondement pour l'essentiel, voire des blagues, ce qui rendait Coline perplexe. Comment pouvait-on s'amuser du sort d'Emma ? À chaque fois qu'ils identifiaient un farceur grâce à son téléphone ou son IP, elle se chargeait de transmettre un signalement au commissariat le plus proche pour qu'il soit poursuivi. Une perte de temps pour Lelouedec, qui maintenait que rien ne pouvait guérir un crétin.

Chaque jour, les enquêteurs persévéraient pourtant à recueillir la moindre information ; alors que le tas des dossiers qui méritait des vérifications augmentait sensiblement, celui des pistes crédibles demeurait désespérément mince.

– On n'a rien ? s'étonna Leborgne. Aucun fil à tirer ?

– Pas pour le moment, répondit un jeune assis juste devant Christelle. La vidéosurveillance n'a rien donné.

On voit la mère sortir seule du parc pour aller au commissariat, mais on ne la voit pas y entrer. Et comme il n'y a pas de caméras dedans, on est secs.

– Il n'y a aucune image de la gamine avec quelqu'un d'autre ?

– Non, rien. D'ailleurs, on ne la voit sur aucun enregistrement. Pas une seule fois.

– Ça veut dire quoi ? Que la môme n'était pas au parc ?

– Non, j'ai pas dit ça. Ça veut simplement dire qu'aucune caméra ne l'a captée. C'est possible : toutes les rues ne sont pas couvertes et il suffit de ne pas être dans le bon angle pour passer au travers. On continue de chercher, mais je suis plutôt pessimiste.

– Et la téléphonie ?

– Rien d'exploitable non plus, dit un autre OPJ. J'ai demandé un gel de cellules, mais pour que j'en sorte quelque chose, il faut que je puisse comparer avec d'autres données. À chaque fois qu'on a un doute sur un pédo, on vérifie s'il était dans le coin au moment de la disparition. C'est tout ce que je peux faire pour l'instant, mais ça peut finir par payer.

Leborgne soupira.

– On peut toujours rêver. Et au FIJAIS, on n'a rien non plus ?

– Le XVIe, c'est pas Outreau, tu sais, dit une jeune femme près de laquelle Coline s'était assise. J'ai bien trouvé quelques détraqués dans les environs du parc, mais ils portent tous un bracelet électronique et ça ne colle pas. De toute façon, c'est des exhibs et ça m'étonnerait qu'ils soient capables de faire autre chose que de se tripoter.

– Aucun n'a le profil ?

– Si, mais ils vivent vraiment à dache et ils doivent pointer tous les jours au Ciat[1] ou à la BT[2] de leur domicile. Ou bien ils portent aussi un bracelet.

– En clair, on n'a rien de solide.

– Non, sinon que c'est pas quelqu'un qu'on connaît, trancha l'enquêtrice.

Leborgne se tourna vers le jeune collègue que Coline avait remarqué lors de leur première visite au Bastion.

– Et du côté de la famille, Brice ?

Un cahier posé sur ses genoux, il prenait méthodiquement des notes et parut surpris que l'on s'adresse à lui.

– La mère : Victoire Fleury est inconnue de tous les fichiers. Famille sans histoires, études supérieures, elle n'a jamais fait parler d'elle. Pour le beau-père, c'est différent : il a été mis en cause dans une dizaine d'affaires d'escroqueries, d'abus de biens sociaux et de détournements de fonds. D'après le tonton de nos collègues, dit-il en désignant Christelle et Coline du regard, il est en relation avec plusieurs équipes de braqueurs ou de trafiquants de came. La disparition de la petite est peut-être liée à ses activités, mais comme il ne veut rien dire, on a du mal à avancer. Je l'ai entendu à deux reprises, sans rien en tirer.

– Le juge n'a pas accepté qu'on le branche, sa femme et lui ?

– Si, depuis hier. Mais Dahan connaît la musique et il y a peu de chances qu'il se lâche sur un portable.

– La mère sera peut-être moins prudente.

– Je pense qu'elle aurait déjà balancé si elle savait quelque chose. Ça reste une mère avant tout.

– Et le père biologique ?

1. Abréviation de « commissariat ».
2. Brigade territoriale de gendarmerie nationale.

– C'est le vide sidéral. On n'a même pas un nom sur lequel travailler.

– Donc, on est au point mort. C'est tout ?

– Non, c'est pas tout et ça ne va pas te plaire.

Une profonde fatigue pouvait se lire sur les traits de Leborgne.

– Il y a à peine une heure, la mère m'a prévenu qu'elle allait s'adresser à la presse. Une idée de son avocat. Je lui ai dit que c'était une connerie, mais elle ne veut rien entendre.

– Il ne manquait plus que ça. Et tu n'as pas pensé que c'était important de me prévenir ?

À voir sa tête, Coline devina que son collègue avait oublié et qu'il s'attendait à être frappé par la foudre. Mais à la surprise de tous, Leborgne lui fit signe de continuer.

– Bon, passons. Et c'est pour quand ?

– Demain, en principe.

L'enquêteur s'arrêta net, se mit à se tortiller pour attraper son portable, puis se leva en s'excusant d'un signe de la main. C'était au tour de Coline de parler. Chargée des recherches dans le parc, elle n'était pourtant pas pressée d'expliquer qu'elles avaient été inutiles. Les chiens n'avaient marqué aucune piste et mis à part quelques seringues et sacs à main volés, ils n'avaient rien trouvé. Coline s'apprêtait à le leur dire quand l'enquêteur revint dans le bureau.

– Je viens d'avoir la mère, elle a eu un appel des ravisseurs. Ils disent qu'ils ont Emma et qu'ils veulent un million d'euros.

38

Nabil dormait encore, étendu sur le canapé du salon, et Coline se leva avec précaution pour ne pas le réveiller. Toute la nuit durant, ils avaient espéré un autre appel, mais les ravisseurs n'avaient pas donné de nouvelles depuis la veille. Prudemment, elle se dirigea vers les toilettes sur la pointe des pieds, en évitant de se cogner aux meubles. Sans succès.

– Qu'est-ce que tu fous ? Il y a eu un contact ?

Nabil avait parlé dans un bâillement, en s'étirant les bras, les yeux péniblement ouverts.

– Non, rien. Tu as réussi à dormir un peu ?

– Quelques heures. Et toi ?

– Pareil.

À peine assis, Nabil alluma la télévision. Sur la chaîne d'information, l'entretien que la mère d'Emma avait accordé aux journalistes passait en boucle depuis la veille. Coline vérifia qu'il n'y avait pas encore eu de fuite au sujet de la demande de rançon sur le bandeau défilant qui titrait : « Disparition inquiétante d'une fillette de quatre ans en plein Paris : le témoignage exclusif de la mère ». Excédé, Nabil jeta la télécommande près de lui.

– C'est vraiment des vautours. Heureusement qu'ils ne sont pas au courant de l'enquête, parce que je suis sûr qu'ils n'hésiteraient pas à tout balancer, ces charognards.

Des images de techniciens de la PTS[1] en train de quitter le parc remplacèrent celles de la conférence de presse de la mère, puis de nouveau, la photographie d'Emma emplit l'écran. Lumineuse, les yeux rieurs, elle était si attendrissante que Coline dut refouler ses émotions pour ne pas flancher. Depuis qu'elle avait disparu, tout le monde avait travaillé d'arrache-pied, sans relâche, pour la retrouver saine et sauve. Mais quelquefois, il était arrivé que l'angoisse soit trop forte et l'armure fendue. Coline s'était laissé gagner par des images si horribles, qu'elles l'avaient vidée de ses forces. Obscurci, son esprit avait cédé au pire, livrant Emma aux délires innommables d'une âme torturée.

– Ça va ? Tu n'as pas l'air bien, tout d'un coup.

Nabil la fixait d'un air soucieux.

– Tout va bien, t'inquiète. C'est des trucs de filles.

Gêné, son collègue n'insista pas et elle en profita pour s'éclipser. Même si elle l'aimait bien, comment dire à Nabil que, certains soirs, elle repensait à Sacha, à toutes ses victimes[2] ? À Philippe, anéanti. Et désormais à Grégoire, étendu devant elle. Comment lui dire que, parfois, toutes ces peines enfouies lui sautaient à la gorge, la noyaient de remords ? Assise sur la cuvette des toilettes, elle se dit que cet enlèvement était peut-être l'affaire de trop, la blessure qu'elle ne parviendrait pas à refermer. Exténuée, il lui fallut quelques minutes pour chasser ces pensées et lorsqu'elle revint dans le salon, la mère

1. Police technique et scientifique.
2. Voir *Quelque part entre le bien et le mal.*

d'Emma était assise face à la télévision, aussi pâle qu'un spectre. Nabil lui parlait doucement, mais ses yeux dévoilaient son absence.

– Ne vous inquiétez pas, madame. C'est normal que ça prenne du temps. Je vous garantis qu'ils vont rappeler, parce que vous avez ce qu'ils veulent : de l'argent. Avant tout, vous leur demanderez de parler à Emma. S'ils ne veulent pas, demandez-leur un détail qu'elle seule peut connaître. Elle a un doudou ?

– Oui, bien sûr.

Une vague d'émotions menaça Coline dès qu'elle entendit la voix blanche de la mère.

– C'est une peluche, une girafe.

– Très bien. Elle l'avait avec elle ou elle est ici ?

Coline ne comprenait pas où son collègue voulait en venir, mais elle préféra se taire.

– Elle est dans sa chambre, elle ne la prend que pour dormir.

– C'est parfait. Et elle a un nom, cette girafe ?

– Oui, Bella.

– OK, alors s'ils ne veulent pas que vous parliez à Emma, demandez-leur comment s'appelle sa peluche préférée.

Apaisante, la voix de Nabil tranchait avec les pleurs et les cris contenus qui hantaient l'appartement. Coline décida de se laisser bercer, elle aussi.

– Je sais que c'est très dur, mais le plus important c'est de vous souvenir qu'ils n'ont aucun intérêt à faire du mal à Emma. Si ça arrive, s'ils ne peuvent pas vous rassurer en vous donnant des nouvelles, ils n'auront pas un euro et ils le savent très bien. Il faut que vous soyez forte et que vous teniez jusqu'à ce que l'un d'entre eux s'approche de la rançon. On sera là et dès qu'on l'aura interpellé, ses complices relâcheront votre fille. C'est comme ça à chaque fois. S'ils lui font du mal, ils savent qu'on les retrouvera et que la sanction sera encore plus dure. J'ai traité pas mal d'affaires comme celle-ci et à chaque fois, ça s'est bien terminé. Faites-moi confiance.

Figée, la mère d'Emma écoutait Nabil. Indifférente à ce qui se passait autour d'elle, elle fixait un point à travers lui, sur le mur qui lui faisait face.

– Tu ne devrais pas écouter leurs conneries, Victoire. D'ailleurs, je ne sais même pas ce qu'ils foutent là. Ils feraient mieux de chercher Emma.

Samuel Dahan venait de surgir du couloir. Ses deux mains sur les épaules de sa femme, il s'adressa à Nabil avec dédain.

– Si vous voulez les arrêter, vous n'avez pas besoin de mon fric. Avec tous vos gadgets : les balises, vos satellites et tous les flics qui surveillent Internet, il y a bien un moyen de la retrouver, non ? Ça m'étonnerait que vous ayez mis le paquet. Je sais comment vous fonctionnez, dès que c'est pas la fille d'un ministre ou d'un chanteur à la mode, vous vous en foutez pas mal. Et vous ne m'avez pas répondu, qu'est-ce que vous foutez chez moi ?

Nabil resta stoïque.

– Je vous l'ai déjà expliqué. Mon boulot, c'est la négociation. Je dois rester près de votre femme pour l'aider à gérer les prochains contacts. Alors, soit nous allons tous à l'hôtel, soit vous me supportez chez vous, mais je n'ai pas le droit de la laisser seule. C'est le protocole.

– Si vous avez peur que je paye sans vous le dire, vous pouvez y aller. Je vous l'ai dit, je n'ai pas un million d'euros.

– Ça ne change rien, monsieur. En revanche, si vous avez des informations qui peuvent nous aider, je suis preneur.

– Et ça veut dire quoi, ça ?

– Que toutes les bonnes volontés sont bonnes à prendre, rien de plus.

Piqué au vif, Dahan mit un long moment à se calmer et en l'écoutant les menacer, Coline ressentit une peine immense pour la mère. Corps privé de sens, elle paraissait étrangère aux images que ressassait la télévision, comme à la violence de l'homme qui partageait sa vie. Dehors, une pluie fine se mit à tomber et comme dans un mauvais film, le ciel s'assombrit d'un coup. Coline enrageait. Tout cela ne servait à rien. Malgré leurs efforts, ils n'avaient pas progressé. Ils en étaient réduits à guetter un appel qui ne venait pas, alors que quelque part, une petite fille souffrait, recluse dans un endroit sordide où aucun de leurs cris ne lui parvenait. Elle devait être seule, terrifiée. À son tour, Victoire Fleury se mit à hurler, à injurier Dahan pour qu'il se taise, qu'il s'en aille. Elle continua de lui crier après, déversant toute ses peurs, jusqu'à ce que la sonnerie de son portable impose le silence.

Nabil posa sa main sur la sienne.

– Vous vous rappelez ce qu'on a dit ? Ne les contredisez pas, gagnez du temps, ne dites jamais non et surtout, demandez une preuve de vie. Ça va aller ?

Elle acquiesça d'un signe de tête, puis attrapa le téléphone.

– Allô ?

– Vous êtes la mère d'Emma ?

La voix éraillée et forcée était celle d'un homme jeune.

– Vous avez l'argent ?

Nabil fit un signe de tête à la mère.

– Oui, enfin presque. C'est une grosse somme, mais on va y arriver.

– Vous avez combien ?

Prise de court, elle attendit que Nabil termine de griffonner sur son petit tableau venilia.

– 800 000. On a près de 800 000 euros.

– OK, ça ira. Mettez-les dans un sac de sport, je vous rappelle pour vous dire où aller.

– Attendez, je veux lui parler.

– Hors de question. Vous lui parlerez quand vous la verrez. Elle va bien, mais je ne suis pas avec elle. Pour le moment, faites ce que je vous ai dit et n'appelez pas les flics ou vous ne la reverrez jamais.

– Non, je vous jure, je n'ai appelé personne. Mais au moins, demandez-lui le nom de son doudou.

– Vous vous foutez de moi ?

– Non, demandez-lui.

– Je lui demanderai rien du tout. Si vous n'obéissez pas, je vous jure que je la saigne. C'est compris ?

Derrière eux, Dahan ricanait.

– Demandez-lui, s'il vous plaît.

Coline dut puiser tout au fond d'elle pour trouver la force de ne pas exploser lorsque le preneur d'otage raccrocha et que Dahan leur balança :

– Voilà, avec vos conneries, ils vont se débarrasser d'elle. Bravo, c'est du bon boulot.

Nabil l'ignora, accroupi devant la mère qui, tétanisée, ne disait plus un mot.

– Tout va bien, lui murmura-t-il, il essaye juste de vous faire du mal. Mais il n'a pas cherché à négocier la rançon et c'est bon signe. Ils veulent sûrement aller vite et ça va les pousser à faire des erreurs. Ils vont vous rappeler, ne vous inquiétez pas. Dès qu'ils seront ferrés, on proposera une remise et on les interpellera, je vous le promets.

– Et vous pouvez aussi nous promettre qu'elle est vivante ?

Une bouffée de haine submergea Coline. Dahan était écœurant. Elle serra les poings de toutes ses forces, jusqu'à ce que ses ongles meurtrissent sa chair. Pour ne pas avoir à les lui planter dans la gorge.

39

Passé cet instant de paix, cette fragile jetée des rêves sur la conscience, toute la froideur des derniers jours lui était revenue comme un ressac. Stéphane ne dormait plus. Pelotonné sous sa couette, il tâtonnait sur la moquette pour dénicher son téléphone qui n'en finissait plus de vibrer et le plaqua sur son oreille sans ouvrir les yeux. Une voix enrouée lui échappa :

– Ouais, c'est qui ?

– François. Je te réveille ?

– Non, non. Vas-y, je t'écoute.

Curieux de mentir pour quelque chose d'aussi futile, mais il avait répondu spontanément, comme s'il venait de se faire surprendre en train de tricher.

– On peut se voir ?

– Si tu veux. Il est quelle heure, là ?

– 8 h 50. Tu es où ?

– Tu sais bien, chez le cousin. On peut se retrouver dans une heure ?

– Ouais, parfait. Où ça ?

– Dans le rade, près de la porte où on s'est vus une fois tous les deux. Tu te souviens ?

– J'y serai, à tout à l'heure.

Toujours partir du principe que l'on était sur écoute. Stéphane avait appris ça de ses erreurs. Il jeta le portable près de lui, ses jambes empêtrées dans les draps, et lutta pour ne pas céder à la chaleur du lit.

La petite chambre dans laquelle il se cachait n'était pas très différente de celle qui l'avait vu grandir. Une chambre d'enfant comme les autres, pleine de souvenirs et de trophées inutiles. Au-dessus de lui, des posters encadrés par des photographies, des lucarnes sur une adolescence passée à envier des footballeurs ou des rappeurs. Des vestiges de rêves de gosse qui ressemblaient aux siens. Et derrière la porte, une affiche de Scarface, la même que celle qu'il avait lui aussi vénérée.

Legal était déjà là lorsqu'il arriva à la porte Dorée. Il l'attendait dans un café, juste en face du musée de l'Histoire de l'immigration, celui où ils s'étaient retrouvés après sa sortie de Bois-d'Arcy. Assis au fond de la salle, face à la porte, il ressemblait à un animal acculé. La première fois où ils s'étaient revus, il n'avait pratiquement fait que lui parler de celle qui lui avait permis de tenir à l'isolement. Stéphane l'avait alors trouvé passionné, lumineux, tout l'opposé de celui qui épiait, craintif, le moindre geste de ses yeux fatigués.

– Alors, y a du neuf ?

– J'ai vu Sam hier soir. Ils ont reçu un appel de ceux qui retiennent la môme.

– Ah, ouais ? Et ils ont eu des nouvelles ? Elle est vivante ?

– J'en sais rien, mais en tout cas, c'est une bonne nouvelle pour nous.

– Pourquoi, pour nous ? C'est surtout lui qui devrait être content, non ?

– Ce type-là, la seule chose qu'il aime, c'est le pognon. Pour le moment, il a les flics sur le dos, mais dès que cette affaire sera terminée, il pourra reprendre son business et c'est tout ce qui compte pour lui. Pour nous aussi, parce que pour qu'on touche des bénéfices, il faut qu'il finisse son montage. Tu comprends ? Tant mieux si la gamine va bien, mais le plus important, c'est qu'il aille au bout de ce qu'il a commencé.

– Ils ont demandé combien ?

– Un million d'euros. Mais ils peuvent toujours rêver, il ne lâchera pas une thune, ce rat. Surtout pour une gosse qui n'est même pas à lui. Aucune chance. De toute façon, les flics n'attendent qu'une occasion pour les serrer. Il m'a tout expliqué, Samuel, les condés se sont installés chez lui pour éviter qu'il négocie de son côté. Ce qu'ils veulent, c'est les faire venir et les taper au moment de la remise de rançon.

L'arrivée du serveur obligea Legal à faire une pause, le regard fuyant. Il scrutait nerveusement la salle et Stéphane reconnut l'état de paranoïa qui lui creusait le visage. Il l'avait déjà vu chez ceux qui se mettaient à regarder partout au point de ne plus rien voir, convaincus d'être poursuivis par les flics, menacés par tout le monde.

– Espérons que ça marchera, dit-il, surtout pour la petite.

– Ouais, j'espère aussi. Je dois revoir Sam tout à l'heure et j'en saurai plus, mais n'en parle pas aux autres, OK ? C'est pas le moment qu'ils s'en mêlent. Si c'est vraiment les autres nazes qui la retiennent, il y a de bonnes chances que les flics nous en débarrassent.

– Je préfère régler mes affaires moi-même.

– Laisse tomber, les flics vont s'en occuper. Tu dis rien aux autres, hein ?

– Non, t'inquiète. De toute manière, je ne sais même pas où ils sont. Ça fait deux ou trois jours que Farid et Pascal se cassent avant que je me réveille, et Djamel passe tout son temps à faire du sport. Ça le détend.

– Il a raison, c'est ce qu'il y a de mieux à faire. Si tout se passe bien, dans quelques semaines, on ramasse le pactole avec Samuel et après, on n'aura plus à s'en faire.

– Si tu le dis.

En quittant Legal, Stéphane décida de marcher jusqu'à Nation, comme lorsqu'il était gamin et qu'en cachette, il venait mater les amazones[1] qui tapinaient sur le cours de Vincennes dès la nuit tombée. À la place, des voies cyclables, envahies par des flots de trottinettes et de vélos. Il les observa un moment, sans les voir, puis plongea dans le métro.

Entre deux publicités, des panneaux numériques diffusaient l'alerte enlèvement et Stéphane repensa à Emma en attendant sa rame. Depuis qu'elle avait disparu, tout n'avait fait qu'empirer. D'elle, il ne connaissait que cette photographie qui tournait en boucle, mais elle était plus qu'une image. Elle était le fil fragile qui retenait leurs âmes. Un vestige de l'innocence qu'ils avaient oubliée et qui les condamnerait tous si elle devait être sacrifiée.

1. Prostituées qui travaillent en voiture.

40

Dès le début de cette affaire, Philippe avait compris que la mère ne serait pas en mesure d'aller porter la rançon. La plupart du temps, elle semblait apathique, puis était brusquement secouée de sanglots, incapable de se calmer. Humainement, c'était plus que compréhensible, mais lors d'une remise, le rôle du pigeon[1] était primordial. En contact direct avec les ravisseurs, il devait décider de leur obéir, ou pas, avec pour seule consigne de les attirer dans le piège tendu.

L'idée pouvait paraître radicale, mais après une vague d'enlèvements dans les années 1970, les autorités françaises avaient fini par considérer les choses d'un point de vue tout à fait objectif, presque pédagogique pour les truands. Le message était devenu clair : on ne payait plus. La nouvelle doctrine consistait à seulement le faire croire et à interpeller systématiquement le premier qui s'approchait de l'argent, afin d'identifier ses complices et surtout de provoquer la libération de l'otage. Dans les faits, la rigueur avait porté ses fruits et fait chuter le nombre de kidnappings. Mais quand il s'agissait d'un

1. Porteur de rançon.

enfant, les grands principes paraissaient forcément plus discutables.

Faute de pouvoir compter sur la mère, encore moins sur le beau-père, Philippe avait dû improviser. Victoire Fleury avait prétexté être incapable de sortir de chez elle et lorsque les ravisseurs avaient rappelé la veille au soir, elle leur avait passé Christelle, sa cousine de province.

Au moment où sa radio se mit à crachoter, il sut que c'était parti.

– De Christelle, à tous. Ils viennent de m'appeler pour me donner des consignes, je dois prendre la voiture de la mère et aller porte Maillot. Là, ils devraient rappeler. C'est reçu ?

– C'est pris fort et clair, de Philippe.

Jouer le pigeon comportait quelques risques, comme celui de se faire braquer sur le chemin. C'est la raison pour laquelle il était toujours protégé par une partie de l'équipe, les autres gravitant autour pour essayer d'apercevoir quelque chose. Le domicile de Dahan n'était qu'à un peu plus d'un kilomètre du périphérique, suffisant pour se faire arracher la rançon.

– Alex, de Philippe. Tu gères la protec comme prévu ?

– Ouais, pas de souci. Je suis avec Coline, garé à vue de la Mini, et on n'attend plus que Christelle.

– Reçu. Les autres, vous restez avec moi et on se rapprochera au besoin. Yannick, de Philippe ?

– Je t'écoute.

– Tu es où avec la bécane ?

– Je suis vers les Champs, prêt à ramarrer.

– OK, alors c'est parti.

La fatigue commençait à lui tomber sur les épaules. Comme à chaque fois qu'elle le faisait souffrir, Philippe fit craquer sa nuque en pratiquant les mouvements de tête que son kiné lui avait appris mais qui ne changeraient rien. Lentement, la brûlure allait descendre dans son dos pour enflammer ses reins. C'était comme ça. Il payait des heures de planque, des années d'usure sur le terrain et, surtout, un manque chronique d'activité sportive.

Christelle n'avait mis que cinq minutes pour arriver devant le Palais des Congrès, mais depuis plus d'une demi-heure, ils attendaient un nouvel appel et Philippe commençait à avoir faim. Son ventre venait d'émettre un gargouillis plaintif. Il n'avait rien avalé depuis la veille, trop occupé à mettre le dispositif en place, mais visiblement son corps tenait les comptes à sa place.

En cherchant une place, il avait remarqué une boulangerie. Il se décida, trop tard.

– De Christelle, ils viennent de rappeler. Je dois prendre le périph pour aller porte de Bercy et me poser vers la préfourrière. Là, j'aurai d'autres instructions. C'est reçu, Philippe ?

– Oui, c'est suivi en direct. À tous, on part tranquille. Ils ont peut-être mis un schouffe pour voir si elle est suivie. Et Christelle, roule sans forcer, on a le temps.

– D'acc, je vous laisse deux minutes et je décolle.

Dépité, Philippe attrapa la bouteille d'eau posée sur le siège passager et la termina d'une traite. Quelques minutes plus tard, c'était reparti. Christelle et sa protection empruntaient le périphérique, les autres à quelques centaines de mètres derrière eux.

– Philippe, d'Alex. On a un scooter qui nous suit avec deux types dessus. Ils ont enquillé derrière nous porte Maillot et ils nous collent depuis tout à l'heure.

– C'est reçu, de Philippe. Tu as pu taper la plaque ?

– Non, ils ne doublent pas. C'est sûrement rien, mais je les sens pas.

– OK, on va vérifier ça. Yannick, tu as suivi ?

– En direct. Tu veux que j'aille voir ?

– Ouais, rapproche-toi et donne-nous l'immat'.

Philippe accéléra légèrement.

– De Yannick, c'est un scooter de livraison. Ça doit être un 125 et comme il n'a rien dans le ventre, ils se traînent comme des cons. Ça m'étonnerait que ce soient nos gars. Tu veux quand même l'immat' ?

– Balance toujours, dit Philippe en levant le pied de l'accélérateur. On va le passer au SIV[1].

En tenant son volant d'une main, Philippe nota sans conviction la série de chiffres et de lettres. Tant qu'ils roulaient sur le boulevard circulaire, à cette vitesse, il y avait peu de risques que Christelle se fasse agresser.

Ce ne fut qu'une fois sur place que Philippe réalisa pourquoi les ravisseurs avaient demandé à Christelle de s'arrêter devant la préfourrière. Le secteur était intenable. Un nœud de circulation improbable, à la croisée des accès du périphérique, de l'arrivée de l'A4 et des voies sur berges qui conduisaient dans Paris. Sur un plan, ça ressemblait à un nid de fettuccine, ces pâtes italiennes qui faisaient penser à des nids d'oiseaux. La comparaison s'arrêtait là. En pratique, le coin rendait impossible toute surveillance statique, sauf à poser une cuve qui n'avait aucune chance de passer inaperçue. Tout autour, il n'y avait aucune habitation, seulement des entrepôts ou des terrains défraîchis, bordés de cabanes de sans-abri.

L'endroit idéal pour un traquenard.

– Christelle, de Philippe. Tu me reçois ?

1. Système d'immatriculation des véhicules.

– Oui, je t'écoute.

– Reste pas là. Prends les quais vers l'IML[1]. Quand ils te rappelleront, dis-leur que tu n'as pas compris où était la préfourrière, qu'on t'a klaxonnée dès que tu as essayé de t'arrêter et que tu as eu peur. On ne pourra pas assurer ta sécurité, ici. Ils peuvent surgir de nulle part et s'ils s'arrachent en courant, on ne saura même pas comment faire pour les poursuivre. Tu as reçu ?

– C'est bien pris. Je joue la blonde, quoi ?

– Voilà, c'est ça. Tu restes naturelle. Mais roule doucement sur les quais, le temps que tout le monde se repositionne.

Christelle prit une voix ingénue pour singer une godiche.

– J'ai pas tout compris, mais je vais essayer.

Son ton changea soudain.

– À tous, attente. Appel en cours.

Chargées d'impatience, les minutes suivantes parurent interminables. Philippe se retint d'intervenir, tapa du poing sur le tableau de bord, comme asphyxié jusqu'à l'annonce de Christelle.

– À tous, ils ne sont pas contents. Tu avais sûrement raison, Philippe, je pense qu'ils étaient là. J'ai joué mon rôle à la perfection et à mon avis, ils ont marché. Je dois aller à la gare de Lyon, me garer au parking et attendre au pied de l'horloge, vers les taxis. Après, ils doivent me donner d'autres consignes. C'est reçu ?

– C'est reçu, de Philippe. À tous, on trace là-bas. Ça risque de se passer en piéton et il nous faut le temps de poser les bagnoles. Christelle, toi et ta protec vous traîner au max, reçu ?

1. Institut médico-légal.

– C'est reçu, on va se débrouiller pour se prendre tous les feux.

Une dizaine de minutes plus tard, ils étaient en place. Le sac de sport qui traînait depuis des mois dans le coffre de sa voiture servit enfin à Philippe. Il le mit en bandoulière, grimpa les escaliers depuis le boulevard Diderot et se mêla aux voyageurs qui se croisaient devant la gare. Sans lui jeter un regard, Alex passa près de lui, suivi de près par Coline et une dizaine de collègues venus en renfort qui se déployaient dans le hall, la file d'attente des taxis et le parking des bus. Conséquence des attentats perpétrés dans la capitale, une patrouille de l'opération Sentinelle traversa le dispositif. La vingtaine, les trois militaires lançaient des regards inquiets à tous ceux qu'ils croisaient, la main sur leur Famas, et Philippe frissonna à l'idée qu'autant d'hommes armés puissent s'ignorer dans le même espace.

– Philippe de Christelle, on arrive sur zone. Vous êtes en place ?

– Oui, tu peux venir. Gare-toi dans le parking souterrain, ça nous permettra de gagner du temps s'ils te demandent de reprendre ta bagnole. Annonce-toi lorsque tu seras sortie.

– Bien pris. On quitte les quais, on devrait être là dans cinq minutes. Peut-être dix, le temps de me garer.

– On t'attend.

L'un des militaires le détailla, mais Philippe décida qu'il devait être assez convaincant en touriste et qu'il serait toujours temps de les prévenir si la situation l'exigeait.

Assis dans le hall d'arrivée, tout près de la sortie, il convoitait une sandwicherie quand Christelle le coupa une nouvelle fois dans son élan :

– Philippe, tu me reçois ?

– Je t'écoute, envoie. Tu es arrivée ?

– Presque, je suis sur l'escalator. Mais je viens de prendre un appel ; ils veulent que j'aille dans le métro, ligne 1 direction la Défense. Je dois me poser dans la station et attendre qu'ils rappellent pour me dire quoi faire. Tu as reçu ?

– Oui, c'est reçu.

Les transports en commun n'étaient pas un environnement favorable pour une surveillance, même lorsqu'il y avait suffisamment de monde pour se fondre dans la masse. Les mouvements de foule ne profitaient pas qu'à eux et tous ces couloirs, toutes ces sorties compliquaient le moindre déplacement du pigeon. Sans compter le risque qu'on lui demande de monter dans un train. Philippe n'aimait pas ça.

– Bon, à tous. Christelle va descendre prendre le dur[1]. Alex et Coline, vous restez près d'elle et vous ne la perdez pas de vue. Les autres, vous essayez de tenir les accès. Et il faut quelqu'un sur le quai en face de celui de Christelle, des fois qu'on lui demande de jeter le sac par-dessus les voies. Yannick, reste dehors avec la bécane ; si ça sort rapidement pour choper une bagnole, tu seras tout seul pour enquiller. Allez, mise en place.

De chaque côté du quai, une sortie menait vers des couloirs qui s'emmêlaient dans des dizaines d'autres, qui offraient à leur tour tant de possibilités de fuite que Philippe avait renoncé à toutes les envisager. Le dispositif était resserré sur Christelle, assise sagement depuis bientôt un quart d'heure au milieu de la station. Par précaution, sa protection changeait à chaque fois qu'une

1. Métro.

rame arrivait. Mis à part un sans-abri endormi dans un coin, personne n'avait vraiment de raison de laisser passer plusieurs trains sans bouger et il fallait compter sur le risque d'être observé. Cela faisait déjà quatre fois que des binômes permutaient et, fatalement, certains allaient devoir redoubler.

La manière dont les choses évoluaient ne lui plaisait pas. Hésitant, Philippe sentait qu'il fallait trancher et ce fut Christelle qui le poussa à prendre une décision :

– Philippe, de Christelle. Je viens de recevoir un SMS : je dois monter dans le prochain métro et attendre de nouvelles consignes. Je fais quoi ?

– Rien, tu ne montes pas dedans. On attend encore un moment et tu ressors. T'auras qu'à leur dire que t'as pas reçu le message. Les portables passent mal en sous-sol.

– Bien reçu.

La réponse lapidaire de Christelle, le mutisme des autres trahissaient leur frustration. Philippe les connaissait assez pour savoir qu'ils ne voulaient pas abandonner. Une fois au bureau, il leur expliquerait sa décision. Il n'y avait rien de plus simple que de balader le pigeon, de lui faire changer d'itinéraire pour l'isoler de sa protection, ou pour la détroncher. Rien de plus facile que d'arracher la rançon et se jeter dans une rame, juste avant la fermeture des portes. Et dans la mesure où le sac ne contenait pas d'argent, ils ne pouvaient pas se permettre de le perdre. Philippe gardait l'essentiel à l'esprit : retrouver Emma saine et sauve, même si ce jeu de piste devait durer.

Avant de regagner son véhicule, il repassa par le hall pour s'acheter quelque chose à manger. Au tout début de sa carrière, un vieil enquêteur lui avait appris qu'« on ne faisait pas tenir debout un sac vide ». Cette affaire n'en était qu'à ses préludes. Ça s'annonçait comme une course de fond, et s'il voulait tenir la distance, il devrait accepter de se ménager.

41

Sans elle, tout lui paraissait plus terne, chaque jour plus sombre. Il était libre, mais se sentait seul, abandonné. Depuis l'instant où il avait quitté sa prison, l'absence et l'ennui lui avaient paru plus pesants encore qu'auparavant, l'enveloppaient et lui collaient comme un drap humide. Suaire glacé et sinistre. Son bonheur, lentement, s'évanouissait.

De sa place, il pouvait apercevoir la sortie du bâtiment où elle travaillait. Dahan lui parlait, mais le flot incessant de ses mots lui était indifférent. La contempler de nouveau, c'était tout ce qui lui importait. Il n'avait plus goût pour rien d'autre. Son appétit, pourtant retrouvé à sa sortie, avait fini par lui passer et même l'alcool ne le tentait plus. Elle l'avait achevé, d'une phrase. Quelques mots pour lui avouer qu'elle mûrissait sa décision depuis des mois, et même plus encore, mais qu'elle ne lui avait rien dit pour lui « laisser de l'espoir ». Quelle ironie.

Faute d'avenir, tous ses desseins s'étaient mués en un désir inconscient de revanche. Une envie absolue, envahissante. À la croisée de tous, il pouvait redistribuer les cartes, se modeler un triomphe à la hauteur de sa souffrance.

Dahan était le plus faible, le plus pitoyable aussi. Lorsqu'il l'avait appelé pour lui demander son aide, un profond dégoût était venu gâcher son plaisir. François le trouvait pathétique et faible, aveuglé par le profit – non, hypnotisé. Par petites touches, subtilement, Legal l'avait entraîné jusqu'où il souhaitait et crédule, Dahan lui avait donné tous les leviers pour le contraindre. Plus que tout, l'escroc craignait que l'enquête en cours sur la disparition d'Emma ne l'empêche d'achever ses montages frauduleux. Il parlait peu de la petite, ne l'appelait même jamais par son prénom, glissant sur le sujet, indifférent. Il déblatérait pourtant sans arrêt, sur tout le monde et, forcé de lui prêter quelquefois attention, François supportait péniblement sa présence. Chaque jour, il le méprisait davantage. Autant que Lelouedec, ou Costa.

De l'autre côté de la rue, il aperçut une femme sortir d'un taxi et s'engouffrer dans l'immeuble qu'il surveillait. Un court instant, son cœur se serra. Mais ce n'était pas elle. Diane était plus petite, plus élancée. Beaucoup plus belle.

Il fixait Dahan mais regardait ailleurs, bien au-delà. Au fond de lui, quelque chose grondait, grattait nerveusement pour se frayer un chemin jusqu'à son âme. Il se demandait si on pouvait haïr de trop aimer. Avec ses études arrêtées à seize ans, il ne connaissait rien de la philosophie. Il ignorait tout des grands penseurs, des questions sur l'existence ou des sciences humaines. En dépit de ses lacunes, il sentait toutefois intuitivement que quelque chose s'était déplacé en lui. Du fond de sa cellule, il avait trouvé la force d'endurer l'isolement en se laissant griser par le désir. C'était elle, le goût de ses lèvres, la chaleur de sa peau, qui l'avait sauvé. Pour ensuite le trahir.

Aujourd'hui ne restait plus que cette sensation de vide, un manque qui le consumait jusqu'à l'os.

Plongé dans ses pensées, il avait perdu le fil et, lorsque Dahan se tut en l'observant, il se contenta d'acquiescer. Derrière le masque, l'envie de tout brûler, de hurler toute sa haine. Dahan parut hésiter, comme s'il avait compris, puis reprit son monologue. Il agitait de nouveau ses mains, pantin désarticulé, si écœurant que François dut se contenir pour ne pas l'étrangler. Il laissa son esprit se repaître de cette image, serra lentement ses mains, jusqu'à ce qu'il se taise. En se concentrant, il pouvait entendre ses cris étouffés, deviner dans sa bouche le goût de son sang, chaud et épais. Ses doigts effleuraient la table qui les séparait, couraient sur sa gorge.

Dès que Dahan aurait achevé son œuvre, il le dépouillerait de sa part. Pas par cupidité, mais pour le voir souffrir. Il voulait tous les voir souffrir, se déchirer et, le moment venu, il les livrerait à Lelouedec. Parce qu'il le pouvait. Il les entraînerait avec lui, comme ces noyés qui s'agrippaient aux autres pour ne pas s'abîmer seul. Son erreur avait été de croire aux promesses, mais après le jour, immuable, la nuit revenait pour l'envelopper.

La fin approchait. L'apothéose de toute cette histoire.

Quand il regarda de nouveau dans la rue, un camion de livraison lui masquait toute la vue et il sut qu'il était temps de partir. La revoir ne changerait rien. Après des heures passées à l'attendre, à essayer de comprendre, il avait fini par accepter l'évidence. Tout cela n'avait aucun sens. Il n'existait pas d'âme sœur, aucun salut, ni de nouveau départ. Corps et cœurs perdus parmi tant d'autres, ils s'agitaient, pathétiques. Le reste n'était que prétextes pour s'y résoudre, une attente cruelle au milieu d'un chaos qu'il ne comprenait qu'à présent.

Il s'excusa auprès de Dahan, puis quitta le bar pour marcher d'un pas lent jusqu'au métro le plus proche. Lorsqu'il en émergea près d'une heure plus tard, l'obscurité avait repris le ciel, lui offrant le spectacle d'un néant infini au sein duquel il se sentit minuscule. Toutes ses suppliques ne faisaient qu'y résonner, témoignage futile et larmoyant. Alors puisque rien n'avait vraiment d'importance, autant tout consumer.

42

Une légère poussière s'était déposée sur le bureau de Greg. En dehors des effets personnels qui avaient été rendus à sa famille, rien n'avait bougé : son mug, les stylos qu'il laissait toujours traîner et même ses dossiers, que Philippe n'avait pas encore redistribués dans le groupe. Bien que ce soit insensé, Coline s'attendait à le voir surgir, mal coiffé et en retard, comme d'habitude.

Ce matin, le groupe s'était réuni pour débriefer le dispositif de la veille, mais personne n'avait osé s'asseoir à sa place, ni même prononcer son prénom. Son vieux fauteuil en skaï était resté vide.

Lorsque Coline les avait rejoints un an plus tôt, c'était lui qui l'avait accueillie. Il l'avait aidée à s'installer, couvée de la même façon qu'on l'avait fait pour lui, à peine une année avant elle. Dans ses pas, elle s'était faite au travail de la PJ, à ses codes et ses exigences. À sa chaleur aussi, réfugiée au sein de cette meute, mue par la même ardeur et aujourd'hui frappée par le même deuil.

Pourtant, ils étaient tous là, soudés. Même fatigués, ils étaient prêts à tout pour Emma et Coline se demanda si au fond, ils ne cherchaient pas à distraire leur peine.

Ouvrir une nouvelle plaie pour éloigner le chagrin, quitte à souffrir davantage au bout du compte.

Naturellement, ce fut Lelouedec qui la rappela à la réalité.

Depuis qu'il avait refusé de suivre les consignes des ravisseurs, ils n'avaient plus de nouvelles. Plus de douze heures sans appel, à nourrir des reproches silencieux. C'était toujours plus difficile lorsque la victime était un enfant. Même sans grande expérience, Coline le comprenait. Tout comme elle comprenait le trouble de son chef. Assis sur un coin de son bureau, la mine défaite, il semblait lutter pour ne pas ployer.

– Bon, je viens d'avoir Nabil. Il est resté toute la nuit près de la mère, et ils n'ont toujours pas rappelé. Donc, vu que pour le moment on n'a pas de terrain à faire, autant en profiter pour trouver un autre angle d'attaque. Alex, tu as quelque chose sur les potes de ceux que Costa et Meziane ont fumés ?

– Rien de sérieux. D'ordinaire, ils font plutôt du stup, alors on connaît mal cette équipe. J'ai appelé la BSP[1] et le SDPJ[2] 93, mais ils n'ont rien d'intéressant. Les deux qui se sont fait plomber étaient visiblement les plus virulents. Ils avaient un tas d'associés, mais aucun qui ait le profil pour enlever une gamine. Les collègues m'ont promis de secouer un peu leurs tontons et ils me rappellent s'ils ont quelque chose.

– Mais il n'y en a pas un ou deux sur lesquels on pourrait bosser ?

– Non, pas vraiment. Ils sont toute une chiée, mais comme je t'ai dit, mis à part des bagarres, des outrages

1. Brigade des stupéfiants de Paris.
2. Service départemental de police judiciaire.

ou des affaires d'ILS[1], aucun n'est connu pour des faits graves. Ils sortent rarement de leur cité et en plus, ils sont super prudents d'après la BAC du coin. Si on les prend à froid, on va s'user ou se faire taper au carreau en moins de deux. Je pense qu'il vaut mieux attendre d'en cibler un avant de se jeter sur le terrain.

– Et en téléphonie, qu'est-ce qu'on a ? lança Lelouedec à Christelle.

– C'est pas mieux. Les portables utilisés pour appeler la mère ont été achetés dans un magasin putride du XVIIIe. On regarde s'ils n'en ont pas pris d'autres du même lot. Vu qu'ils les balancent après chaque utilisation, on pourrait peut-être anticiper sur le prochain. Mais franchement, je ne suis pas optimiste. Ils les allument juste avant de les utiliser et après, ils cassent la puce tout de suite. Ils connaissent la musique, ces enfoirés.

– Rien en assoce IMEI-IMSI[2] ?

– Que dalle. Ils jettent les carcasses de portables avec les puces.

Les yeux de Lelouedec se tournèrent vers Coline qui, depuis le début de l'affaire, faisait le lien avec les enquêteurs de la Criminelle.

– Et la Crim', qu'est-ce qu'ils ont ?

– Pas grand-chose de plus. Les écoutes des parents ne donnent rien. Surtout celles de Dahan, évidemment. Ils l'ont un peu cuisiné pour savoir si la rançon d'un million d'euros pouvait faire écho à une dette, ou une embrouille dans laquelle il aurait pu tremper, mais il n'a rien lâché et sincèrement, je pense qu'il s'en fout pas mal, de cette gamine.

1. Infraction à la législation sur les stupéfiants.
2. Association de boîtiers de téléphone à des puces GSM.

– Et la mère ?

– Je ne sais pas. Elle passe ses journées à pleurer mais j'ai l'impression qu'elle ne dit pas tout.

– Pourquoi tu dis ça ?

– Une intuition. D'ailleurs, si tu me le permets, j'aimerais travailler un peu sur les conditions de la disparition, pour essayer de faire une frise de temps.

– Une quoi ?

Lelouedec avait réagi sèchement, une pointe d'ironie dans la voix. Bien que vexée, Coline prit sur elle pour ne pas alourdir l'ambiance.

– C'est ce que font les analystes criminelles, ânonna-t-elle. En notant les événements en fonction des heures, sur une sorte de ligne de temps, on peut révéler des incohérences. C'est du boulot, mais je peux m'y coller, si tu veux.

Lelouedec répondit mollement.

– Ouais, pourquoi pas. Quelqu'un d'autre a une idée ?

Coline se tordit les mains à s'en faire mal. À quelques mètres, Christelle qui la regardait, l'air peiné, lui fit une grimace discrète qu'elle comprit pourtant parfaitement : « Laisse glisser, on s'en fout.»

Elle resta de marbre. Comme elle avait appris à le faire toute petite, elle se replia dans un recoin de son esprit, auprès de sa grand-mère, un après-midi ensoleillé. Son jardin l'avait toujours apaisée. Elle s'y était cachée durant des heures lorsque ses parents étaient morts, à l'abri, dans ce sanctuaire qu'elle seule connaissait.

– D'accord. Donc, pour résumer, on est aux fraises et on attend le prochain coup de fil. Du moins, en espérant qu'il arrive. Et j'imagine que du côté de Costa, on n'a rien de mieux. C'est ça ?

Cette fois-ci, c'était au tour de Yannick.

– Costa et ses potes se sont volatilisés et depuis le flingage, personne ne sait où ils sont. Toutes leurs lignes sont mortes et leurs proches sont soit aussi paumés que nous, soit vraiment bons comédiens. À mon avis, ils se terrent quelque part en attendant qu'on serre ceux qu'ils ont ratés, histoire de finir le boulot à leur place. J'ai secoué quelques tontons qui traînent dans leur secteur. Mais au fait, il n'a plus de nouvelles d'eux, ton indic ?

Une colère rentrée affleura sur le visage de Lelouedec. Coline s'attendit à ce qu'il explose, mais au lieu de ça, la pique de Yannick parut l'amuser.

– Tu as raison, c'était mérité. On est tous crevés, mais ça n'excuse pas tout. Je suis désolé.

– T'inquiète, fit Yannick.

– On va tous aller se reposer quelques heures, prendre une douche et changer de fringues. Nabil ne veut pas de relève et, jusqu'au prochain appel, on ne peut rien faire d'autre qu'attendre. Mais tu as raison, je vais appeler Tonton pour le bouger. Il devrait pouvoir nous dire où Costa se planque et, comme il est pote avec Dahan, je vais lui demander de le choper aussi. En définitive, toute cette histoire tourne autour de lui et ça m'étonnerait qu'il nous ait tout dit. C'est pas sa gosse, mais il doit quand même s'inquiéter, ce con.

Éprouvée, Coline quitta le service la première. À peine sur les quais, elle se relâcha et des larmes lui coulèrent sur le visage. Son apprentissage n'avait pas été toujours simple, mais jusqu'à ce jour, elle avait toujours cru pouvoir jouir de la protection de Lelouedec. De l'autre côté de la rue, un vieux monsieur la regardait, visiblement embarrassé. Elle se pressa en s'essuyant les joues.

Il lui fallait être forte. S'endurcir et garder la tête haute. Sur le chemin du métro, elle repensa aux moqueries, à toutes ces humiliations qu'elle avait dû encaisser depuis son premier jour dans la boîte. Ça, et le mépris.

Elle glissa ses écouteurs dans ses oreilles, chercha une playlist assortie à son humeur. *Thunderstruck*, d'AC/DC, se mit à hurler au moment où elle descendait les escaliers pour entrer dans la station. En sentant la musique traverser et électriser son corps, elle accéléra le pas, pour se caler sur le tempo. Quelques mètres devant elle, un gamin d'une vingtaine d'années la regardait d'un air mauvais. Elle releva la tête, poussée par un désir résolu de ne plus subir.

43

La hauteur seule des plafonds témoignait du luxe auquel Dahan devait être habitué. Même la moquette du hall suffisait à s'en faire une idée et Philippe se sentit, dès son entrée dans l'immeuble, comme un intrus. Un corps étranger, fragment détaché de la rue crasse. Autrefois prévu pour recevoir un fiacre, le porche desservait un vaste vestibule orné de miroirs aux cadres dorés et de moulures raffinées qui s'enroulaient jusqu'au plafond. N'était un interphone flambant neuf, rien ne témoignait de l'emprise du temps, comme si les siècles avaient épargné cet endroit.

Philippe fit défiler les noms sur le minuscule écran, cherchant d'abord celui de l'escroc, avant de se souvenir qu'il devait plutôt chercher le nom de jeune fille de sa femme. Une précaution usuelle chez les voyous. Même déformée par le minuscule haut-parleur, il reconnut la voix de Nabil qui lui ouvrit la porte du sas et appela l'ascenseur. Quatre étages à pied, c'était trop pour lui, surtout avec la fatigue accumulée.

Nabil l'attendait sur le palier. D'ordinaire apaisante, sa bonhomie masquait difficilement ses craintes et le manque de sommeil qui avait douloureusement marqué son visage. D'un geste, il l'invita à le suivre jusqu'au salon, plongé dans la pénombre, où la mère d'Emma attendait, le regard perdu. Elle lui parut absente, assise dans un coin de canapé, un peu comme si elle n'était qu'une invitée impressionnée par le faste qui l'entourait. La taille de la pièce soulignait encore le vide qui y régnait et Philippe s'avança avec le sentiment de pénétrer dans une crypte. Victoire Fleury l'attendait, amorphe, sorte d'oiseau blessé incapable de s'arracher au sol glacé sur lequel elle gisait. Elle patientait, simplement, brisée.

Guidé par Nabil, Philippe s'approcha avec une infinie précaution, s'installa face à elle. Se souvenant des conseils de son collègue, il puisa en lui toute la bonté dont il était capable pour lui parler.

– Bonjour Victoire, vous tenez le coup ?

Pour toute réponse, elle détourna ses yeux du mur pour les abandonner dans les siens. Philippe n'y vit pas de peur ou de supplique, seulement une profonde mélancolie. Tout autour d'eux, aucun bruit. Il n'y avait pas de cri, ni de désordre. Juste un calme pesant dans lequel résonnait l'absence. Philippe songea à cette tranquillité si souvent désirée, lorsque ses garçons hurlaient et s'agitaient le soir, alors qu'il rentrait éreinté. Quand ils emplissaient le monde de leurs vies capricieuses. Il se sentit soudain coupable, honteux d'avoir pu si souvent souhaiter être seul. Victoire Fleury l'observait sans rien dire, mais il était facile de deviner la torture qu'elle endurait. Il aurait voulu trouver les mots justes, la rassurer en lui disant que tout irait bien, ignorer ce pressentiment qui l'oppressait depuis quelques jours. Au lieu de cela, il resta planté devant elle, ému par cette peine immense qu'elle lui offrait en partage : un présent arraché à l'hiver de son cœur, et qui aurait pu le gagner si Nabil ne l'avait pas sauvé en intervenant :

– C'est mon chef, Victoire. Vous vous souvenez de lui ?

Elle acquiesça.

– Ne vous inquiétez pas, ils vont rappeler. C'est normal, je vous l'ai déjà expliqué. Ils veulent garder le contrôle et, comme hier on ne leur a pas obéi, ils nous font attendre. Mais ils vont rappeler, je vous le promets.

Philippe se releva, fit un signe de tête à Nabil pour qu'il le suive dans le couloir.

– Tu es sûr qu'elle tient le coup ? Elle a l'air complètement à l'ouest.

– T'inquiète, ça va aller. Elle a des moments comme ça, où elle paraît paumée, mais dans l'ensemble, elle assure. Tu serais comment, toi, si un de tes gamins s'était fait enlever ?

– Ce n'est pas ce que je voulais dire, mais franchement, on dirait qu'elle n'est même pas là.

– Je gère, laisse faire.

En retournant dans le salon, Philippe se dit que pour une fois, le temps n'était pas un atout. D'ordinaire en PJ, il leur profitait, leur permettait de peaufiner leur enquête. Ils fouillaient, se préparaient et choisissaient le moment pour agir. Mais ils n'avaient pas ce luxe lorsqu'une vie était en jeu, et surtout pas celle d'une enfant de quatre ans. Malgré lui, il se demanda si Emma avait peur et où elle pouvait être. Est-ce qu'on prenait soin d'elle ? Est-ce qu'on la nourrissait ? Privée de sa mère, de ses repères, il l'imaginait épouvantée. Dans les autres dossiers d'enlèvement qu'il avait gérés, l'otage avait toujours été un adulte, séquestré le plus souvent à la suite de différends commerciaux liés aux trafics de stups. Les risques du métier. Cette fois-ci, tout était différent.

En fin d'après-midi, la sonnerie du portable de la mère surprit tout le monde. Nabil lui fit un signe de la main pour qu'elle attende avant de décrocher et, comme convenu, qu'elle active le haut-parleur du téléphone.

– T'es là, salope ?

Philippe reconnut la même voix rauque que la dernière fois. Le même timbre exagéré, presque comique si l'on oubliait les circonstances.

– Tu m'entends, ou quoi ?

– Oui, je vous écoute.

Au contraire, Victoire Fleury avait un ton curieusement détaché.

– Elle est là, ta pute de cousine ?

– Non, elle est sortie faire des courses.

– Tu es sûre qu'elle l'aime bien, ta môme ?

– Oui, évidemment. Elle connaît Emma depuis toute petite.

– Ah ouais, alors pourquoi elle n'a pas fait ce qu'on lui a dit ? Elle veut qu'on la tue, c'est ça ? Et toi, tu veux qu'elle meure ? Parce qu'on va la saigner, la prochaine fois. T'as compris ?

– Oui, j'ai compris, mais elle a eu peur. C'est pour ça. Elle pensait qu'elle aurait juste à remettre le sac et comme elle ne prend jamais les transports, elle n'a pas su quoi faire. Mais je vous jure qu'elle va vous obéir maintenant.

– Non, c'est toi qui vas porter le pognon.

Nabil lui fit un geste de la main pour lui indiquer qu'elle devait refuser.

– Je n'y arriverai pas. Je vous l'ai dit, je n'ai pas la force. Ne vous inquiétez pas, je vais lui expliquer et cette fois-ci, elle fera ce que vous demanderez.

Plus un mot durant quelques secondes, si longues.

– T'as intérêt. Je te rappelle dans une heure pour te dire où elle doit aller.

Avant qu'elle puisse répondre, Nabil se leva, agita les mains à l'intention de la mère d'Emma en montrant une fenêtre. Dehors, la nuit commençait à tomber.

– Je vais lui dire de revenir, mais je ne suis pas certaine qu'elle pourra ce soir. Elle porte des lunettes, vous savez, et elle ne voit plus très bien dès qu'il fait trop sombre.

Philippe comprit pourquoi Nabil s'était excité : on ne remettait jamais de rançon en pleine nuit pour des raisons de sécurité et visiblement, il avait pensé à la briefer.

La réponse fut cinglante.

– Tu te fous de moi ! OK, tu viens de tuer ta gamine.

En entendant que le ravisseur venait de raccrocher, Philippe s'attendit à la voir s'effondrer en pleurs, mais Victoire Fleury demeura stoïque. Elle reposa son portable, se tourna vers Nabil, comme une élève qui attendait d'être évaluée.

– Ils vous testent, ne vous inquiétez pas, lui dit-il. Ils sont comme des gosses, ils ont des sautes d'humeur à chaque fois que vous leur résistez, mais n'oubliez pas que vous avez la seule chose qu'ils convoitent plus que tout : votre argent.

Elle opina d'un signe de tête.

– Pour le moment, ils sont contrariés et se demandent comment réagir. Mais ils ne s'en prendront pas à Emma, ils ont trop besoin d'elle. D'ailleurs, ils n'auraient aucune raison de lui faire du mal, même si vous refusiez de payer. Elle n'est qu'un moyen de pression, rien de plus.

En l'occurrence, les faits donnèrent raison à Nabil. Ils rappelèrent moins de deux heures plus tard pour donner de nouvelles instructions. Le lendemain à 8 heures, Christelle devait attendre un nouveau contact en se postant à pied sur le parvis de l'église d'Auteuil. Philippe pensa qu'avant de mettre le dispositif en place, il irait faire une prière pour Emma. Il n'était pas très croyant, désertait la messe depuis très longtemps, mais parfois, il était bon de mettre toutes les chances de son côté.

44

Chaque jour, l'attente devenait plus insupportable. Stéphane tournait en rond dans sa chambre, évitant de traîner dans le salon pour ne pas embarrasser la famille qui les hébergeait. Legal ne donnait plus de nouvelles et, avec lui, Dahan et les intérêts qu'il leur avait promis. Il aurait voulu en finir, retrouver ceux qui avaient tenté de le tuer et qui lui avaient échappé la dernière fois. Se terrer n'avait fait que nourrir sa haine. Il les détestait d'avoir fait de lui un meurtrier. Franchir cette limite, c'était renier toutes ses promesses, le peu de souvenirs qu'il avait encore de sa mère. C'était une femme très pieuse et, enfant, il lui arrivait de l'accompagner à l'église. Il se souvenait de l'atmosphère qui y régnait, un calme immanent, nourri de prières chuchotées et de recueillement. Il se rappelait ce qu'elle lui avait lu, un jour au parloir : « Maintenant, sois maudit et chassé du sol fertile qui a ouvert la bouche pour recevoir le sang de ton frère. » À présent, il comprenait ce qu'elle avait tenté de lui dire.

Djamel, aussi, avait peut-être raison. Le plus sage était de s'enfuir, se cacher en Tunisie pour que le temps fasse son œuvre et lave les mémoires.

Par curiosité, il était allé regarder sur le Net où se trouvait Zarzis, une station balnéaire tout près de l'île de Djerba. Sur les photos, la mer était bleue et les plages magnifiques. L'un des oncles de Djamel y tenait un hôtel et d'après lui, leurs apports pourraient transformer son affaire en destination de rêve. Allongés sur le sable, leur seul risque serait l'ennui.

Djamel y croyait. C'était l'occasion de quitter Paris. Vivre sans passer son temps à regarder derrière soi, l'œil rivé au rétroviseur, à guetter les flics ou pire. Se débarrasser de ceux qui avaient tenté de les éliminer ne changerait rien, Stéphane le savait. Il y aurait toujours quelqu'un de plus pressé, de plus jeune. Ce milieu était ainsi, un cloaque sinistre dans lequel il ne s'agissait que de survivre. La violence pour tout credo. Une épitaphe simple et directe qui, plus jeune, l'avait pourtant séduit.

Il alluma la télé pour se distraire, buta sur une chaîne d'information. Une journaliste parlait de l'enlèvement de la fille de Dahan. La même photo occupait l'écran pendant qu'un expert spéculait sur les raisons de sa disparition, ressortant d'autres affaires vaguement similaires, parfois vieilles de plusieurs décennies et qui allaient de crimes sexuels à des drames familiaux. Du remplissage, rien de plus. Pour l'instant, les flics pédalaient, personne ne comprenait vraiment ce qui se passait et Stéphane se dit qu'il y avait encore moyen de tirer avantage de la situation. Il continua de fixer la télé un moment, sans plus réellement regarder, jusqu'à sentir ce léger engourdissement qui précédait en général l'assoupissement, zappa pour tenter de rester éveillé. Ce ne fut qu'en entendant la porte s'ouvrir, qu'il réalisa que son arme était posée sur la table de chevet, à trois mètres de lui.

Trop loin pour qu'il tente de l'attraper. Djamel lui jeta un regard amusé.

– Calme-toi, c'est moi. Tu as cru que c'étaient les condés, ou quoi ?

– Fais le malin. Un jour, ils vont te sortir du pieu et tu rigoleras moins.

L'expression de son visage changea et Djamel s'assit sur le lit.

– Tu as réfléchi à ce que je t'ai dit ?

– À Zarzis ?

– Ouais, à Zarzis. Il faut se casser de là, Stéphane. Écoute-moi, on se met au vert, le temps que la poussière retombe. Après, on verra bien, mais si ça se trouve, tu n'en auras plus rien à foutre, de ces mecs.

– Et la thune que Dahan nous doit ?

– Il nous payera et de toute façon, ça ne change rien d'attendre ici qu'il termine ses magouilles. Alors on se casse, c'est tout.

– Et s'il nous carotte ?

– Si c'est son idée, il le fera de toute manière. Mais on pourra revenir pour le tordre, quand on voudra, sans avoir les flics dans les reins ou les autres connards en face. Si on attend, on va s'enliser dans ce bordel. Si tu ne veux pas aller au bled, je peux nous trouver une tombée en Espagne. On fera un peu de bédo au soleil, histoire de s'occuper. Le mieux c'est ça, on règle nos affaires et on se casse là-bas.

Stéphane se tourna vers la fenêtre. Dehors, quelque chose d'invisible le retenait malgré lui. Sans attache, partir paraissait si simple et pourtant, une sorte de pesanteur le plaquait au sol.

– Alors ? dit Djamel.

– T'as raison, on ne peut pas continuer comme ça, à attendre comme des cons. Tu en as parlé aux autres ?

– Non. Farid m'emmerde en ce moment et Pascal n'est qu'un chaouch[1]. D'ailleurs, je ne sais même pas où ils se sont encore barrés. Tu sais où ils sont, toi ?

– Non, ils ne m'ont rien dit.

– On leur en parlera quand tout sera réglé. C'est plus simple, non ?

– Ouais. Mais là, il faut qu'on se bouge.

Stéphane se demanda s'il était vraiment possible de fuir sans baisser la tête. Certains soirs, lorsqu'il était seul, tout ce qu'il y avait de plus primitif en lui le poussait au contraire à se battre. Au bord du vide, il trouvait la chute si belle, si naturelle après une existence passée à foncer droit devant lui. Disparaître sans lutter ne servirait à rien, sinon à se renier.

1. Sous-fifre.

45

Coline était surexcitée. Participer à une remise de rançon, c'était comme se promener dans l'un de ses rêves. La même ambiance, la même tension, le même stress teinté de peur qu'elle s'était imaginés.

La circulation était fluide à Auteuil en milieu de matinée. Elle était arrivée en avance, s'était garée sans problème près de l'église et après un tour du quartier, avait décidé de s'installer dans un petit bar-tabac qui offrait une vue idéale sur le point de rendez-vous. Les ravisseurs avaient demandé à Christelle de s'y poster pour 10 heures, mais par prudence, Lelouedec avait préféré mettre le dispositif en place dès 9 heures. Une heure avant, cela avait paru un peu trop tôt à Coline, mais confrontée au terrain, elle comprenait mieux ses précautions. Christelle devrait peut-être se déplacer à pied, se jeter dans le métro ou reprendre sa voiture, menacée en permanence de se faire arracher son sac. Il fallait donc autant de piétons que de véhicules pour la protéger d'un danger qui pouvait prendre n'importe quelle forme, qui pouvait surgir de nulle part et à tout moment.

Conscient des risques, Lelouedec avait tout de même réclamé du renfort auprès d'un autre groupe et quand

Coline lui avait demandé si ça suffirait, il avait répondu sommairement :

– On verra bien. De toute façon, ça ne se passe jamais comme prévu.

Derrière son assurance, une angoisse que tout le monde partageait. Chacune de leurs décisions paraissait si lourde. Chacun d'eux tenait le sort d'Emma entre ses mains, avec autant de délicatesse que s'il s'agissait d'un oiseau transi de peur, sans l'étouffer, ni le laisser s'envoler. Ils refusaient d'en parler, faisaient comme s'ils traitaient une affaire comme une autre. Mais aussi dérangeante soit-elle, la vérité les taraudait tous. Quelque part, une petite fille attendait d'être échangée contre un sac rempli de papier.

Encouragée par la psychologue de la Criminelle, Coline faisait comme les autres ; elle se répétait que les voyous agissaient par nécessité, qu'à la différence de pédophiles, ils ne la toucheraient pas. Elle s'était accrochée à cette idée, repoussant l'image d'Emma enchaînée, battue, appelant désespérément sa mère. Et chaque nuit, comme chacun de ses collègues, elle se persuadait qu'ils n'avaient rien raté. Qu'ils ne passeraient pas leur vie minés par les regrets.

Le premier appel tomba pile à l'heure convenue.

– De Christelle au dispo, ils viennent de m'appeler. Je dois prendre un VTC qui va se présenter. J'ai demandé à parler à la môme, mais ils ne m'ont même pas répondu.

– C'est reçu, de Philippe. Ils t'ont dit où tu vas être déposée ?

– Non, rien de plus. Je dois monter dans la voiture et ensuite, ils me rappelleront. Tu veux que je leur refasse ma blonde ?

Au silence qui suivit, Coline comprit que Lelouedec hésitait.

– Non, c'est bon. Vas-y, finit-il par dire. Je ne vois pas trop comment tu pourrais refuser. Mais s'ils essayent de t'emmener au fin fond d'une cité pourrie, tu refuses. Il faut qu'on puisse assurer ta sécurité. Tu as reçu ?

– Oui, c'est reçu fort et clair.

– De Philippe au dispo, pour les piétons qui sont chargés de la protec de Christelle, vous restez en place jusqu'à ce qu'elle monte dans la caisse. On ne sait jamais, ils peuvent quand même essayer d'arracher son sac. Les autres, vous retournez aux bagnoles pour pouvoir enquiller tout de suite s'il faut prendre le VTC en bobine[1].

Alex venait juste de rejoindre Coline. Assis face à elle, il résuma toutes ses craintes en soupirant, dépité.

– Ils vont nous promener toute la journée et ça va encore se terminer de travers. Ils sont trop méfiants pour s'approcher et comme on ne peut pas leur refiler un sac rempli de vieux journaux, ça risque de durer un moment.

– Tu crois qu'ils ne vont pas essayer de le récupérer ?

– Si, mais pas comme ça, pas de la main à la main. Si c'est ceux auxquels on pense, c'est des petites frappes de banlieue, mais ils connaissent la musique. Philippe a raison, ils vont sûrement nous traîner dans une cité implanquable ou inventer une remise à la con pour ne pas se faire choper. Il faut juste espérer qu'ils ont suffisamment besoin de ce pognon pour finir par venir assez près. Si on arrive à en serrer un, il y a peu de chances pour que les autres fassent du mal à la gosse.

Alex suspendit sa phrase, comme frappé par une forme de superstition.

1. Prendre en filature.

– Pourquoi ? réagit Coline. Tu crois que c'est possible, qu'ils fassent du mal à Emma ?

– Mais non, je disais ça comme ça. Oublie. Il faut déjà que le VTC se pointe et ensuite, on avisera. OK ?

– De Christelle, il y a une Mercedes qui ralentit et qui vient vers moi. Je crois que c'est mon carrosse, c'est reçu ?

– De Yannick, je pense que c'est le bon. Je viens de le voir passer, il mate partout. C'est un NA[1], la trentaine, costard-cravate.

– Bien pris, de Philippe. Tu as tapé la plaque ?

– Ouais, chef. L'identification est en cours.

– De Christelle, priorité radio. Il vient de se stopper juste devant moi et il me fait signe. Je vais y aller, alors je coupe ma radio et je branche ma sono.

À la mine qu'elle fit, Alex comprit que Coline était perdue.

– On ne sait pas si le chauffeur du VTC est un complice, alors Christelle a coupé sa radio par précaution. Tu comprends ? C'est pour ne pas se faire détroncher. Mais en prévision de ce genre de cas, on lui a posé un micro, comme ça, on peut écouter ce qui se passe autour d'elle. C'est Philippe qui a le retour et il nous dira s'il y a quelque chose d'important.

– Mais comment elle va communiquer avec nous ?

– Bah, par SMS, fit Alex. On a créé un groupe WhatsApp pour le dispo, tu n'es pas dessus ?

Coline sortit son portable pour se connecter.

– J'avais oublié, désolée.

– Tiens, regarde, dit-il, elle vient d'envoyer un message : « Le chauffeur me dit qu'on ne lui a pas donné de

1. Individu de type nord-africain.

destination. Il doit redescendre vers la porte de Saint-Cloud, prendre le périph, direction porte de Bercy et attendre qu'on me dise où aller !! Je le sens pas, ce mec. Mais apparemment, c'est un vrai VTC : carte en règle sur son tableau de bord. »

La radio se mit à grésiller.

– De Philippe, je pense que vous avez suivi sur le WhatsApp. Pour le moment, direction Saint-Cloud, ensuite Bercy par le périph extérieur. On ramasse tous les piétons et on enquille. Faites gaffe de n'oublier personne sur place.

Coline rit.

– Te marre pas, ça arrive, dit Alex. Surtout quand on doit bosser avec un autre groupe. Allez, c'est parti.

– De Nabil, ça redescend la rue Chardon-Lagache vers le périph. J'ai deux écrans.

– Reçu de Philippe, on le prend tranquille. Ne le collez pas, mais il faut faire gaffe qu'une bécane n'en profite pas pour venir au contact. Yannick, sois prêt à ramarrer.

Coline avait embarqué Alex avec elle et sans trop de résistance, lui avait abandonné le volant. Lorsque la berline passa devant eux, il démarra calmement, laissa passer deux véhicules et déboîta comme si rien ne le pressait. Puis, se tournant vers elle.

– Il va falloir que tu te détendes un peu, là.

La patience ne se décrétait pas. Elle le comprenait à présent. Sa jambe gauche s'agitait nerveusement et sans s'en rendre compte, elle s'était mise à battre un rythme effréné.

– De Philippe, le chauffeur papote avec Christelle. Il a l'air clean, mais on reste prudents.

– C'est bien pris, d'Alex. Ça roule tranquille, file de droite. On vient de passer la porte de Vanves.

Coline réfléchit quelques secondes, puis demanda :

– Comment on fait si le chauffeur se met à faire n'importe quoi ? S'il est de mèche, ou si on lui demande d'aller dans un coin implanquable ? Christelle ne pourra pas l'en empêcher. Si on intervient et que les ravisseurs sont autour, on se fera cramer. Peut-être qu'elle aurait dû refuser de monter dedans, tu crois pas ?

Coline détestait l'immaturité qui perçait dans ses craintes. Elle se retint d'en rajouter, pour ne pas paraître plus idiote et attendit qu'Alex lui réponde.

– On ne peut pas tout refuser, tu sais. Elle l'a déjà fait dans le métro. Si à chaque fois elle discute les instructions, ils vont finir par rompre le contact. Tant qu'on leur parle et qu'ils négocient, on a une chance de les faire venir. Tu comprends ?

À question stupide, réponse banale. Alex dut sentir son malaise.

– Personne n'oublie ce qui est en jeu, t'inquiète. Attends une seconde, dit-il en appuyant sur le bouton discret de la radio placé juste à côté du levier de vitesse. À tous, d'Alex, on approche de la porte d'Orléans, à hauteur de l'hôtel Ibis. C'est toujours file de gauche, à 70 max. C'est reçu ?

– Fort et clair, de Philippe. Pour info, le chauffeur ne parle plus. Je vais envoyer un message à Christelle pour voir si ça va.

Alex accéléra légèrement pour doubler un camion qui leur cachait la vue du VTC et se rabattit sans forcer, trois écrans derrière lui. Puis, il lança à Coline :

– Ne t'en fais pas, elle va bien.

– On n'en sait rien, Alex. On ne maîtrise pas ce qui se passe et même Christelle ne donne plus signe de vie.

– Arrête de stresser. S'il y avait eu un souci, Philippe l'aurait entendu. C'est juste qu'à mon avis, elle ne doit pas savoir quoi lui dire, au chauffeur. Tiens, regarde, elle vient d'envoyer un WhatsApp.

Coline attrapa son portable pour lire le message : « Il a réussi à me brancher, ce lourdaud. Ça veut dire quoi, swag ??? » Avant qu'elle ait le temps de demander à Alex, leur chef de groupe avait répondu : « Ça veut dire classe, stylé. Tu es sûre qu'il parlait de toi ?? » Et la réponse de fuser : « Connard. »

– Sympa, l'ambiance.

Coline balança son téléphone sur le tableau de bord.

– Franchement, je ne sais pas comment vous faites pour déconner. Moi, j'y arrive pas.

– C'est une façon de gérer la pression, c'est tout. Parfois, c'est tellement dur qu'il n'y a que ça pour tenir. Tu t'y habitueras, tu verras. Mais ne les branche pas là-dessus, sinon tu vas te faire chambrer.

– Tu me prends vraiment pour une conne. Et puis « stylée », il n'est pas regardant, le chauffeur.

– Bah, tu vois que ça rentre.

Aucun message jusqu'à la porte d'Ivry, puis d'un coup Philippe annonça :

– À tous, de Philippe. Nos amis viennent de rappeler Christelle pour lui demander d'emmancher l'A4 en direction de Marne-la-Vallée. Le chauffeur râle un peu, mais ça va le faire. On reste vigilants, ils ont l'air de vouloir nous emmener à Disney, mais on en est encore loin.

Alex fit la moue.

– Disney, c'est pas bon, ça.

– Pourquoi ? demanda Coline. C'est un lieu public, ce sera facile de se mêler à la foule. Non ?

– Pour eux aussi, ce sera facile de se planquer. Et puis c'est un enfer à tenir, là-bas. Il y a plusieurs accès en voiture, le RER et la gare TGV, sans compter que ça doit être gavé de monde à cette heure-là. Il y a plein de gosses, de touristes et on ne peut pas intervenir comme ça.

– D'accord, mais c'est quoi alors, l'endroit idéal pour une remise ?

– Le mieux, c'est un endroit public mais pas trop fréquenté. Comme sur une petite place, ou devant un supermarché, tu vois ? Il faut qu'il y ait un peu de monde, mais pas trop. Une question de dosage, quoi. Mais de toute façon, on ne décide jamais de tout. Le plus important, c'est de ne pas être trop loin du pigeon. Parce que s'ils arrivent à arracher le sac et qu'ils voient qu'il n'y a pas de pognon, on est mal.

– Pourquoi on paye pas, alors ?

– Parce que sinon, on se retrouverait avec des vagues d'enlèvements comme dans les années 1970. C'est une politique de principe, et ça a plutôt bien marché jusqu'à présent. Mais c'est vrai que c'est plus tendu quand il s'agit d'un gamin. Qu'est-ce que tu veux que je te dise ? Et puis, de toute façon, Nabil m'a dit que le beau-père ne voulait pas lâcher une thune. Alors, on n'a pas le choix.

– C'est vrai ?

Pour toute réponse, Alex haussa les sourcils, résigné, et Coline se demanda comment Dahan pouvait être aussi cynique.

– Quel rat. C'est vraiment un sale type. Comment la mère peut supporter ça ?

– J'en sais rien. Elle n'a peut-être pas le choix et en tout cas, elle ne vient pas de découvrir que c'est un escroc. Je crois même qu'elle profite de son fric depuis un moment, et sans se poser trop de questions.

– Au final, c'est la gamine qui fait les frais de leurs magouilles, conclut Coline. C'est dégueulasse.

– Philippe connaît bien son boulot et c'est pas la première fois qu'on monte sur une remise de rançon. Alors pour le moment, concentre-toi sur ce qui se passe.

Devant eux, l'autoroute offrait une ligne droite presque dégagée et Coline se laissa gagner par ses souvenirs. Une impression de liberté qu'enfant, elle ressentait à chaque départ en vacances, lorsqu'elle luttait pour ne pas s'endormir et dévorait la route des yeux. Elle aimait la promesse de ces instants simples, affranchis de toutes les rugosités de la vie, et qui avec le temps étaient devenus des refuges.

Elle faillit se confier à Alex, se ravisa. Elle n'aurait sûrement pas trouvé les mots pour lui dire qu'en grandissant, elle avait appris que les meilleurs moments prenaient tout leur sens face aux plus grandes souffrances et que parfois, lorsque l'on en avait besoin, ils surgissaient de nulle part comme des pantins sur ressort.

C'était comme si sa mémoire était venue lui rappeler qu'il ne fallait jamais repousser le bonheur à plus tard. Il fallait le dévorer à tout prix, à la moindre occasion et pourquoi pas, réparer un peu de celui des autres au passage. Alors aujourd'hui, au bout de cette route, elle sauverait Emma.

46

– Ça vient de se poser à l'arrache sur la BAU[1], juste à l'entrée du tunnel de Joinville. J'ai pas pu m'arrêter et je ne l'ai plus à vue. Essayer de ralentir derrière. C'est reçu ?

Philippe ignora Alex et baissa le volume de sa radio. Comme le reste du dispositif, faute d'avoir pu anticiper, il avait dû dépasser le VTC garé sur le bas-côté. Christelle n'avait pas eu le temps de les prévenir de l'arrêt du véhicule. Elle était toujours à l'intérieur, mais il avait du mal à entendre ce qu'elle disait.

– Je suis désolé, madame, mais je ne peux pas rester là, moi. On risque de se faire percuter. Vous avez vu à la vitesse où ils passent, les camions ?

– Tu lui dis de fermer sa gueule, t'as compris ?

Malgré le bruit de la circulation, Philippe percevait la voix d'un autre homme.

– Oui, mais il a raison, on ne peut pas rester là.

Christelle parlait fort, comme si son interlocuteur était en dehors de la voiture.

– Tu as le sac ?

– Bien sûr, mais c'est trop dangereux de descendre ici.

1. Bande d'arrêt d'urgence.

– C'est vrai, monsieur. Elle ne peut pas sortir, sinon elle va se faire renverser. Et moi, il va falloir que je reparte. Je risque de me faire fracasser, ici.

Philippe identifia la voix du chauffeur.

– Ferme ta gueule, je t'ai dit.

Celui qui devait être le ravisseur ajouta à l'intention de Christelle.

– Écoute-moi bien, maintenant, tu descends avec le sac ou alors je la saigne, la gosse. T'as compris, ou pas ?

– C'est bon, calmez-vous. Je reprends le portable et j'y vais.

Philippe essaya de comprendre ce qui venait de se passer. Christelle avait dû mettre son cellulaire sur haut-parleur afin que le chauffeur puisse recevoir les instructions. Impossible d'envoyer un message en même temps et, lorsque le véhicule s'était rangé, tout avait dû s'accélérer.

En se concentrant, Philippe reconnut la voix de Christelle. Elle devait être sortie du VTC et à chaque fois qu'une voiture ou pire, qu'un camion la frôlait, une tempête de vent et de poussière couvrait ce qu'elle disait. Il réussit à distinguer quelques bribes entre les hurlements des moteurs. Christelle parlait du « sac », demandait « où l'accrocher ». Le doigt collé sur son oreillette, Philippe se traînait sur la file de droite. Lancé à pleine vitesse, un camion le doubla en klaxonnant et puis soudain, Christelle émit de nouveau :

– À tous, ils viennent de me demander d'accrocher le sac à une corde. Ils sont au-dessus du pont. C'est reçu, ils sont au-dessus et ils ont le sac.

Emma, le sac rempli de journaux, ses collègues qui braillaient à la radio, Christelle, la mère de la petite. Les pensées se bousculaient dans son esprit pendant que le reste du dispositif s'agitait comme un poulet sans tête et Philippe se sentit cloué à son siège, privé de forces. Il venait de perdre. Encore quelques minutes pour qu'ils comprennent qu'il n'y avait pas d'argent, seulement un leurre et puis ils se débarrasseraient de l'enfant.

Il venait de la tuer.

– Philippe, d'Alex, on fait quoi ?

Il sentit son cœur s'emballer. Le lien avec les ravisseurs allait être coupé et même s'ils rappelaient, ce ne serait que pour lui remettre en mémoire que tout était de sa faute.

– De Yannick, tu reçois ?

Il n'entendait plus la radio qui crachotait faiblement. La rançon perdue, il s'imagina devant la mère d'Emma, piteux, cherchant les mots pour lui annoncer qu'il s'était planté.

– Quelqu'un me reçoit ? J'ai une gonzesse à vue qui court avec un sac. Je sais pas si elle a à voir avec l'affaire, mais elle cavale comme une tarée. Tu veux que je la prenne, Philippe ?

Ce fut comme remonter à la surface. Il sentit l'air glacé par la climatisation lui râper les narines, son esprit se remettre à l'endroit et ses réflexes reprirent enfin le dessus.

– Oui, prends-la pour voir si elle monte dans une caisse. Tu es où, là ?

– Sur le rond-point, juste au-dessus du tunnel. Elle vient de débouler des broussailles qui sont près de la route. Je ne sais pas ce qu'elle y foutait, mais elle a l'air vachement speed. Elle porte une robe bleue, près du corps et elle vient juste de traverser. Elle court toujours. À tous, elle a l'air de se diriger vers un véhicule de couleur rouge. C'est reçu ?

– Reçu, de Philippe. Priorité radio pour Yannick.

– Elle monte dans la caisse et ça démarre fort. J'ai pas pu taper la plaque, juste les deux dernières lettres : « EC : Écho Charlie ». Je vais essayer d'enquiller, mais je suis de l'autre côté.

– Tu as une direction de fuite ?

– Vers l'autoroute, mais je ne sais pas dans quel sens.

– Modèle de la caisse ?

C'était la voix d'Alex.

– Type Golf ou Opel Astra. Marque étrangère, mais j'ai pas eu le temps de bien voir.

– Bien pris. C'est parti où ? insista Alex.

– J'en sais rien, je t'ai dit. Je prends direction province.

– Vas-y, moi je prends vers Paris.

– De Nabil, c'est quoi la fin de la plaque ?

– Écho Charlie, répéta Yannick. Tu l'as rebecquetée ?

– Non, c'est pas bon.

Philippe ignorait combien il pouvait y avoir de véhicules rouges et de marque étrangère dans le secteur, mais ils semblaient tous s'y être donné rendez-vous au même moment. Il y en avait partout, dans tous les sens.

L'espoir retomba, aussi vite qu'il s'était imposé. Philippe frappa sur le volant, à s'en faire mal au poing, pour distraire un instant le sentiment de frustration qui menaçait de nouveau.

Il était revenu au même point. Battu.

Peut-être avaient-ils ouvert le sac, découvert ce qu'il contenait et prévenu leurs complices ? Emma n'était déjà plus un otage, juste un témoin dont ils avaient intérêt à se débarrasser.

Philippe essaya de penser à ce qui avait pu lui échapper, un détail qui pouvait encore retourner la situation. Quelqu'un avait sûrement vu quelque chose. Une caméra de surveillance avait dû capter un visage ou une plaque d'immatriculation. Ils venaient à peine de récupérer le sac et devaient encore être là, posés dans un coin, à sa portée.

La bouche sèche, il subissait, impuissant, chacune des pensées qui le ballottaient comme sur des montagnes russes. Ses mains moites cramponnées au volant, il cherchait du regard au milieu du flot des voitures et alors qu'il s'apprêtait à renoncer, il l'aperçut. Flambant neuve, une Opel Astra écarlate venait de surgir dans son rétroviseur et zigzaguait d'une file à l'autre. L'instant suivant, elle le doublait.

Le soleil se reflétait dans la vitre passager. D'abord aveuglé, Philippe eut du mal à comprendre ce qu'il voyait. À quelques mètres de lui, un homme venait de retirer une perruque blonde. Les traits fins, la trentaine, sa stature pouvait tromper, mais c'était bien un homme.

La scène était surréaliste. Fou de joie, il riait, se tortillait sur son siège en parlant au chauffeur, mais ce ne fut que lorsqu'il changea de visage, des coupures de journaux à la main, que Philippe fut certain que c'étaient eux.

– De Philippe, à tous. Ils viennent de me doubler. C'est une Opel Astra immatriculé Roméo Alpha-45-Écho Charlie. Ça roule file du milieu en direction de Paris et il ne va pas falloir trop attendre pour les serrer, parce qu'ils ont ouvert le sac. C'est reçu ?

– C'est pris en direct, d'Alex. Je suis avec Coline, trois écrans derrière toi.

– De Nabil, je crois que je suis devant vous, un peu avant la sortie Saint-Maurice.

– Essaye de ralentir, Nabil. Si on a une embellie, on se les fait.

– Tu veux les taper sur une autoroute ?

– J'en sais rien, Alex, répondit Philippe. Pour le moment, on resserre sur eux et après, on improvisera.

Impossible d'interpeller en mouvement, mais il y aurait peut-être un embouteillage, n'importe quoi qui leur permettrait de les coincer. Trop tard pour provoquer un accident, ils manquaient de temps pour organiser un scénario crédible. Nabil accentua la pression.

– Philippe a raison, dès qu'on peut, il faut les taper. Sinon, on va se faire détroncher ou les perdre. On approche de l'échangeur, je reste sur Paris et s'ils prennent Créteil, je suis baisé.

Devant lui, le chauffeur de l'Opel ralentit légèrement et se rabattit subitement sur la file la plus à gauche. Philippe l'imita en annonçant :

– Nabil, de Philippe. Tu as du bol, ils vont vers Paris.

– Je l'ai vu au rétro, c'est cool. D'après Waze, ça risque de boucher à l'approche du périph, surtout le nord. Tu es sûr de vouloir faire ça, Philippe ? C'est quand même chaud.

Son cœur battait lourdement, comme une mise en garde, mais Philippe s'entendit répondre :

– On les tape seulement si tout le trafic est à l'arrêt. Pour le moment, essayez de vous placer devant et derrière eux et si on a un créneau, on se lance. Mais gaffe aux bécanes et il faut que ceux qui suivent se mettent en warning pour éviter un suraccident. C'est reçu ?

– Philippe, d'Alex, c'est bien pris. Mais t'es vraiment sûr de ton coup, là ?

– Oui, mais on les fait que si on est tous arrêtés.

– OK, c'est reçu.

Philippe se détendit en voyant que l'Opel prenait la direction de Paris centre.

– Bon, à tous, de Philippe, ça va être plus simple. Ils se collent à gauche pour rentrer dans Paris. Nabil, continue devant et essaye de te rabattre gentiment devant eux. Si on a du bol, on pourra se les faire au feu, vers l'IML.

Une cinquantaine de mètres devant lui, Philippe vit la Golf noire de Nabil se placer. Il sortit son arme, la glissa sous sa cuisse et, dans son rétroviseur, jeta un coup d'œil au reste du dispositif qui se rapprochait. Finalement, les choses semblaient vouloir s'arranger.

– De Nabil, je suis devant eux avec un taxi comme écran. Je vais me traîner un peu pour qu'il me double. C'est reçu ?

– C'est bien pris, je te suis, trois écrans derrière eux.

– De Yannick, j'ai ramarré. Je suis derrière toi, Philippe.

Si l'Opel leur glissait des doigts, il n'y aurait que la moto pour les rattraper. Mais ça, Yannick le savait déjà.

– Philippe, d'Alex. J'ai recollé. Je suis à ta droite, derrière un écran.

– Reste où tu es. Si Nabil arrive à se placer, on se les fait au premier feu rouge. Tu les bloqueras sur la droite pour éviter qu'ils déboîtent.

En passant près du parking de l'IML, Philippe se demanda si saisis d'ennui pour l'éternité, les morts les observaient depuis les sous-sols. Il était venu si souvent les visiter, pour comprendre ce qui les avait emportés et parfois même pour les pleurer. Mais jamais il ne s'était demandé s'ils hantaient les lieux.

La circulation glissa le long du bâtiment en brique et puis enfin, à la faveur d'un feu, le convoi s'arrêta à l'entrée du pont d'Austerlitz.

– C'est bon pour toi, Nabil ?

– C'est quand tu veux.

Il y eut un instant de calme. Captivé, le monde entier retint son souffle, Philippe retira sa ceinture et appuya sur le bouton de la radio, pour en finir.

– Top interpel.

Tout s'accéléra. Rejoint par Alex et Coline, il se précipita vers l'Opel, l'arme au poing. Une seconde plus tard, Nabil les imitait, braquant l'avant du véhicule pour dissuader le chauffeur de manœuvrer. Une fois Yannick à leurs côtés, Philippe ouvrit la portière pour le tirer au sol, tandis qu'Alex attrapait le passager encore travesti pour l'extraire de l'habitacle.

Aucun des deux ne se débattit. Tout était allé trop vite pour qu'ils aient le temps de réagir. Après s'être assuré que Yannick le couvrait, Philippe remit son pistolet dans son holster, tordit le bras gauche du chauffeur, puis le droit afin de le menotter dans le dos. Un léger grognement de douleur lui confirma que les pinces étaient suffisamment serrées et il se redressa, soulagé.

Le portable à la main, quelques automobilistes continuaient à filmer. Philippe enfila son brassard, certain que l'interpellation serait virale quelques minutes plus tard.

– On reste pas là, les gars. Dès qu'ils sont fouillés, on les embarque dans les bagnoles. On leur notifiera leurs droits sur la route.

À ses pieds, Yannick avait fini de palper le conducteur de l'Opel. Il l'attrapa par la nuque, l'obligea à se relever et Philippe découvrit son visage.

– Putain, mais c'est quoi encore, ce bordel ?

47

Jusque-là, François était parvenu à gérer les angoisses de Dahan. Un travail de tous les jours, laborieux, la plupart du temps dans un café de l'avenue George-V. À chacune de leurs rencontres, le même rituel : il devait le rassurer, le câliner pour qu'il ne perde pas les pédales. Mais la seule chose qui comptait, c'était qu'il aille au bout de leur affaire. Cette escroquerie, c'était la promesse d'une autre vie et une fois que ce serait terminé, ils pourraient bien tous s'entre-tuer.

Dahan était arrivé en retard, les traits tirés et à peine ses jérémiades commencées, François s'était efforcé de ne pas céder à son envie de se lever, le planter seul avec ses plaintes continuelles. À force, il connaissait par cœur chacune de ses pleurnicheries, sa manière de tout ramener à lui, mais au-delà du mépris, il mesurait son formidable talent d'escroc. Dahan savait faire de l'argent, beaucoup d'argent et pour le moment, c'était tout ce qu'il attendait de lui.

Cela faisait déjà un bon quart d'heure qu'il l'écoutait se lamenter de la pression que les policiers lui mettaient depuis la disparition d'Emma. À l'entendre, il était constamment sur écoute, vivait dans un appartement sonorisé et était surveillé dès qu'il mettait le pied dehors. François fit mine d'être atterré. C'était comme assister à une rediffusion, sans surprise et lorsque le portable de Dahan se mit à vibrer, il songea à disparaître discrètement. Sauf qu'il était coincé, condamné à le supporter jusqu'au bout.

L'escroc prit d'abord un air agacé en se rendant compte que c'était sa femme qui l'appelait, mais à mesure qu'il l'écoutait, il se mit à blêmir. Spontanément, François imagina le pire et dès que Dahan raccrocha, sa question vint d'un trait :

– Qu'est-ce que tu as ? C'était Victoire ? Elle a des nouvelles pour la petite, c'est ça ?

– Oui, en quelque sorte.

– Comment ça, en quelque sorte ? Qu'est-ce qui te prend ? Ils l'ont retrouvée ?

– Non, mais ils ont arrêté deux des ravisseurs.

– Ah ouais ? C'est les autres cons qui voulaient te tordre ?

– Non, pas vraiment.

François s'emporta.

– Mais putain, tu vas m'expliquer ce qu'elle t'a dit ? Ils ont ramassé qui, les flics ?

– Farid et Pascal.

François accusa le coup sans rien dire.

Ça n'avait pas de sens. Comme lui, ils avaient investi dans l'escroquerie montée par Dahan. Depuis le début, cet enlèvement n'avait fait que compliquer les choses et puis de toute façon, Costa n'aurait jamais autorisé une chose pareille.

Dahan le regardait, bouche bée. C'était comme si son logiciel avait planté. Au lieu de se mettre à paniquer, il restait impassible, le regard fixé sur un point invisible. François claqua des doigts devant lui.

– Oh, t'es où là ? Il faut qu'on réagisse, qu'on voie rapidement Stéphane. Je sais pas s'il était au courant, mais il va quand même falloir qu'il s'explique. Ils ont essayé de nous niquer, ces enculés.

– C'est pas eux.

Il sentit une certitude dans le regard de Dahan.

– Pourquoi tu dis ça ? Comment tu peux savoir si c'est eux, ou pas, qui ont enlevé la môme ? Si tu veux mon avis, ils sont suffisamment cons pour avoir monté ça, surtout Farid.

– Je te dis que c'est pas eux, c'est tout.

– Alors, explique-moi, Sam. Tu sais qui l'a enlevée, ta gamine ?

– Non, je n'en sais rien. Mais je suis sûr qu'ils n'y sont pour rien. C'est une sorte d'intuition.

– Une sorte d'intuition ? Tu jouerais la vie de la petite sur une intuition, toi ? Il y a un truc que tu me caches. Dis-moi, sinon je ne pourrai pas t'aider.

Dahan posa un billet de vingt euros devant lui, se leva, comme frappé par la soudaine évidence qu'il devait rentrer pour épauler sa femme. Pour la première fois depuis qu'Emma avait été enlevée, nota François. Quelques secondes plus tard, il traversait la brasserie, le nez dans son portable pour commander une voiture.

François prit le temps de terminer son verre. Installé confortablement dans son fauteuil, il cherchait encore à comprendre ce qui venait de se passer. Dahan lui cachait quelque chose. Peut-être même qu'il lui mentait depuis le début. Alors, après avoir commandé un autre demi, il décida de le rappeler pour le sonder, mais tomba directement sur sa messagerie. Dahan avait coupé son téléphone. La petite était toujours dans la nature, sa femme devait être sous le choc de l'arrestation de Pascal et Farid, mais il avait éteint son portable.

Dans le métro, François fit à peine attention aux stations, manquant de peu de rater sa correspondance. D'une hypothèse à l'autre, il en revenait toujours à la même conclusion : Dahan les avait lâchés. Ses anciens associés avaient dû apprendre l'escroquerie qu'il montait et l'avaient mis à l'amende. Emma n'était qu'une caution. Un moyen de pression pour qu'il cède.

Vu sous cet angle, François comprenait mieux pourquoi Dahan avait été étonné. Farid et Pascal avaient pris tout le monde de court.

François avait un plan. Il pouvait encore profiter de la situation. L'arrestation de Pascal et Farid allaient fragiliser Costa. S'il parvenait à reprendre Dahan en main, il pouvait encore ramasser la mise et avec un peu de chance, quand tout serait terminé, les flics nettoieraient derrière lui.

Décidé, il sortit du métro, appela Costa pour le prévenir qu'il serait en retard et profita de quelques minutes de marche pour peaufiner son rôle. Patiemment, il continuerait à disposer ses pièces. Lorsqu'il serait prêt, il lui suffirait d'un doigt pour tout renverser. Comme dans un jeu de dominos, une simple poussée provoquerait une réaction en chaîne et, une fois libéré, le torrent de haine qui les emporterait tous ne le concernerait plus.

48

– C'est pas nous, j'te dis. On ne l'a pas, cette gamine, s'énerva Farid Bouaziz.

Des menteurs, Philippe en avait vu défiler beaucoup depuis le début de sa carrière. D'abord naïf, il s'était fait avoir quelquefois. Puis il avait appris, s'était endurci et sans vraiment s'en rendre compte, avait fini par ne plus croire personne.

Tout le monde mentait, à un moment ou à un autre de sa vie. Certains plus souvent que d'autres, les voyous en particulier.

– Tu te fous de ma gueule ? On t'a serré sur la remise de sa rançon, tes potes et toi vous connaissez son beau-père, et tu veux que j'avale tes conneries ? Je vais te dire ce qui va se passer : si on ne retrouve pas rapidement cette môme, tu ne vas pas plonger pour enlèvement, mais pour homicide volontaire. Et aux Assiettes[1], les jurés ne font pas de cadeau quand il s'agit de gamin. Tu vas prendre facile trente ans, avec une peine incompressible d'au moins vingt ans.

– Mais putain, je vous dis que je ne sais pas où elle est. Avec Pascal, on a juste vu une embellie pour se faire de

1. Cour d'Assises.

la thune, c'est tout. Comme on a su que personne n'avait demandé de rançon, on s'est dit qu'il y avait un coup à jouer. Mais on ne l'a pas enlevée, et je vous jure que je ne sais pas ce qui lui est arrivé. On est en affaires avec Dahan, alors pourquoi vous voulez qu'on foute la merde en enlevant sa gamine ? On sait très bien que vous êtes sur son dos, et ça complique le business. Demandez-lui, vous verrez bien.

Philippe le laissa terminer. Il ne savait pas quoi penser de l'homme qu'il avait en face de lui. Menotté, il paraissait affaibli, sincère, mais quelque chose couvait dans son regard.

– Quand tu dis « on », tu parles de qui, au juste ?

– Bah, vous savez bien.

– Non, dis-moi.

Assis à côté de lui, l'avocat commis d'office se contenta d'un signe de tête pour rappeler qu'à ce stade, la meilleure défense était le silence.

– Demandez à Pascal.

– Je le ferai après, mais pour le moment, c'est à toi que je parle. C'est qui « on » ?

Bouaziz baissa la tête.

– J'en sais rien. Je n'ai plus rien à dire.

– Je crois que mon client n'a plus rien d'autre à vous dire, répéta l'avocat.

– J'avais fini, maître. Mais vous devriez plutôt lui conseiller de collaborer. Si la petite Emma est retrouvée morte, c'est lui et son complice qui seront tenus pour responsables. Vous le comprenez ?

– Ce que je comprends, c'est que vous n'avez aucun élément qui incrimine mon client pour l'enlèvement. Il s'est juste rendu coupable d'une tentative d'extorsion de fonds, rien de plus.

– Mais maître, qui vous a dit que nous n'avions pas d'autres éléments ?

La remarque eut l'effet escompté. Bouaziz se redressa, faillit dire quelque chose et se tourna vers l'avocat qui rétorqua, embarrassé.

– Alors expliquez-nous, ce sera plus simple.

– Ça va venir, maître, ne vous inquiétez pas. Pour l'instant, je fais comme votre client, j'use de mon droit au silence. On va déjà faire une pause. Et ensuite, on y reviendra.

Faute de pouvoir ouvrir une fenêtre, l'air chaud brassé par le ventilateur de l'ordinateur rendait la pièce étouffante. Philippe avait besoin de respirer. Il se leva, ramassa son dossier en faisant mine d'ignorer Bouaziz. À la tête que faisait l'avocat, il comprit que son coup de bluff avait réussi, mais sans être sûr qu'il suffise à retourner la situation. Rien ne lui permettait d'affirmer que Rodriguez et Bouaziz savaient où Emma se trouvait, ni qu'ils avaient participé à son enlèvement. Durant les négociations, ils n'avaient jamais donné de preuve de vie, aucune information prouvant qu'ils avaient été en contact avec elle. Même si l'idée l'agaçait, il devait envisager qu'ils lui disaient la vérité.

Il poussa la porte, fit signe au garde qui attendait dans le couloir, mais Bouaziz l'arrêta :

– Attendez, je peux vous parler, en off ?

L'avocat se rassit.

– Non, sans vous, maître, ajouta Bouaziz.

– Je pense que ce serait mieux pour vous que je reste.

– Non, je ne crois pas.

Dépité, l'avocat secoua la tête, abandonna en leur jetant un coup d'œil mauvais et Bouaziz reprit sa place. Philippe nota immédiatement que quelque chose avait changé dans son attitude, une assurance qui tranchait avec l'air contrit qu'il affichait quelques minutes auparavant.

– C'est pas nous, la gamine. On a essayé de gratter un peu de thune, c'est vrai, mais on ne l'a pas soulevée. Je te le jure.

– C'est pour ça que tu voulais qu'on se parle ? Tout ça, tu me l'as déjà dit, non ? Il va falloir faire mieux que ça.

– Il y a peut-être moyen de s'arranger ?

– Tu veux qu'on s'arrange sur quoi ? Tu viens de me dire que tu ne sais pas où est la gosse, alors je ne vois pas bien ce que tu pourrais m'apprendre d'intéressant.

– Je sais où les autres se planquent.

De sa place, Philippe pouvait entendre ses collègues passer dans le couloir. Il espéra qu'aucun d'entre eux n'aurait la mauvaise idée de rentrer dans le bureau. Pile à ce moment fragile où l'audition pouvait basculer.

– Tu parles de qui ?

– De Costa et Meziane. Tu les cherches, non ?

– Pourquoi, ils sont liés à cette affaire d'enlèvement ?

– Pas dans celle-là, mais dans le flingage qu'il y a eu presque sous tes fenêtres, oui.

En parlant, Bouaziz indiqua la rue d'un coup de menton avant de poursuivre.

– Je peux te dire où ils sont, peut-être même où ils ont planqué les calibres, mais il faut que tu me sortes de cette histoire.

– Tu veux qu'on oublie la remise de rançon ?

Philippe faillit éclater de rire.

– T'es pas sérieux. Tu sais bien qu'on ne peut pas faire ça.

Bouaziz le regarda avec une complicité teintée d'une forme d'arrogance. Un peu comme si les pires choses pouvaient toujours s'arranger, se dit Philippe.

– Tu me sors de cette galère et je t'aide. À toi de voir.

Philippe haussa les épaules.

– Présenté comme ça, c'est tout vu. Tes potes, je peux les trouver tout seul, comme un grand. Alors si tu veux que j'arrondisse les angles avec le juge, tu vas devoir faire des efforts et arrêtez de te la raconter.

– Une fois qu'ils sauront qu'on s'est fait lever avec Pascal, ça m'étonnerait que tu leur mettes la main dessus. Ils vont s'arracher et tu ne les reverras pas. Si tu veux les faire, tu vas avoir besoin de moi.

Philippe fit une grimace pour signifier que ce n'était pas si grave. Il avait déjà vécu ce genre de scène. C'était comme une partie de cartes, avec beaucoup de surenchères et le mensonge au service de la vérité.

– Commence par me dire ce que tu sais et je verrai si je peux t'aider. Tu fais le malin, mais n'oublie pas ce que tu peux ramasser sur une affaire pareille. Aux Assises, il n'y a que les faits qui comptent et on t'a serré avec la rançon dans une affaire d'enlèvement d'enfant. Point barre. Alors au mieux, je peux convaincre le juge que tu as juste essayé de profiter d'une occasion et que tu ne sais pas qui est derrière cette histoire. Mais de toute façon, tu ne t'en tireras pas comme ça.

– Je peux espérer quoi ?

– Si on ne retient que la tentative d'extorsion en bande organisée, trois à cinq ans.

– Cinq ans ? Tu crois que je vais les balancer pour ça ?

– Ça, c'est à toi de voir.

Bouaziz baissa les yeux. La négociation venait de prendre fin. Philippe savait d'expérience qu'il fallait le laisser mûrir. Cela faisait des heures qu'il était coincé dans cette pièce et il avait besoin d'un café.

Coline attendait devant la machine. Elle se retourna en le sentant s'approcher et son visage s'éclaira, franc, radieux.

– Ton audition s'est bien passée avec Bouaziz ?

– J'en attendais pas grand-chose, mais ça peut évoluer. Et vous, avec Rodriguez ?

– C'est un mur. Il ne veut rien lâcher. Il dit qu'il n'a rien fait et qu'il veut voir le juge. D'après Alex, si son avocat n'avait pas été présent, il se serait probablement mis des coups de tête dans le mur pour se plaindre ensuite d'avoir été torturé. Un vrai con.

– Je vois bien le genre.

– Tu voulais dire quoi par « ça peut évoluer » ? Tu crois qu'il sait où la petite est retenue ?

– Non, mais je pense qu'il peut quand même nous aider.

La machine s'arrêta de crachoter et Coline récupéra son gobelet. Tout en commandant un café sans sucre, Philippe repensa à Farid Bouaziz, à la loi du silence qui n'existait que dans les films.

49

Coline sursauta lorsque Pénélope bondit sur ses genoux. L'animal s'était faufilé sans bruit. Le temps d'une caresse, le chat se mit à ronronner en se frottant sur elle, puis glissa entre ses jambes pour disparaître de nouveau.

Elle leva les yeux. La lune luisait faiblement. Elle avait passé la journée à relire tous les procès-verbaux de la procédure d'enlèvement. Sans qu'elle puisse dire pourquoi, le sentiment diffus mais entêtant d'être passée à côté de quelque chose d'important l'obsédait depuis plusieurs jours. C'était comme une pensée fugace, une idée qui lui échappait sans cesse, en semant le souvenir de sa gravité.

Méthodiquement, pendant de longues heures, elle avait étalé les feuilles devant elle, en les classant par ordre chronologique, puis par thèmes. Pour tenter de pointer ce que son instinct lui susurrait. Sans succès.

Endolorie, elle s'étira, fit le tour de la pièce pour se dégourdir les jambes. Elle avait abandonné son jeans et son pull pour un peignoir plus confortable, comme souvent lorsqu'elle pantouflait chez elle. Avec sa paire de chaussettes montantes, elle était consciente d'être tout sauf sensuelle. Mais quelle importance ?

Elle attrapa sa tasse de thé et pour la troisième fois, alla à la cuisine pour la faire réchauffer au micro-ondes. Elle la reposerait ensuite dans un coin, sans la boire complètement. Une manie que sa grand-mère lui reprochait continuellement.

En retournant dans le salon, elle se demanda si elle serait fière d'elle. Elle gardait l'image d'une femme forte mais si douce, qui l'avait élevée patiemment, en dépit de la mélancolie contre laquelle elle s'était battue chaque jour, jusqu'à sa mort. Coline n'avait pas connu sa mère, ni le chagrin que sa grand-mère avait dû ressentir en perdant sa fille unique. Elle l'avait préservée de tout, même de sa peine. Avec légèreté, elle l'avait couvée de son amour, sans rien attendre que le sien en retour.

Dans cette maison, Coline parvenait plus facilement à sentir sa présence. Elle pouvait lui parler sans passer pour une folle et, souvent, énoncer ses pensées à haute voix l'aidait à y voir clair. Alors, calée dans son fauteuil, elle ferma les yeux, laissa son esprit dériver et commença à lui raconter son enquête. Minutieusement, elle se mit à décrire ce qu'elle voyait : la petite, heureuse, qui courait vers sa mère le jour de sa disparition. Le parc et ses arbres immenses, qui, pour elle, paraissaient plus hauts que les immeubles alentour. Coline regardait le monde à travers les yeux d'Emma, près de ce bac à sable dans lequel elle aimait jouer, de ces balançoires qu'elle adorait. Revivre cette journée, c'était comme se promener dans un rêve. Coline pouvait l'explorer, y arrêter le temps pour fouiller chaque recoin, chercher un détail, un indice qu'ils auraient négligé au début de l'enquête. Quelque part, une ombre se cachait, s'apprêtait à surgir. Elle devait avoir laissé des traces, baissé la garde un instant, juste assez pour qu'on l'aperçoive.

Coline se concentra, reprit la journée depuis le début. Une nouvelle fois.

Les minutes défilèrent, silencieuses, au rythme de chaque procès-verbal, chaque photographie qu'elle examinait, encore. Elle refit cent fois le chemin jusqu'au parc, au point de ressentir la chaleur du soleil, les odeurs de la rue, le bruit des voitures. La solution était là, parmi la multitude de ces instants uniques qu'elle revisitait sans relâche.

Lente et discrète, l'étreinte de la nuit finit par l'étourdir. Son dos meurtri la faisait souffrir et, sortie de sa transe, le son de sa voix lui parut soudain insolite. Elle alluma sa petite lampe de bureau, résolue à ranger tous les documents qui s'y étalaient et sous la lumière crue, vit enfin se détacher la raison inconsciente de ses doutes. Toutes les heures mentionnées dans les auditions et les constatations se mirent à s'entrechoquer, à virevolter devant elle. Coline saisit nerveusement un paquet de feuilles, les étala devant elle et attrapa une règle. Comme elle avait vu les analystes criminels le faire, elle s'appliqua, traça une longue ligne en haut de l'une des feuilles, sur toute sa largeur, puis l'étalonna en indiquant chacune des heures de la journée. Cette journée au cours de laquelle Emma avait disparu.

Elle disposa une série de feutres Stabilo à portée de main, puis reprit la première audition de Victoire Fleury. Scrupuleusement, Coline nota tous les événements décrits, depuis l'heure du réveil de la petite jusqu'au moment où sa mère avait poussé la porte du commissariat. Puis sur la ligne de temps qu'elle venait de tracer, elle reporta chaque moment important, symbolisant le départ depuis l'appartement, l'arrivée au parc, le dernier instant où Emma avait été aperçue, celui de la découverte de son absence, les premiers appels téléphoniques. Elle répéta le même exercice en se basant sur l'audition de Dahan, puis de ses voisins ou des témoins qui avaient pu être identifiés en leur attribuant à chacun une couleur différente. Un trait après l'autre, une frise émaillée de repères fluo prit forme sous ses yeux et Coline comprit ce qu'elle avait pressenti. Ça ne collait pas.

Couchées sur le papier, les contradictions étaient frappantes.

La mère avait déclaré être restée une demi-heure au parc, à laisser jouer Emma, avant de constater sa disparition. D'après elle, après avoir demandé de l'aide auprès d'autres parents pour la chercher, elle avait appelé Dahan, puis s'était rendue au commissariat le plus proche. Ce qui coinçait, c'était le témoignage d'un voisin qui avait vu partir Victoire Fleury de son domicile, juste au moment où il recevait un appel important. En examinant sa fadette, Coline avait pu recueillir l'heure précise du départ et y avait ajouté le temps de trajet jusqu'au parc. Les chiffres étaient têtus. Elle avait refait plusieurs fois ses comptes, mais le résultat était toujours le même. Dans les faits, Victoire Fleury avait prévenu Dahan dès son arrivée au parc. La demi-heure pendant laquelle Emma s'était amusée avec d'autres enfants n'était qu'une invention.

Coline resta un moment figée face à sa feuille. La température monta brusquement dans le bureau. L'idée que, depuis le début, tout n'avait été qu'un mensonge la privait d'air. Sa première réaction fut de s'en vouloir. Elle aurait dû s'en apercevoir, oublier un instant l'hypothèse d'un prédateur et comparer les éléments qu'elle possédait. Faire simplement son travail.

Sous cet angle, le fait qu'aucun témoin n'ait vu Emma dans le parc paraissait naturel. Coline ignorait encore ce qui lui échappait, mais à l'évidence, les faits ne s'étaient pas déroulés comme Victoire Fleury l'avait raconté. Leur tort avait été de la croire, obsédés par la demande de rançon, sans envisager le pire.

Prise d'une colère froide, Coline balança un coup de pied dans sa poubelle. Une réaction idiote, qui effraya Pénélope et ne lui valut que de se tordre un orteil. Être manipulée la mettait en rage. La veille, elle avait encore passé des heures auprès de Victoire Fleury, à la consoler. Elle s'était inquiétée, émue pour cette femme dont les larmes avaient bouleversé la France entière, apitoyé les plus endurcis au service. Elle les avait tous dupés, allant jusqu'à implorer les ravisseurs de lui rendre sa fille.

Coline sentit son estomac se retourner. Elle se leva pour ouvrir une fenêtre et l'air frais du jardin lui satura les poumons, les brûla comme si elle avait failli se noyer.

Elle se sentait stupide d'avoir été aussi aveugle. Incapable.

Mais tout s'alignait à présent : les absences de Victoire Fleury, lorsqu'elle ne paraissait pas concernée par l'enquête, qu'elle perdait son regard au-delà du leur. Le fait que Dahan n'ait jamais eu l'intention de verser la rançon. Et tous ces silences, ces mensonges qui s'assemblaient désormais à la lumière d'un simple gribouillage de couleurs.

Bouaziz et Rodriguez n'avaient pas enlevé Emma. Comme ses collègues, Coline s'était cramponnée à cette piste pour se détourner de ce qui était pourtant sous ses yeux, pour refouler le fait qu'Emma était probablement morte.

Une légère brise lui caressa le visage. Elle reconnut l'odeur de l'humus et de l'herbe coupée, fraîche et piquante. Malgré l'heure, elle ressentit l'envie d'y marcher pieds nus. Lorsqu'elle était enfant, sa grand-mère lui avait appris qu'il n'existait aucun jardin identique. Chacun avait ses couleurs, son parfum. Le sien lui faisait penser à un sanctuaire qui trouvait sa force dans un grand cerisier, plus vieux qu'elles deux réunies, planté près de la clôture. Depuis toute petite, elle y passait des heures, surtout quand elle était soucieuse ou malheureuse. Mais elle savait que cette fois-ci, s'y réfugier ne suffirait pas à l'apaiser.

Elle retourna à son bureau et recommença, une fois encore.

Lorsque Pénélope revint se frotter contre elle, Coline posa son stylo, la prit dans ses bras et regarda son travail. Non seulement la mère d'Emma avait menti sur les horaires, mais en réalité personne n'avait vu l'enfant le jour de sa disparition. Ni même la veille. Victoire Fleury avait appelé l'école pour prévenir qu'elle était souffrante, sans éveiller de soupçon, comme il arrivait si souvent qu'une mère le fasse.

Atterrée, Coline se demanda comment elle avait pu passer à côté de ça. C'était comme si le postulat d'un enlèvement avait annihilé tout son bon sens. Et maintenant que son cerveau avait recommencé à fonctionner, elle pouvait voir à quel point elle s'était égarée. Quelle mère marchait seule jusqu'à un commissariat dans un cas pareil ? Pourquoi après avoir emprunté le portable du passant pour joindre son mari n'avait-elle pas appelé la police ?

Le visage enfoui dans la fourrure de Pénélope, Coline réfléchissait.

Il lui restait la nuit pour peaufiner son schéma, reprendre tous les procès-verbaux, être certaine de ne rien oublier. Seulement quelques heures, et puis elle devrait convaincre Lelouedec et le reste du groupe. Il lui faudrait être persuasive, démonstrative et précise pour parvenir à retourner l'enquête.

Au milieu des feuillets de procédure, une photo d'Emma. La bouche édentée, un nœud de satin rose dans les cheveux, elle posait fièrement, juchée sur un poney.

Coline la mit près de la lampe, pour ne pas la perdre de vue, et se replongea dans la procédure. Tout devait être parfait – pour racheter un peu de sa médiocrité, mais aussi pour lutter contre la banale, abjecte et désarmante humanité de cette histoire. Ce sentiment perturbant que Victoire Fleury n'était pas un monstre, mais juste une femme. Tout comme elle.

50

Un court instant, Stéphane eut le sentiment d'avoir reçu un coup en plein visage. Un coup violent et soudain. Le choc passé, il eut envie de tout casser, mais par respect pour cette famille qui les cachait depuis des jours, il se contenta de serrer les poings.

– T'es sûr ?

– Certain, répondit Djamel. Farid a demandé à son avocat de prévenir sa mère. C'est elle qui vient d'appeler.

– Putain, mais quels cons. Qu'est-ce qui leur a pris ? T'étais au courant ?

– T'es sérieux, là ?

À la manière dont Djamel le regardait, Stéphane comprit qu'il était allé trop loin.

– Excuse, j'aurais pas dû dire ça. Je sais bien que tu me l'aurais dit, mais je ne comprends pas ce qu'ils ont foutu. Tu crois qu'ils ont enlevé la gamine ?

– Non, bien sûr que non. À mon avis, ils ont cru qu'ils pouvaient ramasser un peu de thune sans se fouler, c'est tout.

– Franchement, j'en sais rien. Ils nous ont caché ça, alors pourquoi pas un enlèvement ?

– J'y crois pas. Tu les connais, quand même. Ils étaient avec nous quand on l'a appris et je crois qu'ils ne savent même pas où il habite, Dahan.

Sonné, Stéphane tenta de rassembler ses pensées. Difficile de dire depuis combien de temps Farid et Pascal leur mentaient, ce qu'ils avaient pu leur cacher d'autre. La confiance perdue, rien n'était plus rationnel.

– Arrête.

Dans la voix de Djamel, il perçut une dureté qu'il ne lui connaissait pas.

– Quoi, arrête ? Pourquoi tu me dis ça ?

– Je sais très bien à quoi tu penses. Ils ont essayé de baiser les flics, mais ils nous ont pas trahis, j'en suis certain. Commence pas à ressasser ces conneries pour trouver des trucs qui n'existent pas.

Djamel se radoucit et lui posa une main sur l'épaule.

– Écoute, ils ont déconné et maintenant, c'est leur problème. Pas le nôtre. Il faut qu'on se casse avant que les condés nous tombent dessus. J'ai un peu de pognon de côté et de la famille en Tunisie qui peut nous accueillir, je te l'ai déjà dit. Viens, on s'arrache, tout de suite. Quand tout sera tassé, on reviendra pour mettre tout ce bordel au clair. Mais là, il faut disparaître.

– Tu veux qu'on se tire en abandonnant tout le fric qu'on a investi avec Dahan ? J'ai tout misé là-dessus, moi. Je peux pas partir comme ça, pas maintenant. Il faut qu'on le chope, qu'il nous explique. Les flics ont dû lui dire ce qu'ils avaient sur Farid et Pascal, sur les autres, sur nous. Il faut qu'on attende un peu, c'est tout. On est à l'abri, ici.

– Et si on se fait balancer ? Tu y as pensé ?

– Tu crois qu'ils nous balanceraient ? C'est pas toi qui viens de me dire le contraire ?

– Si, mais quand on est au bord du trou, on réagit parfois bizarrement. Sur ce coup-là, ils risquent de prendre cher. Ça change tout, tu crois pas ? Alors à mon avis, il ne faut pas prendre de risque.

– Ah, ouais. Tu me balancerais, toi ?

– Sois pas con, bien sûr que non. Mais c'est différent et tu le sais bien.

Stéphane s'assit, les jambes coupées. Djamel avait raison. Sous l'écran plat qui occupait l'un des murs du salon, Farid l'observait, les yeux rieurs. Entouré de ses cousins, il posait endimanché pour une réunion de famille. Sur la photo, il devait avoir à peine vingt ans. Un âge de passion, où aucun d'eux n'avait imaginé cette vie.

C'était incroyable, tout ce qui avait pu leur arriver en si peu de temps. Depuis qu'il avait revu Legal, pour être précis. Surprenant qu'une seule rencontre ait pu marquer le début de leurs ennuis. Une histoire de karma, probablement. Une suite de causes et de conséquences qui s'étaient emballées, balayant au passage tout ce qu'il tenait pour certain. Ou bien une fois de plus, il s'était trompé.

– Il faut que je voie François. On a besoin du fric que Dahan nous a promis.

– Laisse tomber, s'emporta Djamel. Je te l'ai dit, c'est une crevure, ce mec. T'as pas compris ? Depuis que tu nous l'as ramené, tout est parti en couilles.

– C'est ma faute ? C'est ce que tu veux dire ?

– Non, c'est la sienne. Je l'ai jamais senti, ce type. Il traîne la misère avec lui, je te jure. Sois lucide, c'est à cause de lui qu'on a confié notre argent à Dahan, et regarde où on en est. Laisse-le se démerder avec son histoire. On reviendra le tordre plus tard, t'inquiète. Je connais quelqu'un qui peut nous faire des faux fafs en deux ou trois jours. On prépare nos affaires, et dans moins d'une semaine, on est au soleil. Ça te va ?

– Deux ou trois jours, c'est assez pour régler mes affaires. Occupe-toi de ça, moi je vais voir François et si je peux, rencontrer Dahan. Il faut couvrir nos arrières et je ne veux pas prendre le risque de laisser le champ libre aux autres. Ils ont essayé de nous monter en l'air, alors tu veux quand même pas qu'on leur laisse notre pognon ? Deux ou trois jours et après, on disparaît. Promis.

Djamel acquiesça. Stéphane nota son air fatigué, les rides qui pointaient au coin de ses yeux. Lui aussi commençait à accuser le coup des années.

– Je m'occupe de trouver une autre planque, le temps de préparer ça, décida Djamel. J'ai rencontré un type qui loue des apparts meublés à des touristes. Tu sais, par Airbnb. Je vais lui demander de nous en prêter un pour quelques jours, ça ne devrait pas poser de problèmes.

– Et tu vas leur expliquer comment ?

Stéphane désigna la tante de Farid qui, comme chaque jour, s'activait sans rien dire dans la cuisine. Elle parlait peu, juste quelques mots de français. Les mains dans son tablier, elle leur fit un signe discret et sans attendre de réponse, se remit à la tâche.

– Ça m'étonnerait qu'ils se roulent par terre pour qu'on reste. Surtout maintenant que Farid s'est fait serrer. Je vais leur dire qu'il nous faut un jour ou deux pour s'organiser et qu'après on disparaît. Si tu veux, on leur laissera un peu de thune pour te donner bonne conscience.

Djamel parti, Stéphane retourna dans sa chambre.

À peine étendu, il livra son regard au plafond, pour se vider l'esprit. Jouer à deviner des formes dans les anfractuosités du plâtre, c'était une habitude idiote gardée de l'enfance, mais qui ce soir, ne le soulagerait pas. Ce dont il avait besoin, c'était dormir, ne plus rien ressentir.

Dehors, les dernières lueurs du jour s'estompaient entre les tours et la fatigue lui empoignait déjà les yeux. Il était épuisé. Sans lutter, il se tourna sur le côté droit, comme toujours lorsqu'il s'apprêtait à s'endormir. Les paupières closes, il s'enfonça immédiatement et pour la première fois, croisa dans un dédale d'images décousues celle d'Emma. Elle se tenait devant lui, le visage creusé par la peur. Il ne pouvait pas l'entendre, mais ses lèvres bougeaient et ses mains, tendues vers lui, semblaient vouloir l'attirer à elle.

Il eut l'impression de flotter, fit quelques mouvements maladroits pour s'approcher. Comme en apesanteur, son corps dérivait, le vide avalait tous les sons et un froid intense le perçait jusqu'aux os. Il fit encore un effort, se hissa assez près d'elle pour réussir à l'écouter. Alors, une ombre s'étendit sur eux et elle disparut.

51

– Donc, si je comprends bien, on s'est tous plantés depuis le début. C'est ça ?

Leborgne, le chef de groupe de la Brigade criminelle, paraissait désolé.

Cela faisait plus d'une demi-heure que Lelouedec parlait, que Coline l'écoutait développer ses propres conclusions, ses schémas à l'appui et pendant un court instant, elle se demanda si ses lignes de temps n'étaient pas trop alambiquées.

– Tu es en train de me dire que la môme n'a pas été enlevée ?

– Oui, c'est ce qu'on pense, dit Lelouedec. Comme je viens de te l'expliquer, Coline a repris tous les PV, toutes les déclarations des parents, et ça ne colle pas.

Leborgne les regarda, silencieux. Sa bouche s'ouvrit, comme s'il allait dire quelque chose, mais il se contenta de secouer la tête en faisant signe à Lelouedec de continuer.

– On s'est fait balader, comme vous. Mais franchement, il fallait être balèze pour comprendre qu'on était face à une demande de rançon sans enlèvement. J'assumerai, s'il faut. Le plus important maintenant, c'est qu'on ait une autre approche du dossier. Je pense qu'il faut tout reprendre, laisser Coline terminer son analyse criminelle et préparer l'interpellation de la mère et du beau-père.

Le visage de Leborgne se durcit.

– On n'en est pas là. C'est vrai que ta protégée a fait du bon boulot.

Il désigna Coline d'un signe de tête.

– La mère a appelé Dahan pour lui annoncer la disparition de la petite dès son arrivée au parc et ça ne tient pas matériellement, OK. Mais ça va faire un peu court pour la coller en GAV, tu crois pas ? Et même si personne n'a aperçu la gosse la veille de sa disparition, il en faudra plus au juge pour nous laisser ramasser les parents, sans parler de les déférer.

– Je suis d'accord. Il faut creuser. On a déjà un voisin qui nous permet de savoir exactement à quelle heure la mère est partie de chez elle, alors peut-être qu'on en apprendra plus en poussant l'enquête de voisinage. Pareil au parc, personne n'a vu la gosse avec elle ce jour-là. Il faut y retourner pour interroger les habitués, essayer de trouver des vidéos de particuliers.

– Ça va, on connaît notre boulot, le tacla Leborgne.

Il prit quelques secondes pour regarder de nouveau la frise de temps scotchée au mur et se tordit la bouche à la manière d'un joueur prêt à tout risquer en une seule fois.

– Je reconnais qu'ici, personne ne sent le beau-père. C'est une ordure. Et on aurait dû voir que la mère se foutait de nous. On va tout reprendre, mais on va le faire à notre main. Si tu es d'accord, on prend Coline chez nous, pour qu'elle intègre au fur et à mesure ce qu'on trouvera dans son analyse.

– Aucun souci, comme ça elle pourra continuer à faire la liaison entre nous. Et si tu veux, on pourrait faire un peu de terrain sur la mère, et surtout sur le beau-père.

Leborgne tiqua.

– Pas tout de suite. Il faut d'abord qu'on reprenne le dossier. Si vous vous faites détroncher, il va comprendre et on risque de passer à côté de quelque chose. Notre meilleure chance, c'est qu'il croit qu'on a gobé son histoire. Continuez à mettre la pression aux deux que vous avez serrés, ça le détendra peut-être.

– Ça me va. On commence demain, alors ?

Lelouedec se leva, imité par Coline, qui comprit avant lui que la réunion n'était pas terminée. Leborgne les regardait avec une pointe d'amusement.

– On a oublié quelque chose ? dit Lelouedec.

– Oui, on fait quoi pour Costa et Meziane ? Ils sont toujours recherchés pour un double assassinat et, à vue de nez, il y a des chances pour qu'ils soient impliqués dans cette histoire de demande de rançon. Ils ne t'intéressent plus ?

Difficile de décrypter Lelouedec, mais le léger tressaillement que Coline nota au coin de ses lèvres dénotait en général une contrariété.

– J'ai pas dit ça, mais on ne peut pas tout faire en même temps. On sort cette affaire d'enlèvement et après, on s'occupera d'eux.

– Ton tonton n'est plus en contact avec eux ?

– Pas depuis quelques jours. L'interpellation des deux autres a dû leur mettre un coup de chaud. Mais t'inquiète pas, je ne les lâche pas.

– Et justement, les deux autres, ils n'ont rien dit en audition ?

– Qu'est-ce que tu veux qu'ils nous disent ? Ils ont joué, ils ont perdu. Ils connaissent la musique et il ne faut pas s'attendre à en tirer grand-chose. En off, on a quand même pu discuter un peu avec eux et je les crois quand ils nous disent qu'ils ne savent pas où est Emma. À force d'écouter Dahan se plaindre et raconter qu'on attendait une demande de rançon, ils ont vu une embellie et ils ont tenté le coup. C'est tout.

Coline sentait Leborgne se crisper. Il murmura quelques mots à l'enquêteur près de lui et, comme un acte manqué, ferma le dossier posé face à lui.

– Bon, Philippe. Tu es en train de me prendre pour un con et le problème c'est que ça se voit. Alors soit on joue franc jeu, soit on arrête là. À toi de choisir.

Lelouedec capitula, les deux mains levées devant lui en signe de reddition. Un peu trop vite au goût de Coline.

– Ça va, t'emballe pas. Je vais t'expliquer.

52

Le premier choc fut brutal. Suivi par un silence prudent, puis une seconde déflagration, aussi soudaine, qui rebondit dans la rue comme l'écho d'une explosion. Djamel manœuvra pour reculer et percuta une nouvelle fois la vitrine de la bijouterie. Avant chaque impact, Stéphane s'accrochait au tableau de bord, contractant tous ses muscles pour se préparer au contrecoup. Il retint son souffle, le moteur gémit et un grondement de métal déchira de nouveau la nuit.

Étoilé de longues fissures, le verre commençait à céder. Une partie de la façade s'était effondrée sur le trottoir, près du sas d'entrée, dont l'une des portes entrouverte semblait les inviter à entrer. Encore un coup, peut-être deux, et ils y seraient enfin.

Une douzaine de fenêtres s'étaient allumées dans les immeubles voisins, signe qu'il ne leur restait plus que quelques minutes. L'alerte avait dû être donnée et en plein Paris, les secours arrivaient plus vite qu'en province. Stéphane ne dit rien. Djamel connaissait les risques autant que lui, alors à quoi bon ?

Depuis toujours, il avait rêvé de s'attaquer à ces joailliers, impudiques, qui étalaient fièrement des parures inaccessibles, des comètes scintillantes qu'on ne voyait qu'au cou des stars ou des princesses. Il ne s'agissait plus de breloques à refondre. Le moindre de ces bijoux pouvait les mettre à l'abri et même si ses notions en orfèvrerie étaient superficielles, Stéphane savait que Djamel et lui n'auraient aucune difficulté à les revendre. Même au quart de leur valeur, ils en tireraient plus qu'ils n'avaient jamais eu.

À la troisième tentative, le pare-buffle éventra la devanture. Sans réfléchir, Stéphane attrapa son sac posé à ses pieds et s'arracha de l'habitacle. Trois minutes. Peut-être quatre. C'est tout ce qu'il avait pour se glisser à l'intérieur, défoncer les présentoirs, les vider et s'enfuir.

Il ne les entendit pas tout de suite, vit d'abord les phares d'une voiture qui les balayait. Aveuglé par la lumière, il distingua des flashs, bleus et diffus, puis des ombres qui se précipitaient vers eux. Il entendit leurs voix, Djamel qui hurlait et sut qu'il était trop tard pour essayer de courir. Il ne pouvait déjà plus bouger. Des mains l'attrapaient, lui tordaient les bras dans le dos et le plaquaient au sol. C'était comme si une montagne le piétinait. Il sentit ses os prêts à se rompre, ses poumons se vider et relâcha son corps pour se laisser faire.

Quelque chose s'était mal passé. La vue troublée, comme si une pluie fine déformait tout autour de lui, il parvint à relever la tête et finit par reconnaître le papier peint défraîchi, le mobilier de la chambre où il se terrait depuis des jours. Le visage maintenu contre la moquette poussiéreuse, il peinait à trouver de l'air, la pointe d'un genou enfoncée entre ses omoplates, mais préféra se taire. De toute façon, les hommes qui s'affairaient autour de lui s'en moquaient. Ils devaient être une demi-douzaine, la plupart occupés à fouiller la chambre.

Stéphane ne comprenait pas comment ils avaient pu surgir si vite. Il avait froid, mal aux poignets et à mesure que son esprit s'éveillait, ses espoirs s'évanouissaient. Tout s'arrêtait là. Il jura intérieurement, se maudit de ne pas avoir cru pouvoir être trahi, pensa à Djamel qui l'avait pourtant mis en garde.

Un tas de vêtements atterrit près de lui. Il entendit le bruit de tiroirs qu'on claquait, de meubles qu'on retournait. Un instant, il eut l'impression de n'intéresser personne, que sans qu'il le sache quelque chose de précieux était caché dans la pièce. Puis une paire de baskets se rapprocha et une silhouette s'accroupit près de son visage.

– Stéphane Costa. 6 h 05. Vous êtes placé en garde à vue pour une durée de vingt-quatre heures renouvelable.

Une main le tira en arrière. Il en profita pour prendre une bouffée d'air.

La chambre paraissait être passée sur un dos-d'âne. Tout était à l'envers, le moindre recoin mis à nu. En se relevant, Stéphane se cogna le crâne contre une porte de placard laissée ouverte, ignora le rire du flic qui le tenait fermement par les menottes. Deux autres le détaillaient, d'un air railleur.

Le couloir résonnait des cris de Djamel, de la famille de Farid. Tirés de leur sommeil en même temps que lui, ils avaient l'air de se débattre. Stéphane essaya d'écouter ce qui se passait, mais ne perçut que des bruits de lutte. Un vent violent s'était engouffré dans l'appartement et envoyait tout valser.

Une faible lumière crépusculaire donnait à la scène un aspect tragique. Les murs résonnaient, répercutaient les pleurs et le vacarme des meubles, des bibelots jetés au sol. La fureur était méthodique, orchestrée d'une pièce à l'autre, ordonnée par vagues successives. Un déchaînement discipliné qui donnait le ton des jours qui allaient suivre.

En slip et tee-shirt, Stéphane se sentait ridicule, mais il ne broncha pas. Il attendait qu'on lui tende un pantalon, cherchait à comprendre comment ils étaient arrivés jusqu'à eux.

Il les observait, hébété, avec le sentiment confus d'être toujours endormi, perdu dans un rêve que des coups de bélier avaient fait voler en éclats. La réalité, mêlée à ce songe paradoxal, l'avait rattrapé sans qu'il sente rien venir.

– Tu veux voir un médecin ?

L'homme qui se tenait devant lui était pourtant bien réel.

– Quoi ?

– Est-ce que tu veux voir un médecin, pendant ta garde à vue ?

Il détachait ses syllabes, comme s'il parlait à un demeuré.

– Tu entends ce que je te dis ? Oh, tu es avec nous ?

– Non, c'est bon. Pas de médecin.

Stéphane aperçut Djamel dans le couloir, les mains attachées dans le dos, qui se mit à brailler dès qu'il le vit.

– C'est cet enculé, c'est Legal. Je te l'avais dit. C'est lui qui nous a balancés.

La voix de Djamel s'éteignit dans l'escalier.

Le calme était revenu dans l'appartement, mais depuis le salon, des plaintes sourdes ruisselaient, presque imperceptibles. Sans qu'il puisse la voir, Stéphane comprit que la tante de Farid pleurait, doucement. Il l'imagina assise, au milieu du désordre, découvrant son monde dévasté.

– Tu as un avocat, ou tu veux un commis d'office ?

Indifférente, la machine poursuivait son mouvement. S'ils avaient suffisamment d'éléments contre lui, ils le feraient bientôt condamner pour homicides. Cette fois-ci, ce serait un procès d'Assises, avec au bout une peine de réclusion criminelle. Quinze à vingt ans. Toute une vie gâchée en quelques secondes.

– Tu m'entends ou pas ?

– Je m'en fous. Un d'office, ça ira bien.

Stéphane ne regrettait rien. Il avait fait le choix d'une existence marginale, dont il fallait parfois accepter de payer le prix. Tout, plutôt que la monotonie et l'ennui.

Encadré par deux policiers, il se laissa mollement guider jusqu'à la voiture qui l'attendait au pied de l'immeuble. Les deux ou trois jours qui suivraient s'annonçaient difficiles. Il connaissait leurs méthodes : les auditions à rallonges, la froideur d'un banc en béton, les repas frugaux et surtout, cette fatigue qui avait raison des volontés les plus fortes.

Les derniers souvenirs de son rêve s'estompaient. Djamel et lui ne feraient jamais ce casse dont ils avaient si souvent parlé. Après sa garde à vue, il serait déféré devant un magistrat instructeur, mis en examen et sans aucun doute incarcéré dans la foulée. Il ne profiterait pas de son placement, perdrait probablement ce qu'il avait investi. Malgré lui, il devait reconnaître que Djamel avait eu raison au sujet de Legal.

Il les avait baladés depuis le début.

Submergé par une bouffée de haine, Stéphane grimpa à l'arrière du véhicule sans desserrer les dents. Pendant que l'un des enquêteurs bouclait sa ceinture de sécurité, il ferma les yeux et décida que le trajet le conduirait loin, beaucoup plus loin que les locaux de la PJ. C'était le moment de faire ce voyage qu'il repoussait depuis si longtemps, dans un pays baigné de lumière, à l'abri d'une forêt sans âge ou au sommet d'une montagne millénaire. Il déciderait en chemin, mais en tout cas, ce serait ailleurs qu'à l'ombre des murs qui lui étaient promis.

53

Suffisamment large pour laisser passer un piano, la montée de l'escalier avait accueilli tout le groupe sans que, comme d'habitude, ils soient obligés de se serrer les uns contre les autres. Coline fermait la marche, observait avec curiosité la colonne qui s'étalait sur deux étages, Lelouedec en tête. Ils progressaient en silence, leurs pas amortis par l'épaisse moquette qui décorait les marches, et malgré leur nombre, rien n'était encore venu perturber la paix qui régnait à cette heure dans l'immeuble.

Un étage plus haut, Dahan et sa femme devaient dormir profondément. Lelouedec se planta à côté de leur porte et Coline vit une ombre lui passer sur le visage, une pointe d'hésitation qu'avec le temps elle avait appris à reconnaître. Il regarda sa montre, fit signe à tous qu'il était 6 heures, puis, la main sur son arme, asséna deux coups de poing de l'autre qui résonnèrent dans tout le bâtiment.

– Police, ouvrez la porte !

À moins de dormir par terre, couché dans l'entrée, Dahan n'avait matériellement pas eu le temps de leur ouvrir, mais Lelouedec tambourina de nouveau, alternant avec la sonnette.

– Monsieur Dahan, c'est la police judiciaire, ouvrez.

Nouvelle série de coups, de carillons. Coline eut l'étrange impression qu'il s'agissait d'un genre de morse, un langage universel destiné à ouvrir toutes les portes. Alors que Lelouedec s'apprêtait à récidiver, le visage de Victoire Fleury apparut dans l'entrebâillement.

– Ouvrez, madame. C'est la police.

– Mon mari n'est pas là.

Coline fut surprise par son calme. Protégée par une ridicule chaînette, elle ne semblait pas plus concernée que s'ils étaient venus lui vendre un calendrier.

– On va voir ça. Mais pour le moment, vous nous ouvrez ou on devra faire sauter cette chaîne. C'est compris ?

Elle referma légèrement, recula sous la pression de Nabil et se retrouva plaquée contre le mur de l'entrée pendant que son appartement était pris d'assaut. Chargée de gérer sa garde à vue, Coline demeura près d'elle. Résignée, elle regardait des binômes se précipiter d'une pièce à l'autre, sans protester. Elle se tenait droite, avec cette raideur propre aux gens habitués à paraître avant tout. Mais ce qui choqua le plus Coline, c'était cette image de coquille vide, la distance qu'elle affichait.

– Vous savez où est votre mari ?

Victoire secoua la tête. Elle faisait penser à une poupée de porcelaine, le teint aussi pâle, à peine plus vivante. Rien sur son visage n'indiquait la moindre inquiétude, mais au moment où Coline se mit à la détailler, elle tira nerveusement sur les manches de son pyjama.

– Tu lui as demandé où il est ?

Lelouedec s'interposa, pile au moment où Coline allait interroger Victoire sur les bleus qu'elle avait entraperçus sur ses avant-bras. Un moyen efficace pour créer un lien, une intimité entre femmes, mais qui devrait attendre qu'elles soient seules, puisque son chef revenait à la charge.

– Bon, il est où, votre mari ?

Victoire baissa la tête, mutique et cette fois-ci, Lelouedec s'emporta.

– Écoutez, je vous conseille vivement de nous répondre. On est là dans le cadre d'une affaire criminelle, et si vous continuez comme ça, vous allez vous retrouver au placard.

– Je ne sais pas. Il n'est pas rentré hier soir, ça lui arrive parfois.

Coline s'attendit à ce que Lelouedec explose, mais au lieu de ça, il s'approcha de Victoire pour la dévisager de plus près. Le regard de la femme était pareil à celui d'une biche blessée, prête pour la curée.

– Il ne vous a pas appelée ?

– Non.

Coline se força à se taire. Lelouedec était suffisamment aguerri pour savoir que, s'il continuait sur ce ton, les auditions à venir risquaient d'être compliquées.

– D'accord. Alors, il est 6 h 05 et vous êtes placée en garde à vue pour une durée de vingt-quatre heures renouvelable. Vous comprenez ce que je viens de vous dire ?

Victoire ne cilla pas.

– Nous allons procéder à une perquisition de votre domicile. Pendant ce temps-là, essayez de réfléchir à l'endroit où Dahan pourrait se cacher. Ça aiderait tout le monde, qu'on le trouve rapidement.

Folle de rage, Coline attendit que Lelouedec s'éloigne, puis accompagna Victoire jusqu'au salon, convaincue de pouvoir la mettre en confiance. Elle la fit s'asseoir sur un coin de canapé, profitant que la pièce ne soit pas encore assaillie par ses collègues. La perquisition venait à peine de commencer et compte tenu de la taille des lieux, elle risquait de prendre des heures.

Les mains sur les genoux, Victoire attendait, l'air désintéressée. Coline savait qu'elle aurait dû la menotter, c'était la procédure, même si cette femme lui semblait être une victime, qu'au fond de ses yeux fatigués elle percevait un conflit, une frayeur corsetée par des sentiments complexes. Elle connaissait ce regard. Durant ses années en commissariat, elle s'était souvent étonnée de ces femmes battues qui défilaient pour retirer leurs plaintes. Longtemps, elle avait tenté de les comprendre, de les convaincre, puis avait simplement cessé de les plaindre. Lasse de les voir revenir. Victoire leur ressemblait. Blessée, insondable, elle attendait d'être punie sans même plus se demander pourquoi.

Par précaution, Coline referma une fenêtre laissée grande ouverte. Des voix et des bruits de meubles renversés leur parvenaient du fond du couloir. Elle s'assit à son tour sur le canapé et adoucit sa voix.

– Vous voulez un verre d'eau, ou autre chose ?

Victoire refusa d'un signe de tête.

– Quand ils auront fini, il va falloir prendre des vêtements pour la garde à vue. L'idéal, ce serait un sweat un peu chaud, mais sans lacet parce que sinon, ils vont vous le retirer. Un pull, c'est bien. Et je vous conseille d'enfiler un jeans, c'est plus confortable.

– Je pourrai prendre une douche, avant de partir ?

– Non, je suis désolée. Mais si vous voulez, on trouvera quelques minutes pour que vous puissiez vous rafraîchir.

– C'est gentil, merci.

Coline profita de l'ouverture.

– Vous savez pourquoi on est là, hein ?

– Oui, c'est pour Emma.

Un léger tremblement dans la voix de Victoire.

– C'est ça, c'est pour Emma. Vous voulez qu'on en parle ?

– Je vous l'ai dit, elle a disparu au parc.

Coline s'en voulut d'avoir pu croire que ce serait aussi simple. Depuis des semaines, cette femme s'emmêlait dans ses mensonges, trompait les enquêteurs comme les journalistes. Bien qu'elle soit vulnérable, elle n'était pas prête à céder. Coline devrait d'abord se frayer un passage jusqu'à sa conscience, l'ébranler suffisamment pour la convaincre de lui dire la vérité. Avant d'en arriver là, il y aurait d'autres étapes, mais au moins, elles avaient fait connaissance.

Lelouedec réapparut, une petite robe bleue à la main.

– C'est pas la robe que portait Emma le jour de sa disparition ?

– Non, c'en est une autre, répondit Victoire d'une voix atone.

– Elle a plusieurs robes bleues ?

– Oui, elle l'aimait bien et comme elle voulait tout le temps la mettre, j'en avais acheté plusieurs, pour les laver.

– Vous vous foutez de moi ? Et pourquoi vous parlez d'elle au passé ? nota Lelouedec.

– Je ne sais pas, comme ça.

– Comment ça « comme ça » ? On dirait que vous savez qu'elle est morte.

Coline tenta un geste de la main, pour faire signe à Lelouedec d'y aller plus doucement. Le temps de se décider à l'affronter du regard, il était trop tard. Celui de la jeune femme s'était voilé et Coline comprit que le peu de terrain qu'elle avait gagné venait de s'envoler. Elle avait du mal à croire ce qui venait de se passer. Lelouedec bougonna quelque chose, disparut dans l'une des chambres avant qu'elle puisse réagir et dans le silence qui suivit, elle se demanda si la gifler n'aurait pas été moins méprisant. Elle faillit partir, claquer la porte, décidée à demander sa mutation et puis d'un coup, elle comprit qu'elle pouvait se servir de lui. Elle se pencha vers Victoire, posa une main complice sur sa cuisse et lui susurra.

– C'est un con, je suis vraiment désolée pour tout ça. Dites-vous que moi, je le subis tous les jours. Vous êtes sûre que vous ne voulez rien à boire ?

Victoire agita discrètement la tête pour refuser mais, comme une main tendue, lui abandonna un sourire triste.

– D'accord. Alors on va aller dans votre chambre pour vous habiller, OK ? Vous vous souvenez, il va falloir venir avec nous, vous êtes placée en garde à vue. Je vais vous aider, mais vous allez devoir être forte.

– Vous pensez que j'aurai le droit de voir Samuel ?

Dans les pièces voisines, tous ses collègues s'activaient, exploraient chaque repli, chaque angle mort pour dénicher un indice, une trace, le moindre détail qui pourrait les conduire à Emma. Coline, elle, se préparait déjà pour la suite. Pour résoudre cette affaire, elle savait qu'il lui faudrait avant tout briser les liens invisibles qui retenaient Victoire à Dahan. Elle devrait la libérer, la confondre et pour finir, la lier à ses ténèbres.

54

Dahan attendait apeuré au fond de la salle, guettant tous ceux qui entraient ou défilaient devant le café. Comme la plupart des gens qui essayaient de passer inaperçus, il en faisait trop et, à elles seules, ses Ray-Ban Wayfarer auraient suffi à attirer l'attention. Un vrai cliché.

Son costume froissé, le trench jeté négligemment près de lui surprirent François qui nota que, pour une fois, il n'était pas rasé. À en juger par l'état de ses cheveux, il ne devait pas avoir pris de douche depuis la veille. Lui qui, même en détention, avait toujours tellement pris soin de son apparence.

Faute de pouvoir fumer dans le bar, Dahan tripotait nerveusement son briquet. Il essayait, difficilement, de tenir en place, mais la peur suintait de tout son être. Elle annihilait sa raison, faussait tous ses sens, l'envahissait par vagues sans cesse plus fortes. Impossible de croiser son regard, mais François savait parfaitement ce que ses lunettes cachaient : des yeux fuyants, injectés de sang et de fatigue, qui cherchaient une menace partout où ils se posaient. Dahan se mit à renifler, confirmant à François ce qu'il craignait. La coke réussissait en général assez mal aux inquiets, surtout quand ils avaient des raisons de l'être.

– Ça va ? T'as l'air crevé. T'as passé la nuit à perdre au poker, ou quoi ?

– T'es pas au courant ?

– Au courant de quoi ? De quoi tu parles ?

– Les flics ont débarqué chez moi ce matin, pour me ramasser. Je rentrais juste quand je les ai vus sortir. Heureusement que j'étais dehors cette nuit, sinon ils m'auraient chopé.

– Ils ont embarqué ta femme ?

– Oui, je l'ai aperçue de loin. Ils lui avaient même mis les menottes, ces abrutis, comme si elle était dangereuse. C'est des malades, je te jure.

– Et tu sais pour quoi ils étaient là ? C'est pour notre affaire ?

– J'en sais rien. Je vais leur envoyer mon avocat. Comme ça, il pourra jeter un coup d'œil au dossier. Mais je pense que ça doit être pour ça, oui. Je vois pas pour quoi, sinon.

– C'était la financière, alors ? Mais c'est bizarre qu'ils emmènent ta femme. Elle a quelque chose à voir dans ta combine ?

– Non, rien. Tu me prends pour un con, ou quoi ? Elle ne sait même pas qu'on se voit, t'inquiète. Elle sait rien, mais ils peuvent l'interroger sur son train de vie. Rien qu'en sacs à main, elle en a pour une fortune.

François jouissait. Toute sa fortune dépendait de Dahan, mais à cet instant précis, il s'en moquait. Privé de ses grands airs, l'escroc s'effondrait, se liquéfiait et c'était si bon. Pas question de le rassurer. Il voulait le laisser se débattre, suffoquer à la manière d'un poisson sorti de l'eau, jeté à ses pieds pour son plaisir. Une nuit avait suffi pour le briser. Juste quelques heures, pour le réduire à ce qu'il était en réalité.

Dans l'ensemble, les choses s'étaient mieux passées que prévu. En se faisant interpeller sur la remise de rançon, Farid et Pascal lui avaient facilité la tâche et il n'avait eu qu'à porter l'estocade en donnant à Lelouedec l'adresse où les autres se terraient.

Il ne lui restait plus qu'à moissonner. Tout ce qu'il avait toujours désiré était à portée de main. Les voitures de sport, les vêtements de luxe, les hôtels fastueux, Diane, les images se bousculaient dans son esprit pendant que Dahan se lamentait. Sans pouvoir dire si c'était de l'ennui, la solitude ou ce curieux mal-être qu'il éprouvait depuis qu'il avait été libéré, il sentit un vide se creuser en lui.

– Ils doivent me chercher partout. Il faut que je m'arrache, maintenant. Tu vas m'aider, hein ?

Le jour déclinait. La traîne d'un nuage qui s'effilochait, ses couleurs mauves, roses et ocre fondues derrière l'horizon, accrocha le regard de François. Au-dessus de Paris, le ciel s'était enflammé et dévorait la ville, s'effondrait en silence dans un brasier gigantesque. Dahan continuait de parler, mais il ne l'entendait plus. C'était comme un bourdonnement, une sorte de bruissement.

Diane lui avait dit qu'ils ne se quitteraient jamais, qu'il était sa lumière. Que ses yeux, d'un vert vif et puissant, s'éclaireraient toujours en se posant sur lui. François se laissa aller. Les murs du quartier d'isolement ne le protégeaient plus. Ce monde était plus gris, plus vaste, plus triste qu'il ne l'aurait cru. Après le jour, irrésistibles, les ombres s'apprêtaient à le rattraper. Elles dansaient avec une infinie lenteur, si froides, prêtes à l'enlacer pour d'obscures retrouvailles.

– Il faut que tu m'aides, François. On ne pourra pas vendre le portefeuille avant deux ou trois jours. Il faut que je me cale avec mes associés pour tout fourguer en même temps, sur plusieurs places financières, pour pas se faire choper. J'ai besoin d'un endroit pour me planquer, passer les coups de fil qu'il faut et après, on pourra disparaître où on veut. D'accord ?

– Je vais te trouver quelque chose.

Soulagé, Dahan poussa un long et profond soupir, rajusta un peu sa veste et retira ses lunettes.

– Merci, vraiment. Tu me sauves la vie, tu sais. Je ne savais plus quoi faire.

– Pas de souci. Donne-moi ma part, c'est tout ce que je te demande.

– Et pour les autres, comment on fait ?

– Je me suis arrangé avec eux. Tu me files aussi la leur, je m'occupe du reste.

En quittant Dahan, François regarda ses messages sur son portable. Lelouedec l'avait appelé une demi-douzaine de fois et lui avait envoyé autant de SMS pour lui demander où il était. Pas besoin de le rappeler pour savoir ce qu'il cherchait.

Les flics n'étaient pas très malins, mais il devait tout de même être prudent. Avant tout, il fallait les convaincre que Dahan avait les moyens de quitter le territoire, qu'il était le seul à pouvoir le retrouver. C'était d'ailleurs ce qu'il ferait, mais pas maintenant, pas temps qu'il avait besoin de lui.

Il essaya de rappeler Lelouedec, tomba sur son répondeur et laissa un message laconique.

« C'est moi. Rappelle-moi quand tu peux, j'ai peut-être du neuf pour l'escroc. »

55

Durant plus de deux heures, Victoire était restée assise sans bouger, à attendre que la perquisition de son domicile soit terminée. Sans un mot, elle avait ensuite suivi Coline dans la chambre à coucher, s'était changée devant elle, plus absente qu'impudique, avant de se laisser conduire jusqu'au service.

Depuis le moment où ils s'étaient rués dans son appartement, elle n'avait presque rien dit. Coline s'était préparée à des cris, des insultes, à ce qu'elle leur hurle qu'il s'agissait d'une erreur. Mais elle n'avait pas protesté. Elle s'était contentée d'obéir, chair flasque et indolente.

Assise sur une vieille chaise en bois inconfortable qui avait tout vu défiler devant elle, elle patientait, la main gauche menottée à une chaîne ancrée au sol. Elle fixait la fenêtre, en ignorant autant Coline que son avocat, et ne parut pas remarquer non plus Lelouedec lorsqu'il entra dans le bureau. Elle était ailleurs, au point qu'il dut répéter deux fois sa question avant qu'elle semble enregistrer qu'elle lui était adressée.

– Victoire, vous savez pourquoi vous êtes là ?

De sa main libre, celle-ci se frotta le visage, regarda autour d'elle et répondit d'un ton poli.

– Non, je ne saisis pas bien. C'est en rapport avec les activités financières de Samuel ?

– Vous allez être mise en garde à vue, Victoire. Ça, vous le comprenez ?

– Oui, bien sûr. Vous me l'avez dit tout à l'heure. Je ne suis pas stupide, vous savez. Mais pour quel motif ?

– De multiples éléments nous ont amenés à penser que vous pouviez être en cause dans la disparition d'Emma.

Sans même jeter un regard à son avocat, Victoire murmura.

– D'accord.

– Vous êtes d'accord avec quoi ? Avec le fait que nous pensons que vous êtes impliquée ?

– Non, je comprends que je suis en garde à vue pour cette raison, mais je maintiens mes déclarations précédentes.

Rien ne l'avait préparée à ça. Coline avait imaginé devoir faire face à une femme détruite, inconsolable. Peut-être même à une furie révoltée. Mais Victoire restait impénétrable.

– Nous allons quand même revenir dessus. Pouvez-vous me rappeler ce qui s'est passé durant les jours précédents la disparition d'Emma ?

– Je ne me souviens pas trop, ça va être difficile.

– Votre fille a disparu un mercredi, madame Fleury. Vous devez sûrement vous souvenir de ce que vous avez fait la veille, ou même le week-end avant les faits. Il ne s'est rien passé de particulier ?

– Non, rien de spécial. Le lundi et le mardi, Emma a dû aller à l'école, mais je ne me souviens pas bien de ce que nous avons fait durant le week-end.

– Non, elle n'est pas allée à l'école. Vous avez prévenu la maîtresse qu'elle était malade.

– Je ne me rappelle pas. Il lui arrivait souvent d'être souffrante, ou bien de vouloir rester à la maison avec moi. Je ne travaille pas, vous savez, et elle faisait parfois des caprices pour ne pas y aller. À son âge, ce n'est pas grave de manquer la classe, alors il m'arrivait de céder.

– Vous n'avez pas appelé le médecin ?

– Non, c'étaient seulement des caprices, je vous dis.

Coline n'insista pas. Lelouedec menait cet interrogatoire, mais elle décida de revenir plus tard sur les caprices d'Emma.

– Et le week-end précédent ?

– En général, on profite du fait que Samuel est avec nous pour sortir au parc ou faire des choses ensemble. La semaine, il travaille beaucoup et il rentre souvent après qu'Emma soit couchée. Je pense qu'on a dû aller se promener, mais je ne me rappelle plus où.

– Ce n'est pas son père, n'est-ce pas ?

– Non, mais il s'est toujours comporté avec elle comme si c'était sa fille. Pourquoi vous me demandez ça ?

Lelouedec glissa volontairement sur la question.

– Vous rappelez-vous s'il était chez vous en début de semaine : le lundi, le mardi et, surtout, le jour de la disparition ?

– Je ne sais plus.

– D'après les témoignages que nous avons recueillis dans votre immeuble, personne ne se souvient avoir vu Emma depuis le samedi précédent sa disparition. Vous avez une explication ?

– Non. Le samedi on est allés tous les trois faire quelques courses dans le quartier et je ne me rappelle plus du dimanche, mais on a dû sortir. Je ne comprends pas pourquoi ils vous disent ça.

– Je ne sais pas, mais ils sont tous formels. Personne n'a aperçu Emma après votre sortie du samedi. Vous êtes certaine qu'elle n'est même pas descendue pour jouer ?

– Je ne sais plus.

– Pouvez-vous me raconter de nouveau la journée du mercredi ?

Victoire regarda Coline, puis Lelouedec, fataliste.

– Vous voulez que je raconte tout ? De nouveau ? D'accord. Le matin, je suis restée avec Emma à la maison, et après le déjeuner, elle a fait une sieste. Mais même après ça, Emma était très excitée, alors j'ai décidé de l'emmener au parc pour qu'elle se défoule. Elle aime bien ce parc. Nous sommes parties toutes les deux vers 15 heures pour prendre le métro, et je crois qu'on y est arrivées vers 16 heures.

– 15 h 45 ou 15 h 50, intervint Coline. C'est ce que vous avez dit lors de votre première audition.

– Oui, ça doit être ça.

– Il faut être le plus précis possible, c'est très important, vous verrez, ajouta Lelouedec.

Victoire ne releva pas et continua.

– Une fois au parc, on est allées jusqu'à un endroit qu'elle aime bien. Là où il y a des jeux, vous savez. Je me suis assise sur un banc juste à côté et Emma a rejoint des enfants qu'elle connaissait pour jouer avec eux. Ensuite, je crois que je me suis endormie quelques minutes et en me réveillant, j'ai constaté qu'elle n'était plus là.

– Dans votre première déposition au commissariat, vous avez déclaré que vous aviez perdu votre fille de vue parce que vous étiez absorbée par le suivi de réseaux sociaux sur votre téléphone.

– Oui, j'ai commencé à les consulter et après, je me suis assoupie.

– Bon, et ensuite ?

– Ensuite, je me suis réveillée et j'ai constaté qu'Emma n'était plus là. Je l'ai cherchée quelques instants et puis j'ai paniqué. Je ne savais plus quoi faire, alors j'ai essayé d'appeler Samuel pour qu'il vienne m'aider, mais mon téléphone n'avait plus de batterie.

– Pourquoi appeler votre mari ? Il n'était pas sur place. Vous ne pensez pas que c'était plus utile de prévenir les secours ?

Victoire fit une pause, prévenante, pour laisser à Coline le temps de taper la question qu'on venait de lui poser, puis reprit sur un ton détaché.

– J'étais bouleversée. Avec le recul, je comprends que c'était stupide, mais c'est tout ce qui m'est venu sur le moment. Comme je vous ai dit, mon portable était coupé, alors j'ai demandé à un monsieur qui était là de me prêter le sien pour appeler Samuel.

– M. Dahan vous a-t-il répondu ?

– Non, il était sur répondeur.

– Qu'avez-vous fait après ?

– J'ai demandé de l'aide aux gens qui étaient là. Ils ont cherché Emma avec moi, mais on ne l'a pas retrouvée.

– Pourquoi ne pas avoir appelé la police à ce moment-là ?

– Je ne sais pas. Mais comme on ne la trouvait pas, je suis allée tout de suite au commissariat. J'ai sûrement pensé que c'était le mieux à faire.

La lumière crue des néons creusait encore le visage de Victoire. Il y avait quelque chose de glaçant dans sa voix et à chacune de ses réponses, Coline était plus convaincue qu'elle récitait une leçon. Lelouedec insista :

– Vous me confirmez que vous vous êtes rendue à pied au commissariat du XVIe arrondissement ?

– Oui, j'ai fait signe à des taxis, mais aucun ne s'est arrêté.

– Mais vous ne trouvez pas que c'est étrange, comme attitude ? Votre fille disparaît et vous, vous décidez d'aller déposer plainte à pied ?

– Je ne savais pas quoi faire d'autre.

– À aucun moment, vous ne vous êtes dit que les collègues du commissariat auraient pu intervenir plus vite si vous les aviez appelés depuis le parc ?

Jusque-là muet, l'avocat s'interposa.

– Ma cliente vous a déjà répondu sur ce point. Elle était sous le choc et elle a réagi comme elle le pouvait.

– Très bien, c'est noté, maître.

– Pouvez-vous me parler de vos bleus sur les bras ? intervint Coline.

Depuis des heures, Victoire résistait, laissait glisser toutes les attaques. Mais pour la première fois depuis le début de l'audition, Coline sentit qu'elle était parvenue à l'atteindre.

– Je suis tombée bêtement, ce n'est rien, dit-elle en tirant sur ses manches.

– Vous tombez souvent, madame Fleury. D'après votre dossier médical, vous êtes allée trois fois aux urgences pour des mauvaises chutes, rien que pour cette année.

– Ce n'était rien. Je suis maladroite, c'est tout.

– Madame Fleury, est-ce que votre compagnon vous bat ?

Victoire croisa les bras, dégagea ses épaules et Coline comprit que la brèche venait de se refermer.

– Je ne vois pas où vous voulez en venir. Plutôt que de nous accuser, vous feriez mieux de chercher Emma.

– C'est ce que nous faisons, madame.

Lelouedec fit signe à Coline de lui laisser reprendre la parole.

– Écoutez, Victoire. Nous savons tous dans cette pièce que vous nous racontez des conneries. Je vous laisse une dernière chance de nous dire spontanément ce qui s'est vraiment passé. Après, ce sera trop tard. On a encore beaucoup d'éléments sur lesquels vous allez avoir du mal à vous expliquer et on sait tous comment ça va se terminer. Vous n'avez vraiment rien à nous dire de plus ?
– Non.

Coline s'effondra dans son fauteuil. Victoire Fleury redescendue aux geôles de garde à vue, son avocat s'était éclipsé en la laissant seule avec Lelouedec.
– Non, mais tu l'as vue ? On dirait que rien ne l'atteint, sauf quand on la titille sur son mec.
– C'était parfait, lui dit Lelouedec. Tu as fait du bon boulot. Maintenant, tu as un PV de chique[1] et tu vas pouvoir la reprendre point par point. Elle l'a signé et son avocat était présent. C'est tout ce que tu pouvais espérer pour commencer. Tu ne croyais quand même pas qu'elle allait s'affaler dès la première audition ? C'est rarissime, tu sais. En général, il faut les laisser s'enferrer dans leur histoire, jusqu'à ce qu'ils reconnaissent un mensonge. Après il faut tirer sur le fil pour tout détricoter, lentement, une audition après l'autre.
– Je sais bien. Mais pourquoi tu lui as dit qu'on avait beaucoup d'éléments ? C'est du vent et on va passer pour des cons dès que son avocat s'en rendra compte.
– Peut-être, mais d'ici là, elle va se poser mille questions. Comme elle ne sait pas de quoi je parlais, elle va se faire des nœuds et ça va la rendre vulnérable. Tu as vu la tête de son avocat quand je lui ai balancé ça ?

1. Procès-verbal dans lequel le gardé à vue nie tout.

– Je ne sais pas si ça suffira. Elle paraît si détachée. C'est sa gamine qui a disparu, et on a l'impression qu'elle défend Dahan avant tout.

– C'est vrai, mais ça, on peut l'utiliser contre elle. C'est pas la première fois que je vois ça, une nana qui défend son mec quitte à dire n'importe quoi.

– En l'occurrence, c'est encore plus compliqué.

Alex venait de les rejoindre. Il se tenait à l'entrée du bureau, avec cet air satisfait qu'ont les enfants avant d'annoncer une bonne note.

– Je viens de l'accompagner à la visite médicale, et je te garantis qu'elle ne protège pas que lui.

– Pourquoi, elle a un autre mec ?

– Non, mais d'après le toubib, elle est enceinte.

56

Après une nuit d'audition, Philippe était sorti comme ivre, le cerveau embrouillé par des heures d'interrogatoires stériles. Coline avait refusé de faire une pause, mais lui n'en pouvait plus de rester enfermé. Il fallait qu'il mange, qu'il prenne l'air pour trouver la force de reprendre Victoire Fleury.

Une trottinette surgit entre deux rangées de voitures. Il l'évita en râlant et traversa le boulevard du Palais au milieu d'une nuée de touristes. Revenus avec les beaux jours, ils envahissaient de nouveau les quais et l'île de la Cité. Sorte de caravane bigarrée, grouillante de vie, qui serpentait de l'entrée de la Sainte-Chapelle à la tour de l'Horloge, puis qui migrait vers Notre-Dame dans un balai incessant.

Sans même y penser, Philippe se retrouva dans sa brasserie habituelle et malgré le brouhaha, l'ambiance rassurante dissipa en partie la migraine qui lui vrillait les tempes depuis le début de matinée. Le bourdonnement des palabres, les effluves de cuisine, les fracas de vaisselle avaient quelque chose de rituel et l'apaisaient, le renvoyaient à des années d'enquêtes, d'affaires partagées avec ses collègues jusque dans ces moments de répit. La salle comble, il abandonna l'idée de s'asseoir et profita qu'un espace se libère pour s'installer au comptoir. Une serveuse le salua, posa un journal devant lui et lui servit d'autorité un demi.

Victoire Fleury le déconcertait. Lorsque son regard ne se perdait pas par la fenêtre, elle essuyait leurs questions avec cet air impassible qui confinait au mépris. Les emportements passionnés de Coline n'avaient pas plus d'effet sur elle, comme si rien ne pouvait plus l'atteindre, qu'elle n'avait à leur offrir qu'un désintérêt courtois que Philippe ne supportait plus. Et pourtant, il avait hâte d'y retourner, pour comprendre.

Son sandwich à la main, il sentit un picotement sur sa nuque, se retourna et vit, assis seul derrière lui, l'avocat de Victoire qui l'observait. Philippe le salua d'un signe de tête, faisant mine d'ignorer son invitation à le rejoindre. Il voulait finir de manger tranquillement, parcourir son journal distraitement, se dégourdir l'esprit avant de replonger dans les limbes. Combien de fois s'était-il tenu là, convaincu d'avoir touché le fond de l'âme humaine ? À combien de reprises avait-il pensé, à tort, ne plus pouvoir être surpris ? Il referma soigneusement le quotidien. N'était son entêtement, plus rien ne retenait Victoire à ses mensonges. Coline l'avait acculée, mais elle continuait à lui répondre d'un ton amène, rythmant chacune de ses phrases de manières élégantes qui ne trompaient plus qu'elle. Un atavisme hérité d'un autre temps, semblable à une sonate jouée pendant un naufrage. Des simagrées qui ne la sauveraient pas.

Le patron posa l'addition devant lui. Il paya, descendit l'escalier jusqu'aux toilettes. Depuis le sous-sol, le bruit sourd des conversations ressemblait à des jacassements de basse-cour, inintelligible mais familier. Une voix plus claire résonna derrière lui.

– Décidément, on ne se quitte plus.

L'avocat l'avait suivi. Avec le vacarme qui régnait à l'étage, personne n'aurait pu les entendre, mais il se mit à murmurer.

– Je voulais vous parler, parce que je crois qu'on pourrait s'aider mutuellement.

– Vous êtes sûr que c'est le bon endroit pour ça, maître ?

– Je pense surtout à l'intérêt de ma cliente. J'ai noté ce que vous avez dit en fin d'audition, et comme vous, je crois qu'elle a tort de s'entêter. Vous en avez encore sous le pied, sinon le juge ne vous aurait pas permis de l'interpeller, c'est évident. À mon avis, elle va droit dans le mur.

Philippe n'en revenait pas. Son coup de bluff avait fonctionné et même si l'avocat était surtout cynique, qu'il ne songeait qu'à sa réputation, l'occasion qu'il lui offrait était trop belle. Sans se trahir, Philippe entreprit de se laver les mains.

– C'est possible, mais ce n'est pas faute de lui avoir dit. On en reparle tout à l'heure au bureau. OK ?

L'avocat jeta un regard inquiet vers l'escalier.

– Écoutez, commandant. Je comprends que vous vous méfiiez de moi. Mais je vous assure que la seule chose que je souhaite, c'est de la raisonner. Laissez-moi lui parler, laissez-moi un moment seul avec elle et je suis certain que j'arriverai à la faire changer d'avis. C'est aussi une victime, dans cette histoire. Il faut juste qu'elle le comprenne.

La prudence aurait dû l'emporter, mais Philippe sentit sa curiosité prendre le dessus. Il se mit à évaluer ses options et quand l'avocat posa une main sur son bras, le geste lui parut amical.

– Je sais que c'est déplacé, mais je me suis dit qu'ici, nous serions tranquilles. Je veux simplement l'aider, rien de plus. Mais il faut qu'on réagisse maintenant, avant que son mari ne se fasse arrêter. Vu son profil, lui n'hésitera sûrement pas pour la charger.

– Vous avez déjà eu droit à un entretien, non ?

– Oui, avant la première audition. Mais je ne connaissais pas le dossier.

Philippe répondit négligemment.

– Je ne peux pas réécrire le Code pénal parce que votre cliente est butée. Désolé.

Ne pas lâcher trop tôt.

– C'est parce qu'elle le protège, vous le savez bien. Si vous me laissez lui parler, je peux lui expliquer qu'à ce stade, elle doit d'abord penser à elle, et surtout à son bébé. Dahan n'est qu'un sale type. Quel genre d'homme laisserait sa femme enceinte assumer ses actes à sa place ?

– Admettons que je vous laisse quelques minutes. Vous croyez réellement qu'elle va s'affaler et l'enchrister ? Franchement, ça m'étonnerait. Elle s'est trop enferrée et même vous, vous n'y changerez rien.

– Qu'est-ce que vous risquez à essayer ? De toute façon, ce n'est pas elle que vous voulez, n'est-ce pas ?

Philippe entendit des pas dans l'escalier, grimaça, se dit que Coline n'aimerait pas ça.

– Après tout, pourquoi pas ? Mais vous n'aurez qu'une demi-heure et surtout, on ne s'est jamais parlé. D'accord ?

– Ça me va. De toute façon, je n'ai pas l'habitude de discuter avec des hommes dans les toilettes, dit l'avocat en riant de sa blague.

En retournant au service, Philippe se demanda comment il allait bien pouvoir présenter l'arrangement à Coline. Durant une garde à vue, l'OPJ en charge était seul responsable, quel que soit son grade. C'était elle qui avait compris que Victoire leur mentait. Elle qui, depuis des jours, préparait son audition, ciselait chacune de ses questions avec une stratégie en tête. S'il se trompait, s'il s'agissait d'une ruse de l'avocat, elle ne lui pardonnerait jamais. Et elle aurait raison.

57

Rien n'y faisait.

Durant des heures, Coline avait repris Victoire sur chaque détail, mais comme un disque rayé, celle-ci se répétait, restituait mot pour mot ce qu'elle avait déclaré lors de sa première déposition, quelques heures après la disparition d'Emma. L'entretien que Lelouedec avait accordé à l'avocat n'avait pas eu plus d'effet, sinon que même lui en était ressorti découragé.

Victoire s'entêtait et dans quelques heures, quelqu'un devrait convaincre le juge de renouveler sa garde à vue.

La dernière audition avait été particulièrement pénible. Coline était épuisée et à force, la lumière artificielle des néons lui donnait mal au crâne. Devant elle, inexpressive, Victoire signait chaque feuillet sans le relire. Aucune des contradictions ou des invraisemblances que Coline avait soulignées n'avait paru l'affecter. Pourtant, tout démontrait qu'elle avait appelé Dahan dès son arrivée au parc, qu'elle n'avait pas eu le temps de s'endormir, ni de laisser Emma jouer avec d'autres enfants. Elle n'avait pas cillé, même confrontée au fait que personne n'avait vu l'enfant plusieurs jours avant sa disparition. Elle ne se l'expliquait pas, sans plus d'émotion que lorsqu'elle tirait sur sa jupe pour éviter un faux pli.

Coline avait fait preuve de patience. Le souffle parfois coupé par la colère ou l'écœurement, elle avait trouvé la force de continuer, de poser ses questions, alors que ses mots, sans effet, chutaient tristement devant elle. Comme si Victoire souffrait d'amnésie. Elle ne montrait aucun signe d'ironie. C'était seulement qu'elle n'avait aucun souvenir précis de cet après-midi.

Malgré les témoignages de ses voisins, elle ne se rappelait aucune dispute de couple, ni d'allées et venues le lundi soir précédent les faits, après que Dahan a été vu en train de se débarrasser d'un grand sac dans le local poubelle. Elle ne lâchait rien, absorbait tout ce qu'on lui présentait, devenue une espèce de trou noir qui, peu à peu, les dévorait tous.

Coline ne savait plus quoi faire. Partagée entre sa rage et un profond épuisement, elle renversa sa chaise en arrière, but une gorgée de café et se brûla les lèvres. Elle ne sentit pas immédiatement le liquide se répandre sur elle. Lorsque la tasse se brisa sur le sol, elle songea d'abord que c'était sa préférée et ce ne fut qu'après qu'elle se dressa d'un bond. En une seconde, tout remonta et elle explosa.

– Mais c'est pas vrai, putain. Y en a marre de cette conne !

Lelouedec se figea, comme l'avocat. Victoire leva son stylo et durant un instant, Coline eut l'impression d'avoir provoqué quelque chose d'inespéré. En vain. Imperturbable, Victoire se remit à la tâche et Coline sortit de la pièce en claquant la porte.

Lelouedec la rejoignit dans la salle de repos, un rouleau d'essuie-tout à la main.

– Ça va mieux ?

– Oui, je suis désolée. Je ne sais pas ce qui m'a pris.

Il lui tendit une feuille de papier.

– Ça devait arriver, tu es crevée. Tu vas te reposer un peu, après ça ira mieux, tu verras.

– Je crois pas, non. Il n'y a rien à en tirer. Ça fait des heures que je la travaille et elle n'a rien lâché. On n'y arrivera pas.

– Ne dis pas ça. Il ne faut pas que tu abandonnes maintenant, ça peut encore venir. Une nuit au bloc, ça peut l'aider à réfléchir. Ce ne serait pas la première à craquer en pleine nuit.

– Sérieux ? Tu penses encore qu'elle va s'affaler ? Avec tout ce que je lui ai balancé, elle aurait déjà dû s'effondrer, mais elle continue à réciter sa leçon. Je ne suis même pas sûre qu'elle m'écoute. Dahan a dû la briefer, c'est sûr. Et il a raison, on n'a rien. Pas de corps, pas d'aveux, et avec le juge qu'on a, il ne faut pas s'attendre à un miracle. Il ne va même pas la déférer, et tu le sais bien. Tout ce qu'elle a à faire, c'est continuer à me laisser parler et demain, elle est dehors.

Lelouedec ferma la porte, s'assit face à elle.

– Tu sais, Coline, une audition, ça tient parfois à rien. Même si le juge ne renouvelle pas sa garde à vue, on pourra toujours la reprendre une autre fois, dès qu'on aura trouvé de nouveaux éléments. Et je suis certain que tu trouveras. Mais pour le moment, elle est là, alors autant lui poser d'autres questions.

– Franchement, j'ai fait le tour, mais si tu crois que ça peut servir à quelque chose, je veux bien réessayer. Au moins, je n'aurai pas de regrets.

– Bah voilà, je préfère ça. Pour le moment, mange quelque chose et essaye de dormir. On va la laisser mariner une paire d'heures et après, on la remonte. Une fois seule, sans ses lacets ni sa ceinture, un sandwich dégueulasse à la main, elle va peut-être commencer à stresser.

Sans raison, Coline se mit à penser à Greg. En la voyant dans cet état, il lui aurait sûrement proposé de sortir boire un verre, juste le temps de décompresser. Elle pensait à ça, débaucher Lelouedec, lorsque Nabil ouvrit la porte du bureau.

– Elle veut te voir.

L'esprit à la dérive, Coline mit un instant à comprendre.

– Moi ?

– Oui, c'est le planton qui vient de m'appeler. Elle veut remonter pour parler, mais juste à toi.

– Mais elle a dit pourquoi ?

– Non, mais à mon avis, ça sent bon. Tu veux que j'aille la chercher ?

Lelouedec acquiesça du regard.

– Vas-y, répondit-elle. On la prend en off, et si ça vaut le coup, on rappellera l'avocat.

Dès que Victoire entra, Coline sentit que quelque chose s'était passé. Elle paraissait voûtée, éteinte. Elle s'assit, se laissa docilement menotter à l'anneau qui la retenait au sol, puis commença tout de suite à parler.

– J'ai réfléchi. Je ne vous ai pas dit la vérité.

Coline l'arrêta en levant une main.

– Victoire, votre avocat vient juste d'être prévenu que vous désiriez nous parler. Vous voulez qu'on l'attende ?

– Non, ce n'est pas la peine.

– Très bien, alors on vous écoute.

– D'abord, c'est vrai que Samuel me frappe. C'est lui qui m'a fait les bleus que vous avez remarqués. Quand je l'ai connu, il lui arrivait de s'emporter, mais il n'était pas violent physiquement. Il n'a commencé que depuis quelques mois, à cause de soucis au travail. Peu à peu, il s'est mis à se défouler sur moi, mais comme c'était seulement des gifles, je me suis dit que ça passerait. Au lieu de ça, notre relation s'est peu à peu dégradée et après la disparition d'Emma, il est devenu incontrôlable.

Coline se força à se taire et encouragée, Victoire poursuivit.

– Surtout, je veux vous expliquer ce qui est réellement arrivé à Emma.

Coline eut subitement l'impression d'un trou d'air dans la pièce.

– Le samedi, Samuel était très énervé. Quelque chose n'allait pas dans son travail, je ne sais pas quoi. On a passé la journée à la maison et il n'a pas voulu sortir, sauf pour quelques courses dans le quartier. En rentrant, il s'est fâché après Emma. Je ne me souviens plus pourquoi, mais il était très en colère après elle. Le dimanche, on n'est pas sortis du tout et il a continué à s'en prendre à Emma.

– Est-ce que ça lui arrivait souvent ? demanda Coline.

– Non, physiquement c'était la première fois. Il la grondait, mais il ne passait jamais ses nerfs sur elle, juste sur moi. Mais cette fois-ci, il l'a giflée.

– Vous l'avez vu la frapper ?

– Non, il était avec Emma dans sa chambre, je l'ai entendu hurler et elle s'est mise à pleurer. Je suis tout de suite allée la voir et elle m'a dit que Samuel l'avait frappé très fort au visage. Elle ne saignait pas mais elle avait un gros hématome à la tempe. Le soir, elle se plaignait encore d'avoir mal et j'ai proposé à Samuel d'appeler un médecin. Il a refusé, il avait peur d'un signalement aux services sociaux ou à la police. Alors avant de la coucher, je lui ai mis de l'arnica.

– Est-ce qu'elle pleurait encore ?

– Non, mais elle avait mal. Elle se plaignait et ça agaçait beaucoup Samuel.

– Pouvez-vous me décrire les marques qu'elle avait à ce moment-là ?

– L'hématome avait grossi pendant la journée. Il était devenu de couleur bleue, il partait du dessous de l'œil droit qui était presque fermé et il couvrait toute la tempe. Il était gros comme un œuf.

– Est-ce qu'Emma saignait de l'oreille ?

– Non, elle avait très mal au crâne.

– Vous l'avez couchée ?

– Oui, je pensais que ça passerait pendant son sommeil.

Le cœur dans un étau, Coline se retint de réagir, et continua simplement.

– Est-ce qu'elle a pleuré pendant la nuit ?

– Un peu au début, mais Samuel n'a pas voulu que j'aille la voir. Il trouvait que je la couvais trop et ça l'énervait. Il m'a juste laissée lui parler depuis notre chambre, pour qu'elle se calme. Ensuite, on s'est tous endormis jusqu'au lendemain.

Victoire fit une pause. La suite était plus difficile à exhumer.

– Le lundi matin, Samuel s'est levé en premier, vers 6 heures. Je dormais encore à moitié, mais je l'ai entendu m'appeler. Je l'ai rejoint dans la chambre d'Emma et dès que je me suis approchée de son lit, j'ai vu qu'elle était morte.

Coline reconnut la peine qui perçait enfin dans la voix de Victoire et crut, à tort, que le plus dur était enfin sorti.

– Elle était sur le côté gauche et son hématome avait encore grossi. Il était devenu tout violet et bleu, plus bleu encore que la veille. J'ai vu qu'Emma avait vomi durant la nuit, au pied de son lit, mais très peu. Je ne sais pas trop pourquoi, mais j'ai eu la curiosité de regarder s'il y avait du sang dans son vomi. Ce n'était pas le cas.

Victoire s'arrêta, semblant attendre une forme d'encouragement qui ne vint pas.

– Samuel était très énervé, hors de lui. Il a essayé de la déplacer, l'a prise dans ses bras, portée devant moi, à l'horizontale et m'a dit qu'elle était toute froide.

Coline frissonna. Un froid glacial venait de s'installer dans le bureau, aussi coupant que les silences qui tombaient entre chacune des phrases que Victoire abandonnait, sans émotion.

– Comment pouviez-vous être sûrs qu'elle était morte ?

– Quand je suis entrée dans sa chambre, elle ne bougeait plus. Elle était toute raide, les jambes repliées et les bras contre sa poitrine. Elle ressemblait à un fœtus.

L'image frappa Coline de plein fouet.

– Donc, vous n'avez pas essayé de la ranimer ?

– Samuel a dit que c'était inutile, parce qu'elle ne respirait plus. Il a dit qu'il fallait la nettoyer. Je n'ai pas vraiment compris pourquoi, mais j'étais sous le choc, alors je n'ai rien dit. J'étais tétanisée. Il l'a portée jusqu'à la salle de bains et puis il l'a déposée dans la baignoire, l'a lavée avec le jet, en la frottant avec ses mains. Je lui ai demandé pourquoi il n'utilisait pas de gel ou de shampoing, notamment celui qu'elle aimait bien, mais il m'a répondu que c'était stupide.

– Est-ce qu'Emma était nue lors de cette douche ?

– Oui, Samuel l'avait déshabillée. Le haut de son pyjama était un peu sale, à cause du vomi.

– Vous l'avez conservé, ce pyjama ?

– Je ne sais plus. C'est un pyjama rose, avec une licorne sur la veste. Je ne me souviens pas bien, mais je crois que je l'ai lavé et qu'il est dans l'armoire d'Emma.

– Que s'est-il passé ensuite ?

– Samuel a fini de la laver, mais elle ne se réveillait pas. J'étais paniquée et je ne savais plus quoi faire. J'ai proposé d'appeler les pompiers, mais il a refusé. Il m'a dit que c'était trop tard, qu'il avait déjà eu des problèmes avec la justice et qu'à cause de ça, personne ne nous croirait. Il était certain que nous allions aller en prison toute notre vie. Comme je n'avais rien fait de mal, j'ai quand même insisté pour prévenir les secours et il m'a dit que si je faisais ça, on me retirerait mon bébé.

Victoire les regardait d'un air implorant, comme si sa confession pouvait suffire à racheter toute cette horreur.

– J'ai eu peur de lui, de la police, de tout, alors je n'ai rien fait. Il a séché Emma, l'a posée sur le sol de la salle de bains et m'a dit que le mieux, c'était d'organiser un enterrement nous-mêmes. J'étais tellement effrayée que je n'ai rien dit. Il est allé chercher un sac qu'on utilisait parfois pour partir en vacances. Un grand sac en toile. Il l'a placé à côté d'Emma, et puis délicatement, il l'a mise dedans. Avant de fermer le sac, il lui a retiré une petite chaîne en or qu'elle portait toujours autour du cou avec sa médaille de baptême.

Victoire parlait doucement, avec une simplicité terrifiante. Elle prononçait chaque mot avec une élocution parfaite, un ton ingénu qui rendait son récit tellement humain, si banal que Coline se sentit aspirée dans l'abîme. Elle voulait qu'elle se taise, qu'elle lui épargne la suite. Et pourtant, elle s'entendit lui demander.

– À votre avis, il était quelle heure ?

– Environ 7 heures. Dès ce moment, j'ai laissé Samuel décider de tout. Il m'a dit de m'habiller, qu'il fallait se dépêcher avant que tout le monde sorte pour aller travailler. Il a fermé le sac et on est partis.

– C'est lui qui a porté le sac jusqu'à la voiture ?

– Oui, il était trop lourd pour moi.

– Vous avez croisé quelqu'un dans votre immeuble ?

– Juste un voisin qui partait promener son chien et qui râlait parce que le sac prenait trop de place dans l'ascenseur. On est descendus au parking, Samuel l'a mis dans le coffre et il a démarré sans m'expliquer où on allait.

– Y avait-il autre chose dans le sac ?

– Non, Samuel a refusé que j'y mette son doudou, une petite girafe en peluche qui est restée dans sa chambre.

– À quelle heure vous êtes partis ?

– Vers 7 h 30, peut-être avant.

– Vous êtes allés où ?

– Au début, Samuel ne parlait pas. Je pense qu'il réfléchissait. Ensuite il m'a expliqué que le mieux, c'était d'enterrer Emma dans le bois de Boulogne, mais pas dans un des endroits les plus fréquentés. Je ne voulais pas, mais je n'ai rien dit. J'étais dans un état second. Samuel a conduit une vingtaine de minutes, il a un peu roulé dans les allées, loin des axes principaux, et puis il s'est garé sur le côté de la route.

Coline tapait le PV sans lever les yeux. Depuis le début, Victoire n'avait presque pas changé d'intonation. Elle paraissait concentrée, soucieuse de ne rien oublier, mais sans plus d'émoi que si elle détaillait une journée ordinaire.

– Samuel est sorti de voiture, il a vérifié qu'il n'y avait personne et il m'a demandé de le rejoindre. Il a pris le sac dans le coffre et il m'a dit de le suivre dans les sous-bois. On a marché un peu et à un moment, il s'est arrêté. Il avait aussi pris une barre en métal dans le coffre. Un bout du cric, je crois. Il s'est mis à creuser un trou, mais comme la terre était dure, il lui a fallu environ dix minutes. Plus peut-être, je ne sais plus. Finalement, il m'a dit que, comme le trou n'était pas assez large, il n'y mettrait qu'Emma. Il l'a sortie du sac, posée doucement dans le trou et a tout rebouché avec de la terre.

Coline chercha son souffle. C'était comme une chute qui les emportait toujours plus bas.

– Emma a été enterrée nue, sans rien d'autre sur elle ?

– Oui, toute nue. C'était horrible à voir, mais Samuel a essayé de me consoler en me disant que c'était pareil qu'un véritable enterrement, et que comme ça, je n'aurais pas de problème. J'avais si peur de perdre mon bébé, alors je n'ai rien dit.

– Vous avez laissé le sac sur place ?

– Non, Samuel l'a remporté. Sur le chemin du retour, il s'est arrêté pour le jeter dans une poubelle.

– Vous vous souvenez où ?

– Non, le reste est trop confus.

– Ensuite vous êtes rentrés chez vous ?

– Oui, il était presque 9 heures. Je m'en souviens parce qu'on a croisé notre voisine de palier qui venait de déposer son fils à l'école.

– Est-ce que vous pourriez nous conduire jusqu'à l'endroit où vous avez enterré Emma ?

– Je veux bien essayer, mais comme j'étais sous le choc, je ne suis pas sûre de retrouver le chemin.

– Vous n'avez pas marqué l'endroit, pour y retourner plus tard ?

– Non, Samuel n'a pas voulu. Il m'a dit qu'il ne fallait pas laisser de traces, mais je crois que dès ce moment-là, on avait décidé de ne pas y revenir et de tourner la page. Maintenant, c'est mon bébé qui compte.

Une chute, sans fin.

– Qui a eu l'idée de simuler un enlèvement ?

– C'est Samuel. Il a fait des recherches sur Internet et après, il m'a expliqué ce que je devais faire. Il disait que comme c'était vraiment arrivé, tout le monde nous croirait.

– Quelqu'un d'autre est-il au courant de la vérité ?

– Mis à part Samuel, personne.

Avant de reprendre Victoire, Lelouedec avait conseillé à Coline de ne pas être trop ambitieuse, de ne pas chercher à tout obtenir en une seule audition. Le plus important, c'était de lui faire signer ses aveux, au fur et à mesure, en faisant des pauses pour éviter qu'elle ne change d'avis. Beaucoup de questions restaient en suspens, mais Victoire avait reconnu qu'Emma était décédée et c'était l'essentiel.

Coline laissa son regard errer dans la pièce. Elle ne voulait pas croiser celui de Victoire, de peur de tout gâcher. Elle rassembla les feuillets du PV, le stylo qu'elle lui avait prêté, s'arrangea pour tourner la tête pendant que Lelouedec la démenottait. Par nature, elle pardonnait tout. Sa grand-mère le lui avait appris. Elle aurait tant voulu lui dire qu'elle allait bien, que même en retournant toutes les pierres du jardin, elle n'avait rien perdu de ses certitudes.

Encore quelques secondes, un dernier effort avant d'être seule à nouveau. Désespérément, elle aspirait au silence, un silence lourd comme une chape de plomb qui lui recouvrirait l'âme. Alors, elle attendit que les pas s'éloignent dans le couloir, se tourna vers la fenêtre et ferma les yeux, jusqu'à ce que ses larmes les inondent enfin.

58

– T'es où, là ?

– Près de mon hôtel, pourquoi ?

– Parce qu'il faut que je te voie. Tu peux me retrouver au même endroit que la dernière fois ?

– Oui, mais pas maintenant. C'est urgent ?

– Oui, sinon je t'appellerais pas.

– Dis-moi, alors. Qu'est-ce qu'il y a ?

François sentit Lelouedec hésiter.

– Tu sais où est Dahan ?

– Non, pourquoi ? Il y a un problème ?

– Il faut qu'on le trouve, rapidement. Tu as un portable pour le joindre ?

– C'est lui qui m'appelle. C'est un parano, ce type. Et il est toujours en appel masqué. Mais dis-moi ? Qu'est-ce qui se passe ?

– Je t'expliquerai, mais il faut absolument qu'on lui mette la main dessus. Tu penses qu'il va t'appeler aujourd'hui ?

– Il y a des chances, oui. Tu veux que je lui file un rencard ?

– Oui, fais ça. Dès que tu l'as eu, tu me préviens. C'est compris ?

En temps normal, ce ton péremptoire l'aurait braqué, mais au contraire, François s'en amusa.

– Ouais, t'inquiète. Je vais te le trouver. Tu le cherches pour ses affaires d'escroquerie, c'est ça ?

– Je t'expliquerai quand je te verrai. Trouve-le, et on est quittes. OK ?

– À ce point-là ? Qu'est-ce qu'il a fait, ce con ?

– Trouve-le, c'est tout.

Lelouedec raccrocha. Tout s'emboîtait comme prévu. François s'engouffra dans le métro d'un pas léger, avec l'impression de fendre la foule. Comme les autres, ce flic avait fait l'erreur de le prendre pour un idiot. L'assurance avec laquelle il lui avait parlé avait quelque chose de délicieux et une légère ivresse, une douce chaleur, se diffusait maintenant en lui, grandissait à mesure qu'il déplaçait ses pions.

Il était sur le point de gagner. Bercées par un sentiment de puissance qui ne faisait que croître, ses nuits n'étaient plus emplies de cauchemars. La première fois, il avait trahi par nécessité. Puis sa haine l'avait surpris, réchauffé, au point que même son profit était devenu accessoire.

Dahan serait le dernier. La dernière pièce qu'il pousserait pour tout effondrer. Mais pour l'instant, il continuerait à le protéger, à l'abri dans l'hôtel qu'il lui avait trouvé. Deux fois par jour, il lui amenait de quoi se nourrir. Il lui faisait ses courses, pour ne pas l'exposer. Leur contrat était simple : il veillait sur lui et en échange, Dahan devait finir ce qu'il avait commencé, persuadé qu'ensuite, il pourrait s'enfuir.

Par précaution, François changea de rame. À tromper tout le monde, on finissait par douter de tous. Châtelet se trouvait sur sa route. Il avait le temps d'y faire un détour, et si Lelouedec l'avait placé sous surveillance, si une équipe était derrière lui, il la sèmerait à coup sûr dans le dédale de ses couloirs de métro.

Le soir pointait lorsqu'il arriva. Comme convenu, il appela avant de monter. Dahan l'attendait sur le palier, spectral, pressé de retourner se terrer dans sa chambre. François le suivit, l'observa tandis qu'il fonçait vers l'une des fenêtres pour écarter les rideaux, dévoré d'angoisse.

– Tu es sûr qu'on t'a pas suivi ?

– Sérieux ? Tu crois que je suis assez con pour te ramener les flics ?

– Non, c'est pas ce que je voulais dire. Tu sais bien.

Les traits tirés, mal rasé, Dahan flottait dans ses vêtements. Même au pire moment de sa détention, François n'avait pas le souvenir de l'avoir vu aussi mal.

– Tu es sûr que ça va ? Tu as l'air complètement flippé. T'as rien bouffé ? dit François en désignant le plat qu'il lui avait déposé la veille.

– Ils sont après moi, je les sens.

– Je te confirme qu'ils te cherchent. Mais si j'ai bien compris, c'est pour autre chose que pour notre affaire. Qu'est-ce que tu as foutu ?

– Rien. Je te jure.

Épuisé, François s'effondra sur la seule chaise de la pièce, juste sous une vieille télévision cathodique sanglée en hauteur. Pour 50 euros par jour et aucune question, il ne fallait pas s'attendre à mieux. Planté devant la fenêtre, Dahan ressemblait à une murène effrayée, laide, acculée dans un trou sombre. Il fixait la rue, avec dans les yeux une folie qui le rendait inquiétant.

– Détends-toi. Je te garantis que personne ne peut me suivre si j'en ai pas envie. Pose-toi, tu me stresses à mater comme ça.

Un groupe de jeunes se mit à brailler au pied de l'hôtel. Dahan sursauta, colla son front au voilage crasseux.

– Putain, mais qu'est-ce que t'as ? Allez, raconte-moi ce qui se passe.

Dahan semblait ailleurs, paralysé par une peur décalée et François réalisa qu'il n'était pas question de leur escroquerie. Quelque chose d'horrible était arrivé. Il ne comprenait pas quoi, ne voulait plus savoir. Par instinct.

– Je pense que c'est à cause de la petite.

Le regard suppliant, Dahan se tordait les mains.

– Comment ça, à cause de la petite ? Tu parles de l'enlèvement de ta gamine ?

François haussa le ton.

– Oh, tu me réponds, ou quoi ? C'est à cause de l'enlèvement de la petite qu'ils te cherchent ? Mais pourquoi ? Ne me dis pas que tu étais en cheville avec les deux autres cons pour récupérer la rançon ? Et qui tu voulais baiser en faisant ça ? Elle a de la thune, ta femme ?

Dahan secoua la tête. Il faillit répondre, se ravisa.

– Non, mais j'y crois pas. Tu as monté une arnaque avec ces deux branleurs ? Mais tu t'attendais à quoi ? Ils sont bons à rien, ces abrutis. Tu sais au moins où elle est, ta gamine ?

Dans la pénombre, Dahan fit un pas pour s'asseoir au bord du petit lit qui faisait face à la porte. Un rictus nerveux lui déforma le visage. Il se mit à respirer bruyamment, renifla une première fois avant de se mettre à gémir.

– Ce n'est pas moi. C'est sa mère, je te jure. Elle a perdu la tête. Depuis quelque temps, elle fait n'importe quoi, surtout avec Emma. Je crois qu'elle pouvait plus la supporter.

François sentit une lame glacée lui parcourir l'échine.

– Je lui ai dit d'arrêter, mais elle n'écoutait rien. Elle lui tapait dessus sans arrêt, pour n'importe quoi. Au début, c'étaient juste des claques comme ça et puis j'ai commencé à m'inquiéter. Le week-end avant la disparition, on est allés tous les trois faire des courses. Emma était insupportable. Elle courait partout et ça rendait sa mère complètement dingue. Alors, dès qu'on est rentrés, elle l'a giflée et punie dans sa chambre. Le dimanche, la petite a recommencé à s'exciter et cette fois-ci, Victoire a perdu les pédales. Elle l'a frappée au visage, vraiment fort. Elle avait un gros bleu près de l'œil. Je lui ai mis un peu de pommade, mais comme elle avait toujours mal avant d'aller au lit, j'ai proposé d'appeler un médecin, tu sais, mais sa mère a refusé. J'en avais marre de m'engueuler avec elle à cause de ça, alors j'ai pas insisté. Emma a fini par s'endormir. Sauf que le lendemain matin, j'ai senti qu'un truc n'allait pas et je me suis levé pour vérifier si elle dormait bien.

Dahan implorait François du regard.

– Emma était toute raide, toute froide. J'ai essayé de la ranimer, mais Victoire m'a dit d'arrêter. Sur le moment, j'ai vraiment eu l'impression qu'elle s'en foutait. Elle ne voulait même pas qu'on prévienne les secours, parce qu'elle avait peur qu'on lui retire le bébé.

– Quel bébé ?

– Elle est enceinte. On l'a appris un peu avant…

François inspira à fond.

– Mais putain, pourquoi tu les as pas appelés, toi, les pompiers ?

– Elle voulait pas. Elle a piqué une crise, en me demandant de trouver une solution. Elle me menaçait de dire que c'était moi qui l'avais frappée, alors pour la calmer, je lui ai proposé de l'enterrer nous-mêmes.

Dahan gémit, comme pour se défendre, anticiper la colère de François.

– T'as fait quoi ?

– J'ai fait ça pour elle. Tu comprends ? Elle n'arrêtait pas de chialer. Emma s'était un peu vomi dessus, alors je l'ai lavée, pour qu'elle soit propre. Après, je savais pas comment faire. J'ai trouvé quelque chose de joli pour la transporter, un grand sac de voyage, et puis je lui ai mis son doudou. Mais même ça, elle a pas voulu. Elle avait peur que les flics arrivent à l'identifier.

Son cœur se mit à battre plus vite et François crut qu'il ne parviendrait pas à le retenir. L'horreur avait pris possession de lui, se répandait partout autour d'eux en absorbant tout l'air de la pièce.

– Tu l'as enterrée où ?

– Dans le bois de Boulogne, dans une jolie clairière. C'était un bel endroit, à l'écart de la route.

– Une jolie clairière ? Dans le bois de Boulogne ? Tu te fous de ma gueule, ou quoi ?

En voyant François s'approcher, Dahan leva les bras pour se protéger. Noyés de larmes, des hoquets répugnants convulsaient sa bouche, lui donnaient l'air d'une gargouille obscène.

– J'ai fait ce qu'elle voulait. C'est pas moi, je te jure.

– Qui a pensé à l'enlèvement ?

– C'est elle. Elle a fait des recherches sur le Net et elle a trouvé une vieille affaire. Elle m'a dit qu'on rechercherait un pédophile, qu'il fallait juste que je joue le jeu.

– T'es un mec bien, quoi, cracha François.

– J'ai juste essayé de l'aider, c'est tout. Et regarde dans quelle merde je suis. Il faut que tu m'aides, je t'en prie.

– Arrête de chialer. D'abord, tu vas finir de décaisser notre pognon et après, je me débrouillerai pour te sortir de ce merdier.

Dahan esquissa un mouvement et François se recula. Il pouvait sentir ses muscles se tendre, la nausée refluer le long de sa gorge.

– Tu vas m'aider, hein ? Tu vas pas me laisser ?

– Pour le moment, remets-toi au boulot. On pourra rien faire si on n'a pas de fric.

– T'inquiète, je m'en occupe.

François pouvait entendre à sa voix que Dahan s'était repris, que la comédie était terminée. Une lueur malsaine dansait à nouveau dans ses yeux et même autre chose de plus inquiétant, quelque chose de vraiment affreux.

– Et puis j'ai rien fait de si grave, une tombe, c'est une tombe. Elle est aussi bien où elle est que dans un cimetière. Et même, quand on y pense, elle l'a un peu cherché, tout ça.

Le poids qui l'écrasait se fit plus lourd encore, le priva du peu d'air qui lui restait et, chancelant, François dut reprendre son souffle avant de réagir.

– De quoi ?

– Je lui avais dit cent fois de ne pas pousser sa mère à bout. Elle passait son temps après, à la coller, à hurler sans arrêt, alors forcément elle a fini par craquer. C'est pas complètement sa faute, à Victoire.

En une seule phrase, Dahan avait balayé ce qui subsistait d'humain en lui. François ne vit plus que le Mal qui dansait, n'entendit plus que son cœur qui cognait et comme si un brouillard l'enveloppait, tout se brouilla autour de lui.

Dans une chambre voisine, un couple se disputait. Leurs cris résonnèrent un instant, puis cessèrent d'un seul coup. Durant un bref instant, François pensa à Diane, à cette vie qu'ils n'auraient pas. Elle se tenait au-dessus de lui, ses longs cheveux comme un voile blond sur son visage, ses lèvres délicates qui effleuraient les siennes, éperdues de désir. Il se sentit planer, retomba lourdement.

Dahan hurlait. François laissa ses mains glisser jusqu'à son cou, étala ses doigts, enserra sa gorge sans dire un mot. Des gémissements, et puis des coups, sur lui, dans le vide. Les yeux révulsés, Dahan s'étouffait dans un râle hideux et François se détourna vers la fenêtre. La nuit était tombée. Il mit tout son poids dans ses bras, serra encore et dans un ultime effort, imposa le silence.

59

Coline avait insisté pour venir.

Contrarié, Lelouedec n'avait pas dit un mot sur le chemin et une fois sur place, il lui avait demandé de rester en arrière, pour le couvrir. Après ce qu'ils venaient de vivre, elle considérait avoir gagné le droit d'assister au dénouement. Alors, le souffle court, elle lui emboîta le pas.

Elle le vit tout de suite, planté sur le trottoir. Il semblait attendre, le regard fixe, tourné vers le ciel. Lelouedec pressa le pas, traversa, sans prêter attention au scooter qui freinait derrière eux. Coline se retourna, la main sur son arme, toisa le livreur qui s'excusa en levant les bras.

L'averse qui venait de tomber l'avait totalement trempé, ses cheveux ruisselaient, mais Legal ne bougeait pas d'un pouce ; Coline se demanda s'il fixait le ciel ou l'un des immeubles de l'autre côté de l'avenue.

Quoi qu'il en soit, il se tenait là, immobile.

Au-dessus d'eux, le vent avait fini de disperser les nuages et une embellie se frayait une place. Lelouedec était parvenu presque à sa hauteur. Coline courut quelques mètres pour les rattraper, bouscula un petit groupe qui attendait devant une pizzeria et pour la première fois depuis la veille, réalisa qu'elle avait faim. L'odeur du four, de la pâte cuite la titilla et elle sentit la salive inonder sa bouche. Malgré le manque de sommeil, la fatigue, sa peine, son corps réclamait.

Avant de partir, elle avait essayé de raisonner Lelouedec pour qu'il accepte du renfort. Il avait refusé et maintenant qu'elle se retrouvait derrière lui, pour essayer d'interpeller Legal, elle regrettait de ne pas avoir réussi à le convaincre. Coline pensa à Greg, fit un pas de côté, pour ne pas tenir Lelouedec dans son angle de tir. Sa main se crispa sur la crosse de son arme. Elle attendit, certaine que Lelouedec s'apprêtait à dire quelque chose et puis lentement, Legal se tourna vers lui.

– Comment tu as fait pour me trouver ?

– Diane, c'est la seule qui est venue te voir au parloir. C'était pas dur.

Legal refréna un rire.

– J'aurais dû y penser… Sois sympa, fous-lui la paix. Elle est au courant de rien et je ne veux pas qu'elle se fasse afficher à son boulot.

– On l'a ramenée au service. On est passés chez elle ce matin.

– Elle n'y est pour rien.

– C'est ce qu'elle nous a dit. Mais on te cherchait, tu sais comment ça se passe.

Le cœur de Coline s'emballa, mais elle l'ignora. Legal n'avait avancé que d'un pas, juste assez pour faire complètement face à Lelouedec.

– On ne se voit plus.

– Oui, ça aussi, elle nous l'a dit. Je m'arrangerai pour que tu la croises tout à l'heure, une fois qu'on sera au bureau. Explique-moi, François, pourquoi tu as fait ça ?

Je comprends pas, franchement. Il te suffisait de me le donner. Qu'est-ce qui t'a pris ?

Une voiture pila, manqua de percuter un taxi. Coline entendit une portière claquer, des insultes fuser et puis des cris, mais ne se laissa pas perturber. Legal paraissait absent. Elle se concentra sur son regard, prête à tirer s'il le fallait. Mais elle entrevit une souffrance, comme une détresse. Il parlait d'une voix douce, si différente de celle qu'elle lui connaissait.

– Je sais pas, j'étais parti pour le tordre. Tout ce que je voulais, c'était qu'il termine son arnaque. Après avoir ramassé le fric, j'avais prévu de te le balancer et de disparaître. Le reste, je m'en foutais. Il m'a tout raconté pour la môme, mais j'étais quand même prêt à l'aider, juste pour la thune. Et je sais pas, il a eu une phrase de trop. D'un coup, je l'ai vu comme il était. C'était vraiment une ordure, tu sais, un sale type.

– Il t'a dit quoi ?

– C'est pas tant ce qu'il a dit, mais la manière. C'était comme si elle n'était rien, moins qu'un objet cassé qu'il aurait balancé. J'ai pas réfléchi, c'est venu comme ça. Quand j'y repense, c'était même pas de la haine. Il fallait que je le fasse, c'est tout. Le monde ira beaucoup mieux sans lui, tu peux me croire.

– Ça ne les empêchera pas de te condamner. Tu aurais dû te tirer.

– Je sais, mais je m'en fous.

Les nuages s'étaient reformés et Legal leva les yeux pour les regarder se masser.

– Comment tu as su que c'était moi ?

– Ton portable. Il bornait sous la même cellule que l'hôtel et le réceptionniste t'a tout de suite reconnu. À croire que tu l'as fait exprès.

– C'était pas très élaboré, comme plan. Et je te l'ai dit, ça ne devait pas se passer comme ça... Mais c'est fait. Alors maintenant, ça se termine comment, d'après toi ?

– Le mieux, François, c'est que tu viennes tranquillement avec nous. Tu es trop vieux pour te mettre en cavale et, honnêtement, je suis vraiment trop crevé pour te courir après.

Legal acquiesça.

– T'as raison, on n'a plus l'âge pour ces conneries.

D'un signe de tête, il désigna Coline.

– Qu'est-ce qu'elle en pense, ta collègue ?

– La même chose que moi, que tout ça, c'est un beau gâchis.

Lelouedec s'approcha de Legal, lui posa une main délicate sur l'épaule.

– On y va ?

– Tu me le jures, tu me laisseras lui parler ?

– Promis. On t'entend, et après, je te laisse une heure avec elle.

– Il me faudra moins que ça. Juste une minute ou deux, le temps de lui dire de m'oublier.

Sur le chemin, personne ne parla.

Assis à l'arrière, impavide, Legal observait l'embouteillage dans lequel ils étaient empêtrés. Coline se dit qu'il devait être le seul à l'apprécier. Un répit, avant une éternité sans chaleur, à l'ombre de l'oubli.

Elle repensa à Emma, à la photo laissée sur son bureau, à Greg, sa grand-mère, toutes les images qu'elle devait repousser. Tous ces corps qui pourrissaient. Elle reconnut l'engourdissement, cette impression d'étouffer qui précédait les larmes. Un léger picotement, ses yeux s'embuèrent. Elle voulait flotter, au-delà de ses sens, ressentir l'extase de la chute et lâcher prise. Pour un moment, tout oublier. Tout, sauf Pénélope et son jardin.

Remerciements

Merci à Marie Leroy, sans qui je n'aurais pas continué à écrire.

Merci d'avoir choisi ce livre
des **Éditions de La Martinière**.

Nous espérons que votre lecture vous a plu.

Nous serions ravis de rester en contact avec vous
et de pouvoir vous informer des prochaines parutions
de l'auteur, vous proposer d'autres idées de livres
à découvrir, des jeux-concours
ou des extraits en avant-première.

Vous pouvez nous laisser votre adresse électronique
sur cette adresse web : bit.ly/martiniere.
Nous l'utiliserons uniquement pour vous tenir informé(e).
Ou en scannant le code ci-dessous
à l'aide de votre smartphone.

Merci de votre confiance.
L'équipe des Éditions de La Martinière Littérature

Chacun de nous possède en lui une part d'ombre. Venez découvrir la vôtre en plongeant dans les romans de La Martinière Noir.

Nuuk

Mo Malø

Après *Qaanaaq* (2018) et *Diskø* (2019), une nouvelle enquête de l'inspecteur Qaanaaq Adriensen en terre polaire.

Après quelques mois de retour forcé au Danemark, Qaanaaq retrouve son poste de chef de la police au Groenland. Mais des incidents récents font craindre à sa hiérarchie qu'il ne soit pas assez solide. On l'oblige à être suivi par une psychologue et à calmer le jeu. Pourtant les névroses de Qaanaaq le rattrapent : derrière une série de suicides de jeunes gens, hélas fréquents au Groenland, Qaanaaq soupçonne l'influence d'un étrange chamane. Mais le danger ne vient-il pas surtout de lui-même ?

L'île au secret

Ragnar Jónasson

Après La Dame de Reykjavík*,*
la nouvelle série du maître
du polar islandais.

Cap sur Ellidaey, une île inhabitée au large des côtes de l'Islande. Lors d'un séjour entre amis, une personne du groupe fait une chute mortelle de la falaise. S'agit-il d'un accident ou a-t-elle été poussée ? Dans ce huis-clos à ciel ouvert, l'inspectrice Hulda va devoir résoudre cette énigme et une mystérieuse disparition qui se révélera en lien étroit avec une autre, vieille de dix ans...

RÉALISATION : NORD COMPO À VILLENEUVE-D'ASCQ
ACHEVÉ D'IMPRIMER SUR ROTO-PAGE
PAR L'IMPRIMERIE FLOCH, À MAYENNE
DÉPÔT LÉGAL : AVRIL 2020. N° 141385-3 (96298)
IMPRIMÉ EN FRANCE